L 4,60

Goffredo
Plastino
V/95

FABULA

25

DELLO STESSO AUTORE:

Il libro del riso e dell'oblio
Il valzer degli addii
L'arte del romanzo
La vita è altrove
L'immortalità
L'insostenibile leggerezza dell'essere
Lo scherzo

Milan Kundera

Amori ridicoli

ADELPHI EDIZIONI

TITOLO ORIGINALE
Směšné lásky

Traduzione di Giuseppe Dierna [Antonio Barbato]

Prima edizione: maggio 1988
Quinta edizione: marzo 1993

ISBN 88-459-0294-3

INDICE

AMORI RIDICOLI

NESSUNO RIDERÀ

1

« Versami un'altra *slivovice* » mi disse Klára, e io non ebbi nulla in contrario. Il pretesto per aprire una bottiglia non era certo straordinario, ma c'era: quel giorno avevo ricevuto un compenso piuttosto consistente per l'ultima parte di un mio saggio uscito a puntate su una rivista d'arte.

Era già molto che il saggio fosse uscito. Quello che avevo scritto abbondava di punzecchiature e di spunti polemici. Era per questo che il mio saggio era stato precedentemente rifiutato dalla rivista « Il pensiero artistico », la cui redazione è composta di prudenti vegliardi, per essere poi pubblicato da una piccola rivista d'arte della concorrenza, dove i redattori sono più giovani e temerari.

Il compenso mi era stato recapitato in facoltà dal postino insieme con una lettera; una lettera senza importanza; quella mattina, nella mia boria di fresca nascita, le avevo a malapena dato una scorsa. Adesso, però, a casa, quando l'ora volgeva alla mezzanotte e il livello della bottiglia al fondo, la presi dal tavolo perché servisse a tenerci allegri.

« Egregio compagno e, se mi permette l'espressione, esimio collega! » cominciai a leggere a Klára. « Voglia scusare, La prego, se io, una persona alla quale Lei non ha mai parlato in vita sua, mi permetto di scriverLe. Mi rivolgo a Lei con la preghiera di voler cortesemente leggere l'articolo che Le accludo. Certo, io non La conosco di persona, ma La stimo come uomo i cui giudizi, le cui considerazioni, le cui conclusioni, mi hanno sempre stupito per la loro piena coincidenza con i risultati delle mie indagini... ». Seguivano ulteriori elogi delle mie capacità e quindi la preghiera: volevo essere così cortese da scrivere sul suo articolo un parere, cioè un giudizio di lettura, per la rivista « Il pensiero artistico », dove da più di sei mesi il suo articolo veniva rifiutato e il suo valore misconosciuto? Gli avevano detto che il mio giudizio sarebbe stato decisivo, per cui adesso io ero diventato l'unica speranza del mio corrispondente, l'unica luce nelle sue ostinate tenebre.

Prendemmo a lungo in giro il signor Záturecký dal nome pomposo che ci affascinava; una presa in giro, ovviamente, senza cattiveria, perché gli elogi che egli aveva riversato su di me, soprattutto in coincidenza con l'eccellente *slivovice*, mi avevano intenerito. Intenerito al punto che in quegli istanti indimenticabili amavo il mondo intero. E naturalmente dell'intero mondo anzitutto Klára, non foss'altro perché mi stava seduta di fronte mentre il resto del mondo mi si nascondeva al di là delle pareti della mia mansarda. E non avendo proprio nulla da regalare al mondo, mi rifacevo con Klára. Regalandole almeno delle promesse.

Klára era una ventenne di buona famiglia. Buona? Ottima! Suo padre era stato direttore di banca e nel '50, come rappresentante della grossa borghesia, era stato relegato nella cittadina di Čelákovice, a una certa distanza da Praga. La figlia aveva, di conseguenza, cattive note personali e lavorava come sarta a una macchina da cucire nel grande laboratorio di una casa di mode praghese. Ero seduto davanti a lei e cercavo di accrescere la sua buona disposizione nei miei confronti elencandole in tono leggero i vantaggi del lavoro che avevo promesso di procurarle con l'aiuto di amici. Era impensabile, dicevo, che una ragazza così graziosa perdesse la propria bellezza china su una macchina da cucire, e avevo deciso che doveva fare la modella.

Klára non mi contraddiceva e passammo la notte in felice accordo.

2

L'uomo attraversa il presente con gli occhi bendati. Può al massimo immaginare e tentare di indovinare ciò che sta vivendo. Solo più tardi gli viene tolto il fazzoletto dagli occhi e lui, gettato uno sguardo al passato, si accorge di *che cosa* ha realmente vissuto e ne capisce il senso.

Quella sera io credevo di bere ai miei successi e non immaginavo neppure che si trattava del solenne vernissage della mia fine.

E non immaginando nulla, il giorno successivo mi svegliai di buon umore e, mentre accanto a me ancora udivo il respiro felice di Klára, presi l'articolo accluso alla lettera e lo lessi a letto con divertita indifferenza.

Si intitolava *Mikoláš Aleš, maestro del disegno boemo* e non valeva davvero nemmeno quella mezz'ora distratta che gli dedicai. Era un'accozzaglia di banalità ammucchiate una sull'altra senza il minimo senso di una relazione logica tra le parti e senza la minima ambizione di arricchirle con qualche idea originale.

Era più che evidente che si trattava di una stupidaggine. D'altronde, il dottor Kalousek, redattore del « Pensiero artistico » (individuo per il resto oltremodo antipatico) me lo confermò per telefono quello stesso giorno; mi chiamò in facoltà: « Scusa, hai ricevuto il trattato di quello Záturecký?... E allora scrivilo! Gli è stato già stroncato da cinque nostri lettori, ma lui continua a rompere le scatole, e adesso si è ficcato in testa che l'unica vera autorità sei tu. Scrivi in due frasi che si tratta di un'idiozia, tu ci sai fare, sai essere velenoso quanto basta; e così ce ne staremo tutti in pace ».

Ma qualcosa in me si ribellò: perché devo essere proprio *io* il boia del signor Záturecký? Sono forse *io* che ricevo uno stipendio da redattore? Ricordavo del resto molto bene che al « Pensiero artistico » per prudenza avevano rifiutato il mio articolo; inoltre, il saldo legame del ricordo associava in me il nome del signor Záturecký a Klára, alla *slivovice* e alla bella serata. E infine – non posso negarlo, è umano – avrei potuto contare su un unico dito le persone che mi consideravano una « vera autorità »: perché mai avrei dovuto perdere quell'unica persona?

Terminai la conversazione con Kalousek con una battuta generica che lui poteva considerare come un impegno e io come una scappatoia, e misi giù la cornetta fermamente deciso a non scrivere alcun giudizio sul signor Záturecký.

Tirai invece fuori dal cassetto un foglio di carta e scrissi al signor Záturecký una lettera nella quale evitavo qualsivoglia commento sul suo lavoro, adducendo come scusa il fatto che le mie opinioni sulla pittura dell'Ottocento erano in genere considerate erronee e stravaganti, e che quindi una mia perorazione gli sarebbe potuta essere – soprattutto all'interno della redazione del « Pensiero artistico » – più di danno che di vantaggio; nel frattempo riversavo sul signor Záturecký un'amichevole loquacità nella quale non era possibile non leggere la mia benevolenza.

Imbucata la lettera, subito dimenticai il signor Záturecký. Ma il signor Záturecký non dimenticò me.

3

Un giorno, mentre stavo finendo la mia lezione – insegno storia della pittura all'università – bussò alla porta dell'aula la nostra segretaria, Marie, una gentile e anziana signora che ogni tanto mi prepara il caffè e, quando al telefono sente voci femminili importune, dice che non ci sono. Si sporse nell'aula e disse che c'era un signore che mi aspettava.

Dei signori non ho paura, per cui salutai gli studenti e uscii di buon umore in corridoio. Lì mi fece un cenno di inchino un ometto minuto con un completo nero consunto e camicia bianca. Con molto rispetto mi comunicò di essere Záturecký.

Feci entrare l'ospite in una stanza vuota, gli offrii una poltrona e cominciai a chiacchierare giovialmente del più e del meno, di quell'estate così brutta, delle mostre di Praga. Il signor Záturecký annuiva cortesemente a ogni mia sciocchezza, ma presto cercò di condurre ogni mia osservazione verso il suo articolo su Mikoláš Aleš, che di colpo giacque tra noi nella sua invisibile sostanza come una calamita inamovibile.

« Nulla mi sarebbe piaciuto quanto scrivere un giudizio sul suo lavoro, » dissi alla fine « ma, come le ho spiegato nella lettera, da nessuna parte vengo considerato un esperto dell'Ottocento boemo e in più sono ai ferri corti con la redazione del "Pensiero artistico", dove vengo ritenuto un ostinato modernista, per cui un mio giudizio positivo non potrebbe che danneggiarla ».

« Oh, lei è troppo modesto » disse il signor Záturecký. « Come può un esperto d'arte come lei valutare con tanto pessimismo la propria posizione! In redazione mi hanno detto che tutto dipende soltanto dal suo giudizio. Se lei difenderà il mio articolo, lo pubblicheranno. Lei è la mia unica salvezza. Si tratta del risultato di tre anni di studio e tre anni di lavoro. Tutto è adesso nelle sue mani ».

Con quanta leggerezza e con che pessimi materiali l'uomo costruisce le sue scuse! Non sapevo cosa rispondere al signor Záturecký. Lo guardai meccanicamente in viso e mi accorsi di essere guardato non solo da un paio di innocenti occhialetti all'antica, ma anche da un'enorme e profonda ruga verticale sulla fronte. In un brevissimo istante di lucidità la mia schiena fu percorsa da un brivido: quella ruga, concentrata e ostinata, tradiva infatti non solo il tormento intellettuale che aveva accompagnato il suo proprietario nel lavoro su Mikoláš Aleš, ma anche una straordinaria forza di volontà. Persi la presenza di spirito e non riuscii a trovare alcuna scusa intelligente. Sapevo che non avrei scritto quel giudizio, ma sapevo anche che non avevo la forza di dirlo in faccia a quell'omino supplichevole.

Per cui cominciai a sorridere e a promettere qualcosa in termini vaghi. Il signor Záturecký mi ringraziò e disse che sarebbe tornato presto per sapere qualcosa. Mi congedai da lui pieno di sorrisi.

Tornò infatti dopo un paio di giorni. Lo evitai abilmente, ma il giorno dopo seppi che mi aveva di nuovo cercato in facoltà. Capii di essere nei guai. Corsi dalla signora Marie per prendere le misure necessarie.

« Marie cara, la prego, se quel signore mi dovesse ancora cercare, gli dica che sono andato in Germania per un viaggio di studio, che tornerò non prima di un mese. E un'altra cosa: come sa, tutte le mie lezioni io le tengo il martedì e il mercoledì. Da oggi le sposterò di nascosto al giovedì e al venerdì. Lo sapranno solo gli studenti, non lo dica a nessuno e non corregga l'orario. Devo passare nella clandestinità ».

4

Di lì a poco il signor Záturecký tornò davvero a cercarmi in facoltà e fu disperato quando la segretaria gli comunicò che ero improvvisamente partito per la Germania. « Ma non è possibile! Il signor assistente doveva scrivere un giudizio di lettura sul mio articolo! Come è potuto partire così? ». « Non lo so, » disse la signora Marie « però tra un mese torna ». « Ancora un mese... » si lamentò il signor Záturecký. « E lei non conosce il suo indirizzo in Germania? ». « No, non lo conosco » disse la signora Marie. E così rimasi tranquillo per un mese.

Ma il mese volò più veloce di quanto immaginassi, ed ecco di nuovo il signor Záturecký nell'ufficio della segretaria. « No, non è ancora tornato » gli disse la signora Marie, e un po' più tardi, quando mi incontrò, mi pregò supplichevole: « Quel suo ometto è stato di nuovo qui. Dio santo, cosa devo dirgli? ». « Mia cara Marie, gli dica che in Germania ho preso l'itterizia, che sono ricoverato lì all'ospedale di Jena ». « In ospedale! » gridò il signor Záturecký quando, alcuni giorni più tardi, la cara Marie gli riferì la notizia. « Non è possibile! Il signor assistente deve scrivermi un giudizio di lettura! ». « Signor Záturecký, » disse la segretaria con aria di rimprovero « il signor assistente è ricoverato all'estero gravemente malato, e lei non pensa ad altro che al suo giudizio di lettura ». Il signor Záturecký curvò le spalle e uscì, ma due settimane dopo era di nuovo nell'ufficio: « Ho spedito al signor assistente a Jena una lettera raccomandata all'indirizzo dell'ospedale, e mi è tornata indietro! ». « Io con quel suo omino ci impazzisco » mi disse la signora Marie il giorno successivo. « Non se la prenda con me, ma cos'altro potevo fare? Gli ho detto che lei è tornato. Deve vedersela da solo ».

Non me la presi con la signora Marie. Aveva fatto quello che aveva potuto. E io, del resto, non mi sentivo per nulla sconfitto. Sapevo di essere imprendibile. Vivevo esclusivamente di nascosto. Di nascosto facevo lezione il giovedì e il venerdì, e di nascosto tutti i martedì e i mercoledì mi rannicchiavo nel portone di una casa di fronte all'università e mi divertivo alla vista del signor Záturecký appostato davanti all'edificio, in attesa del momento in cui sarei uscito. Avevo una gran voglia di mettermi una parrucca e una barba posticcia. Mi sembrava di essere Sherlock Holmes, l'Uomo Mascherato, l'Uomo Invisibile, in giro per la città, mi sembrava di essere un ragazzino.

Un giorno, però, il signor Záturecký si stufò di fare la guardia e sferrò un duro attacco alla signora Marie. « Insomma, quand'è che il compagno assistente fa lezione? ». « C'è lì l'orario » disse la signora Marie indicando la parete dove, su un grande tabellone diviso in quattro parti, erano segnate con esemplare chiarezza tutte le ore di lezione.

« Questo lo so » tenne duro il signor Záturecký. « Solo che il compagno assistente non fa mai lezione né il martedì né il mercoledì. È in malattia? ».

« No » disse la signora Marie imbarazzata.

A questo punto l'ometto assalì la signora Marie. Le rimproverò il disordine dell'orario. Le chiese con ironia com'è che non sapeva dove si trovasse un dato docente a un dato momento. Le comunicò che si sarebbe lamentato di lei. Urlava. Dichiarò che si sarebbe lamentato anche del compagno assistente che non teneva le proprie lezioni pur dovendole tenere. Chiese se c'era il rettore.

Sfortunatamente il rettore c'era.

Il signor Záturecký bussò alla sua porta ed entrò. Una decina di minuti dopo tornò dalla signora Marie e le chiese seccamente il mio indirizzo di casa.

« Litomyšl, via Skalníkova 20 » disse la signora Marie.

« Come sarebbe a dire, Litomyšl? ».

« A Praga il signor assistente ha soltanto un domicilio temporaneo e non desidera che se ne sappia l'indirizzo... ».

« Le chiedo di darmi l'indirizzo di Praga del compagno assistente » gridò l'ometto con la voce che gli tremava.

La signora Marie perse il proprio sangue freddo. Gli diede l'indirizzo della mia mansarda, del mio povero rifugio, della mia dolce tana dove sarei stato braccato.

5

Sì, la mia residenza stabile è a Litomyšl; lì ho mia madre, gli amici e i ricordi di mio padre; appena ne ho la possibilità, lascio Praga e vado a studiare e a scrivere a casa, nel piccolo appartamento di mia madre. Per questo avevo mantenuto formalmente come residenza il suo appartamento e a Praga non ero riuscito a procurarmi neanche un monocamera come si deve e vivevo in subaffitto in un quartiere periferico, in una mansardina completamente autonoma, la cui esistenza tenevo quanto più possibile nascosta, senza dichiararla da nessuna parte, non foss'altro perché non volevo rischiare inutilmente che ospiti indesiderati si incontrassero con le mie varie coabitatrici o visitatrici temporanee.

Non posso negare che proprio per queste ragioni la mia reputazione nel palazzo non era proprio delle migliori. Inoltre mi era capitato varie volte, durante i miei soggiorni a Litomyšl, di prestare la mia cameretta ad amici, i quali si erano così ben divertiti per tutta la notte che non avevano lasciato chiudere occhio all'intero palazzo. Scandalizzati da tutto ciò, alcuni inquilini avevano iniziato contro di me una guerra silenziosa che si manifestava di tanto in tanto in critiche nei miei confronti da parte del comitato di quartiere e persino in un reclamo presentato alla ripartizione alloggi.

All'epoca dei fatti in questione, Klára, che trovava ormai disagevole raggiungere il lavoro da Čelákovice, aveva cominciato a passare la notte da me. All'inizio lo fece timidamente e in occasioni eccezionali, poi cominciò a lasciare da me un vestito, poi altri vestiti ancora e in breve i miei due completi si trovarono pigiati in fondo all'armadio e la mia cameretta si trasformò in un salottino femminile.

Avevo un debole per Klára; era bella; mi faceva piacere che la gente si voltasse a guardarci quando passeggiavamo insieme; aveva almeno tredici anni meno di me, e questo aumentava il mio prestigio presso gli studenti; in poche parole, avevo mille motivi per tenere a lei. Non volevo però che si sapesse che abitava da me. Avevo paura delle chiacchiere e dei pettegolezzi degli inquilini; avevo paura che qualcuno se la prendesse con il mio padrone di casa, un bravo vecchietto che si comportava con discrezione e mi lasciava tranquillo; avevo paura che un bel giorno, dispiaciuto e a malincuore, si trovasse costretto a chiedermi di mandar via la ragazza per salvare la sua reputazione.

Perciò Klára aveva l'ordine tassativo di non aprire a nessuno.

Quel giorno era sola in casa. Era una giornata di sole e nella mansarda si soffocava. Si era perciò distesa nuda sul mio divano e passava il tempo a osservare il soffitto.

Fu allora che all'improvviso si sentirono dei colpi alla porta.

La cosa non era preoccupante. La mia mansarda era priva di campanello, per cui chi arrivava doveva picchiare alla porta. Klára non si fece quindi distrarre dal chiasso e non pensò minimamente di smettere di osservare il soffitto. Ma i colpi non cessavano; anzi, continuavano con tranquilla e incomprensibile perseveranza. Klára si innervosì; cominciò a immaginare fermo davanti alla porta un uomo che con gesto lento ed eloquente sollevava il bavero della giacca, un uomo che prima o poi le avrebbe chiesto brutalmente perché non apre, cosa nasconde, cosa occulta, e se è registrata lì regolarmente. Fu presa da un senso di colpa; abbassò gli occhi dal soffitto e si guardò velocemente intorno alla ricerca dei vestiti. Ma i colpi erano così insistenti che, nella sua confusione, non trovò nient'altro che il mio impermeabile. Lo infilò e aprì.

Sulla soglia, invece che un cattivo volto inquisitore, vide solo un ometto che le fece un leggero inchino: « È in casa il signor assistente? ». « No, non è in casa... ». « È un peccato, » disse l'ometto scusandosi educatamente del disturbo « perché il signor assistente deve scrivere un giudizio di lettura su un mio articolo. Me lo ha promesso e ci sarebbe una certa urgenza. Se permette, gli lascerei almeno un messaggio ».

Klára diede all'ometto carta e penna e io la sera lessi che il destino dell'articolo su Mikoláš Aleš era unicamente nelle mie mani e che il signor Záturecký aspettava con profondo rispetto il mio giudizio e avrebbe provato nuovamente a cercarmi in facoltà.

6

Il giorno seguente la signora Marie mi raccontò di come il signor Záturecký l'aveva minacciata, di come aveva urlato e di come si era lamentato di lei; le tremava la voce e stava per piangere; mi arrabbiai. Capivo benissimo come la segretaria, che fino ad allora aveva sorriso del mio gioco a nascondino (anche se, ci scommetto, l'aveva fatto più per gentilezza nei miei confronti che per sincero divertimento), ora si sentisse ferita e naturalmente vedesse in me la causa delle sue seccature. Quando poi a tutto questo aggiunsi la violazione della mia mansarda, i dieci minuti di colpi alla porta e lo spavento di Klára, la mia rabbia divenne furore.

E mentre cammino su e giù nell'ufficio della signora Marie, mordendomi le labbra, ribollendo e meditando vendetta, ecco che la porta si apre e compare il signor Záturecký.

Alla mia vista, sul suo volto brillò un lampo di felicità. Fece un leggero inchino di saluto.

Era arrivato un po' in anticipo, era arrivato prima che avessi avuto il tempo necessario per ponderare la vendetta.

Chiese se il giorno prima avessi ricevuto il suo messaggio.

Tacqui.

Ripeté la domanda.

« L'ho ricevuto » dico io.

« E, mi scusi, scriverà quel giudizio? ».

Lo vedevo davanti a me: malaticcio, insistente, supplichevole; vedevo la ruga verticale che disegnava sulla sua fronte la linea di un'unica passione; osservando quella semplice linea capii che era una retta definita da due punti: il mio giudizio e il suo articolo; e che nella sua vita, al di là del vizio di quella retta maniacale, non esisteva che l'ascesi del santo. Fui preso da una malignità salvatrice.

« Lei capirà, spero, che dopo quanto è accaduto ieri, noi non abbiamo più nulla da dirci » dissi.

« Non la capisco ».

« Non finga. La ragazza mi ha detto tutto. È inutile negare ».

« Non la capisco » ripeté nuovamente l'omino, ma stavolta in maniera un po' più risoluta.

Presi un tono gioviale, quasi amichevole: « Guardi, signor Záturecký, non le voglio rimproverare nulla. Sono pur sempre anch'io un donnaiolo e la comprendo. Anch'io al suo posto avrei molestato una così bella ragazza se mi fossi trovato solo con lei in un appartamento e lei, sotto l'impermeabile da uomo, fosse stata nuda ».

« È un insulto » disse il piccolo uomo impallidendo.

« No, è la verità, signor Záturecký ».

« Glielo ha detto la signora? ».

« Non ha segreti per me ».

« Compagno assistente, è un insulto! Io sono un uomo sposato. Io ho una moglie! Io ho dei figli! ». Il piccolo uomo fece un passo avanti costringendomi ad arretrare.

« Peggio ancora, signor Záturecký ».

« In che senso peggio ancora? ».

« Nel senso che l'essere sposato costituisce una circostanza aggravante nel suo comportamento da donnaiolo ».

« Ritiri ogni cosa! » disse minaccioso il signor Záturecký.

« Va bene » ammisi. « Il matrimonio non è sempre necessariamente una circostanza aggravante per un donnaiolo. Ma il punto non è questo. Le ho detto che non sono arrabbiato con lei e che in fondo la capisco. Quello che invece non capisco è come possa ancora volere un giudizio da un uomo al quale insidia la donna ».

« Compagno assistente! Quel giudizio le viene richiesto dal dottor Kalousek, redattore del "Pensiero artistico", la rivista dell'Accademia delle scienze! E lei deve scriverlo! ».

« O il giudizio o la donna. Non può chiedere entrambi ».

« Ma è questo il modo di comportarsi, compagno? » mi urlò il signor Záturecký con rabbia disperata.

Strana cosa, all'improvviso ebbi l'impressione che il signor Záturecký mi avesse davvero voluto sedurre Klára. Mi imbestialii e urlai: « Lei ha il coraggio di rimproverarmi? Lei che qui, davanti alla nostra segretaria, dovrebbe invece chiedermi umilmente scusa? ».

Voltai le spalle al signor Záturecký e lui, scombussolato, uscì barcollando.

« Fatto » esclamai con un sospiro di sollievo, come dopo una battaglia dura ma vittoriosa, e rivolto alla signora Marie dissi: « Adesso, forse, il giudizio da me non lo vorrà più ».

La signora Marie sorrise e dopo un po' mi chiese timidamente: « Ma perché quel giudizio non glielo vuol scrivere? ».

« Perché, cara Marie, quello che lui ha scritto è una baggianata tremenda ».

« E allora perché non scrive che è una baggianata? ».

« E perché dovrei farlo? Perché devo inimicarmi le persone? ».

La signora Marie stava guardandomi con un lungo sorriso indulgente, quando la porta si aprì e comparve il signor Záturecký con il braccio teso:

« Non sarò io, sarà lei a dovermi fare delle scuse! ».

Lo gridò con la voce che gli tremava e sparì nuovamente.

7

Non ricordo con precisione, forse ancora quello stesso giorno, forse alcuni giorni più tardi, nella cassetta della posta trovammo una lettera senza indirizzo. Dentro c'era un foglio dove una mano pesante e quasi goffa aveva scritto: Esimia signora! Si presenti da me domenica in relazione all'insulto subìto da mio marito. Sarò in casa tutto il giorno. Se non si presenterà, mi troverò costretta a prendere provvedimenti. Anna Zátурecká, Praga 3, via Dalimilova 14.

Klára era spaventatissima e cominciò a dire che

era tutta colpa mia. Feci un gesto noncurante con la mano e dichiarai che il senso della vita è divertirsi con la vita, e se la vita è troppo pigra a noi non resta che darle una mano. L'uomo deve saper cavalcare le avventure, queste cavalle veloci come il lampo senza le quali egli si trascinerebbe nella polvere come un fante annoiato. Quando Klára mi disse che lei, per quanto la riguardava, non aveva nessuna intenzione di cavalcare nessun tipo di avventura, l'assicurai che non avrebbe incontrato mai né la signora Záturecká né il signor Záturecký, e che l'avventura alla quale ero saltato in sella l'avrei domata con grande facilità io da solo.

Quando la mattina dopo uscimmo di casa, ci fermò il portiere. Il portiere non è un nemico. Una volta me l'ero saggiamente comprato con un biglietto da cinquanta corone e da allora ero vissuto nella piacevole convinzione che egli avesse imparato a non sapere nulla di me e che quindi non aggiungeva olio sul fuoco alimentato contro di me dai miei nemici.

« Ieri sono venuti a cercarla due tipi » disse.

« Che tipi? ».

« Uno piccolo insieme con una donna ».

« Che aspetto aveva la donna? ».

« Due spanne più lunga. Terribilmente energica. Una donna severa. Faceva domande su tutto ». Si voltò verso Klára: « Soprattutto su di lei. Chi è e come si chiama ».

« Dio santo, e lei cosa le ha detto? » strillò Klára.

« Cosa avrei dovuto dirle? Cosa ne posso sapere io di chi va dal signor assistente? Le ho detto che ogni sera ne arriva una diversa ».

« Ottimo » dissi tirando fuori dalla tasca un biglietto da dieci corone. « Dica sempre così ».

« Non aver paura, » dissi poi a Klára « domenica non andrai da nessuna parte e nessuno riuscirà a rintracciarti ».

Venne domenica, e dopo domenica lunedì, poi

martedì, mercoledì; non accadde nulla. « Vedi » dissi a Klára.

Ma poi arrivò giovedì. Tenevo la mia solita lezione segreta e raccontavo agli studenti come i giovani *fauves* con fervida e generosa solidarietà avessero liberato il colore dalla sua precedente descrittività impressionista, quando all'improvviso la signora Marie aprì la porta e mi bisbigliò: « C'è la moglie di quel Záturecký ». « Ma non ci sono io » dissi. « Le faccia vedere l'orario ». Ma la signora Marie scosse la testa: « Gliel'ho detto che lei non c'era, ma la signora si è affacciata nel suo studio e ha visto l'impermeabile sull'attaccapanni. E adesso sta seduta in corridoio ad aspettare ».

I vicoli ciechi sono i luoghi in cui mi vengono le migliori ispirazioni. Presi il mio studente preferito e gli dissi:

« Sia gentile, mi faccia una piccola cortesia. Vada di corsa nel mio studio, si infili il mio impermeabile ed esca dall'edificio. Una donna cercherà di dimostrarle che lei è me: il suo compito sarà di non ammetterlo a nessun costo ».

Lo studente uscì e fu di ritorno dopo una quindicina di minuti. Mi annunciò che il compito era stato eseguito, la zona sgombra e la donna ormai fuori dell'edificio.

Per quella volta avevo dunque vinto.

Poi però giunse venerdì e quel pomeriggio Klára ritornò dal lavoro che quasi tremava.

Quel giorno, il cortese signore che riceveva le clienti nel saloncino della casa di mode aveva aperto improvvisamente la porta che dava nel laboratorio, dove Klára lavorava alla sua macchina da cucire insieme con altre quindici sartine, e aveva gridato: « Qualcuna di voi abita in via Puškinova 5? ».

Klára sapeva bene che si trattava di lei, perché via Puškinova 5 era il mio indirizzo. Ma una prudenza ben assimilata la trattenne dal farsi avanti, poiché sapeva che abitava da me irregolarmente e che la cosa non riguardava nessuno. « Glielo avevo detto, io » disse l'elegante signore quando nessuna delle sartine si fece avanti, e uscì di nuovo. Klára era poi venuta a sapere che, al telefono, una severa voce di donna l'aveva costretto a scorrere gli indirizzi delle sue dipendenti e per un quarto d'ora aveva cercato di convincerlo che in quella ditta doveva per forza esserci la donna di via Puškinova 5.

L'ombra della signora Záturecká si stese sul nostro idilliaco rifugio.

« Ma come ha fatto a rintracciare il posto dove lavori? Qui nel palazzo nessuno sa di te! » gridai.

Sì, ero davvero convinto che nessuno sapesse di noi. Vivevo come un pazzo convinto di vivere inosservato dietro un alto muro mentre per tutto il tempo gli sfugge un unico particolare: che il muro è fatto di vetro trasparente.

Davo mance al portiere perché non rivelasse che Klára abitava da me, obbligavo Klára alla più fastidiosa discrezione e segretezza, e intanto l'intero palazzo sapeva di lei. Era stato sufficiente che una volta scambiasse quattro incaute parole con l'inquilina del secondo piano, e già si sapeva persino dove lavorava.

Senza nemmeno immaginarlo, vivevamo già da un pezzo allo scoperto. Una sola cosa era ancora ignorata dai nostri persecutori: il nome di Klára. Questo unico piccolo segreto era l'unico schermo dietro al quale sfuggivamo ancora alla signora Záturecká, la quale conduceva la sua battaglia con una coerenza e una metodicità che mi riempivano di terrore.

Capii che la cosa cominciava a farsi seria; che il cavallo della mia avventura era bell'e sellato.

8

Questo accadeva il venerdì. E quando il sabato Klára ritornò dal lavoro, era di nuovo tutta tremante. Era avvenuto quanto segue:

La signora Záturecká si era presentata con il marito alla ditta dove aveva telefonato il giorno precedente e aveva chiesto al direttore il permesso di visitare il laboratorio ed esaminare insieme con il marito le facce di tutte le lavoranti presenti. La richiesta aveva in effetti stupito il compagno direttore, ma la signora Záturecká aveva assunto un tale atteggiamento che non era possibile non acconsentire. Parlava in maniera oscura di un insulto, di un'esistenza distrutta, di tribunale. Il signor Zátureckỳ le stava accanto, accigliato e in silenzio.

Erano stati quindi accompagnati nel laboratorio. Le lavoranti avevano sollevato la testa con indifferenza e Klára aveva riconosciuto l'omino; era sbiancata e, con innaturale naturalezza, aveva continuato a cucire.

« Prego » aveva detto il direttore con ironica cortesia, facendo con la testa un cenno alla rigida coppia. La signora Záturecká capì di dover prendere l'iniziativa e incitò il marito: « Su, guarda! ». Il signor Zátureckỳ alzò lo sguardo accigliato e si guardò intorno. « È una di queste? » gli chiese a voce bassa la signora Záturecká.

Evidentemente, neanche con gli occhiali il signor Zátureckỳ aveva una vista sufficientemente acuta da abbracciare la sala, d'altronde piuttosto vasta e piena di cianfrusaglie ammucchiate e di abiti appesi a lunghe aste orizzontali, con le lavoranti irrequiete che non stavano sedute come si deve rivolte alla porta, ma in tutti i modi possibili: si voltavano, si mettevano a sedere un attimo, si alzavano o giravano involontariamente il viso. Il signor Zátureckỳ fu costretto quindi ad avanzare, cercando di non saltarne nessuna.

Quando le donne si accorsero di essere esaminate, e per di più da un individuo così bruttino e così poco desiderabile, sentirono nel fondo della loro sensibilità un vago senso di umiliazione e cominciarono a borbottare e a lanciarsi battutine a mezza voce. Una di loro, una giovane robusta, sbottò con impertinenza: « Starà cercando in tutta Praga la carognetta che l'ha messo incinto! ».

I due coniugi furono sommersi dalla grossolana risata di scherno delle donne, ma resistevano timidi e ostinati, con una certa strana dignità.

« Signora mamma, » riprese l'insolente rivolta alla signora Záturecká « lo sorveglia male il suo marmocchio! Io un ragazzo così bellino non lo farei neanche uscire di casa! ».

« Continua a guardare! » bisbigliò la signora al marito e questi, imbronciato e spaurito, continuò ad avanzare, un passo dopo l'altro, come tra le due ali di un plotone punitivo, ma nonostante ciò proseguiva con fermezza, senza saltare nessun viso.

Per tutto il tempo il direttore aveva sorriso in maniera neutrale; conosceva le sue donne e sapeva che con loro non avrebbe ottenuto nulla; fece perciò finta di non sentire il loro baccano, e chiese al signor Záturecký: « Mi scusi, ma che aspetto avrebbe questa donna? ».

Il signor Záturecký si voltò verso il direttore e, con lenta serietà, disse: « Era bella... era molto bella... ».

Klára intanto stava rincantucciata in un angolo della stanza, e il suo nervosismo, la testa bassa e il suo accanito attivismo contrastavano con il comportamento scatenato delle altre donne. Ah, come fingeva male di essere poco appariscente e insignificante! Il signor Záturecký era ormai a un passo da lei e nel giro di pochi istanti l'avrebbe guardata in viso.

« È poco ricordarsi soltanto che era bella » disse il cortese direttore al signor Záturecký. « Di belle donne ce ne sono parecchie. Era piccola o grande? ».

« Alta » disse il signor Záturecký.

« Era bruna o bionda? ».

Il signor Záturecký ci pensò su e disse: « Bionda ».

Questa parte del racconto potrebbe servire come parabola sulla forza della bellezza. Il signor Záturecký, quando aveva visto Klára da me per la prima volta, ne era stato così accecato che in realtà non l'aveva vista. La bellezza aveva creato davanti a lei come una cortina opaca. Una cortina di luce che l'aveva nascosta come un velo.

Klára, infatti, non è né alta né bionda. Solo la grandezza interiore della bellezza le aveva conferito, agli occhi del signor Záturecký, l'apparenza della grandezza fisica. E la luminosità che si sprigiona dalla bellezza aveva conferito ai suoi capelli l'apparenza dell'oro.

Per cui, quando l'ometto arrivò all'angolo della sala dove Klára, nella sua tenuta grigia da lavoro, stava spasmodicamente china sui pezzi di una gonna, non la riconobbe. Non la riconobbe perché non l'aveva mai vista.

9

Quando Klára ebbe terminato il suo racconto, slegato e poco comprensibile, dell'episodio, io dissi: « Vedi, siamo fortunati ».

Lei però mi assalì singhiozzando: « Ma come, fortunati! Se non sono arrivati a me oggi, ci arriveranno domani ».

« Vorrei proprio sapere come ».

« Verranno a cercarmi qui, da te ».

« Non farò entrare nessuno ».

« E se mi fanno cercare dalla polizia? E se ti interrogano e ti costringono a dire chi sono? Quella parlava di tribunale, mi citerà per aver insultato il marito ».

« Ma ti prego! Riderò di loro: in fondo era tutto uno scherzo, un gioco ».

« Questa non è un'epoca adatta agli scherzi, oggi ogni cosa viene presa sul serio; diranno che volevo calunniarlo intenzionalmente. Basterà solo che gli diano un'occhiata, pensi potrebbero credere che sia davvero capace di molestare una donna? ».

« Hai ragione, » dissi « ti metteranno dentro ».

« Non dire sciocchezze, » disse Klára « sai che sono nei guai, basta che sia convocata davanti alla commissione penale che me lo ritrovo scritto nelle note personali e non potrò più andarmene dal laboratorio, e a proposito, mi piacerebbe anche sapere che ne è di quel posto di modella che continui a promettermi, qui da te comunque non posso più dormirci, avrei paura che un giorno o l'altro arrivino a cercarmi, oggi ritorno a Čelákovice ».

Questa fu la prima conversazione.

E la seconda l'ebbi il pomeriggio di quello stesso giorno, dopo il consiglio d'istituto.

Il direttore d'istituto, canuto storico dell'arte e uomo saggio, mi invitò nel suo studio.

« L'articolo che ha appena pubblicato non le ha giovato molto, spero che lei lo sappia » mi disse.

« Sì, lo so » risposi.

« Ciascuno dei nostri professori si considera chiamato in causa personalmente, e il rettore lo vede come un attacco alle sue idee ».

« Che ci possiamo fare? » dissi.

« Niente, » disse il professore « ma il suo contratto triennale di assistente è scaduto ed è stato bandito il nuovo concorso. Naturalmente, è consuetudine che la commissione dia la vittoria a chi ha già insegnato in istituto, ma è davvero certo che questa consuetudine sarà rispettata anche nel suo caso? Però non era di questo che volevo parlare. Fino ad oggi, a suo favore aveva sempre testimoniato il fatto che lei faceva onestamente le sue lezioni, che era amato dagli studenti e che insegnava loro qualcosa. Solo che purtroppo adesso non può più contare neanche su questo. Il rettore mi ha informato che sono ormai tre mesi che lei non fa lezione. E senza alcuna giustificazione. Una cosa del genere basterebbe da sola a farla licenziare all'istante ».

Spiegai al professore che non avevo saltato nemmeno una lezione, che si trattava soltanto di uno scherzo, e gli raccontai l'intera storia del signor Záturecký e di Klára.

« D'accordo, io le credo, » disse il professore « ma a cosa serve che le creda io? Oggi per tutto l'istituto corre voce che lei non fa lezione e che non combina nulla. Se n'è già discusso nella commissione di controllo e ieri la questione è stata portata in consiglio di facoltà ».

« Ma perché non ne hanno parlato prima con me? ».

« Di cosa devono parlare con lei? Per loro è tutto chiaro. Ormai stanno riesaminando tutta la sua attività in istituto cercando nessi tra il suo passato e il suo presente ».

« Cosa possono trovare di male nel mio passato? Lei stesso sa quanto ami il mio lavoro! Non mi sono mai gingillato. Ho la coscienza pulita ».

« La vita di chiunque si presta alle più diverse interpretazioni » disse il professore. « Il passato di ciascuno di noi si può trasformare con la stessa facilità nella biografia di un amato uomo di Stato o in quella di un delinquente. Esamini a fondo il suo caso. Nessuno vuole negare che lei abbia amato il suo lavoro. Ma alle riunioni non la si vedeva molto e le poche volte che veniva in genere se ne stava in silenzio. Nessuno sapeva mai bene quello che lei pensava veramente. Io stesso ricordo che alcune volte, mentre si discuteva di cose serie, lei di punto in bianco se ne usciva con qualche scherzo che destava imbarazzo. Naturalmente quegli imbarazzi erano subito dimenticati, ma oggi, ripescati dal passato, assumono all'improvviso un senso preciso. Oppure si ricordi di tutte quelle donne che venivano a cercarla in facoltà, e alle quali lei faceva dire che non c'era. Oppure pensi al suo ultimo articolo, che chiunque può facilmente considerare scritto da posizioni sospette. Certo, non si tratta che di episodi isolati; ma basta esaminarli alla luce del suo misfatto di oggi, perché essi si rivelino parte di un insieme coerente che testimonia con eloquenza il suo carattere e il suo atteggiamento».

«Ma che misfatto!» gridai. «Posso spiegare davanti a tutti come si sono svolte le cose: se gli esseri umani sono esseri umani, dovranno riderne».

«Come vuole lei. Ma si accorgerà che o gli esseri umani non sono esseri umani, o lei non sapeva cosa sono degli esseri umani. Non rideranno. Se spiegherà loro ogni cosa così com'è accaduta, risulterà non solo che non ha adempiuto ai suoi obblighi così come le venivano prescritti dall'orario delle lezioni, ossia non ha fatto ciò che doveva fare, ma che in più ha tenuto lezioni di nascosto, ossia ha fatto ciò che non doveva fare. Risulterà inoltre che lei ha offeso una persona che le chiedeva aiuto. Risulterà che la sua vita privata non è in ordine, che da lei abita, non registrata, una ragazza, e questo farà una cattiva impressione sulla presidentessa della commissione di controllo. La cosa si allargherà sempre più e chissà quante altre storie verranno fuori, con gran gioia di tutti coloro che vengono provocati dalle sue idee ma si vergognano di attaccarle».

Sapevo che il professore non mi voleva né spaventare né ingannare, ma lo consideravo un originale e non volevo cedere al suo scetticismo. La storia col signor Záturecký cominciava a farsi pesante, ma non mi aveva ancora stancato. Il cavallo ormai l'avevo sellato; non potevo quindi permettere che mi strappasse di mano le redini e mi portasse dove voleva. Ero pronto a lottare.

E il cavallo non rifiutava la lotta. Quando giunsi

a casa, nella cassetta della posta mi aspettava la convocazione a una riunione del comitato di quartiere.

10

Il comitato di quartiere era riunito intorno a un lungo tavolo in un negozio in disuso. Un uomo brizzolato, con un paio di occhialetti e il mento sfuggente, mi indicò una sedia. Dissi grazie, mi sedetti e quello stesso uomo prese la parola. Mi comunicò che il comitato di quartiere mi teneva d'occhio già da tempo, e che sapevano benissimo che avevo una vita privata disordinata; che ciò non faceva una buona impressione su chi mi stava accanto; che gli inquilini del mio palazzo già una volta si erano lamentati per non aver potuto dormire tutta la notte a causa del chiasso nel mio appartamento; che tutto ciò era sufficiente al comitato di quartiere per farsi la debita immagine di me. E che ora, per completare l'opera, si era rivolta a loro in cerca di aiuto la compagna Záturecká, moglie di un nostro studioso. Che da ormai sei mesi dovevo scrivere un giudizio su un suo lavoro scientifico e non l'avevo fatto, pur sapendo che da quel giudizio dipendeva il destino del lavoro in questione.

« Macché lavoro scientifico! » esclamai interrompendo l'uomo dal piccolo mento. « Sono solo idee scopiazzate e raffazzonate in qualche modo ».

« È interessante, compagno » si intromise a questo punto una bionda sulla trentina vestita con frivolezza, e sul cui viso era incollato (certo una volta per tutte) un sorriso raggiante. « Mi permetta una domanda: di che si occupa lei? ».

« Di teoria dell'arte ».

« E il compagno Záturecký? ».

« Non lo so. Forse cerca di fare qualcosa di simile ».

« Vedete, » esclamò con fervore la bionda rivolgendosi agli altri « in un lavoratore che si occupa della sua stessa materia il compagno qui presente non vede un collega ma un concorrente ».

« Continuo » disse l'uomo dal mento sfuggente. « La compagna Záturecká ci ha detto che suo marito è venuto a trovarla nel suo appartamento e che lì ha incontrato una donna. Pare che poi questa donna lo abbia calunniato affermando che il signor Záturecký aveva cercato di abusare di lei sessualmente. La compagna Záturecká può ovviamente dimostrare, con prove irrefutabili, che suo marito è del tutto incapace di un'azione simile. Vuole quindi sapere il nome della donna che ha accusato suo marito e passare la cosa alla commissione penale del comitato nazionale, poiché tale calunnia ha rappresentato per il marito un danno considerevole ».

Cercai ancora una volta di spezzare a quella storia ridicola la sua punta esagerata: « Sentite, compagni, » dissi « qui stiamo facendo tante storie per nulla. Non c'è di mezzo proprio nessun danno considerevole. Il lavoro in questione è così debole che né io né nessun altro potremmo appoggiarlo. E se è sorto qualche malinteso tra quella donna e il signor Záturecký, non mi sembra il caso di convocare una riunione ».

« Per fortuna, compagno, le nostre riunioni non le decidi tu » mi rispose l'uomo dal mento sfuggente. « E se tu adesso sostieni che il lavoro del compagno Záturecký è scadente, noi non possiamo non vedere in questo una vendetta. La compagna Záturecká ci ha mostrato una lettera che tu hai scritto a suo marito dopo aver letto il suo lavoro ».

« Sì. Ma in tutta la lettera non c'è una sola parola che si riferisca al lavoro ».

« È vero. Però scrivi che gli daresti volentieri una mano; dalla tua lettera risulta chiaramente che tieni in una certa considerazione il lavoro del compagno Záturecký. Adesso invece affermi che si tratta di idee raffazzonate. Perché, allora, non gliel'hai scritto subito? Perché non gliel'hai detto senza tergiversare? ».

« Il compagno qui presente ha due facce » disse la bionda.

In quel momento, nella conversazione si intromise una donna anziana con la permanente, e venne subito al nocciolo della questione: « Compagno, noi da te avremmo bisogno di sapere chi era la donna che il signor Záturecký ha incontrato a casa tua ».

Capii che non era evidentemente nelle mie forze eliminare da tutta quella storia la sua assurda serietà, e che mi restava un'unica soluzione: cancellare le tracce, allontanarli da Klára, sviarli da lei, come la pernice svia dal suo nido il cane da caccia offrendo il proprio corpo in cambio di quello dei suoi piccoli.

« La faccenda si complica, io quel nome non me lo ricordo » dissi.

« Non ti ricordi il nome della donna che vive con te? » chiese la donna con la permanente.

« Compagno, lei ha davvero un atteggiamento modello nei confronti delle donne » disse la bionda.

« Forse potrei anche ricordarmelo, ma dovrei pensarci su. Non sapete quand'è stato che il signor Záturecký è venuto a casa mia? ».

« È stato... vediamo... » l'uomo dal mento sfuggente diede un'occhiata alle sue carte. « È stato il quattordici, mercoledì pomeriggio ».

« Mercoledì... quattordici... aspettate... ». Mi presi la testa fra le mani e mi concentrai. « Ora ricordo. Era Helena ». Li vedevo pendere tutti tesi dalle mie labbra.

« Helena... e poi? ».

« E poi? Questo purtroppo non lo so. Non ho voluto chiederglielo. In realtà, a essere sincero, non sono nemmeno certo che si chiamasse Helena. La chiamavo così solo perché suo marito mi sembrava rosso di capelli come Menelao. Questo è accaduto martedì sera, quando l'ho conosciuta in una taverna e sono riuscito a parlarle un istante mentre il suo Menelao era andato al banco a bersi un cognac. Il giorno dopo è venuta da me e c'è rimasta tutto il pomeriggio. L'ho solo dovuta lasciare per un paio d'ore verso sera a causa di una riunione in facoltà. Al mio rientro era disgustata perché un omino le aveva dato fastidio. Pensava che fossi stato d'accordo con lui, era offesa e non ha più voluto avere a che fare con me. Quindi, come vedete, non ho avuto nemmeno il tempo per scoprire il suo vero nome».

«Compagno, che lei dica o no la verità,» disse la bionda «mi pare del tutto inconcepibile come lei possa educare la nostra gioventù. Ma è mai possibile che la nostra vita non riesca a ispirarle nient'altro che sbevazzamenti e abusi di donne? Può star certo che faremo sentire la nostra opinione a chi di dovere».

«Il portiere non ha parlato di nessuna Helena» intervenne la donna anziana con la permanente. «Ci ha però informati che già da un mese vive da te una ragazza che lavora in una casa di mode. Compagno, non dimenticare che sei in subaffitto. Ti immagini forse che chiunque possa abitare da te in questa maniera? Credi forse che la vostra casa sia un bordello? Se non vuoi dircelo tu il suo nome, saprà scoprirlo la polizia».

11

Insomma, il terreno mi stava velocemente sparendo sotto i piedi. L'atmosfera ostile di cui mi aveva parlato il professore cominciavo a sentirla anch'io in facoltà. Certo, per il momento nessuno mi convocava a qualche colloquio, ma qua e là sentivo delle allusioni, qua e là qualcosa mi veniva compassionevolmente rivelato dalla signora Marie nel cui ufficio i docenti, prendendo il caffè, si sbottonavano un poco. Dopo un paio di giorni si sarebbe dovuta riunire la commissione per il concorso che al momento stava raccogliendo giudizi da ogni parte; mi immaginavo i suoi membri mentre leggevano il rapporto del comitato di quartiere, un rapporto di cui io sapevo soltanto che era segreto e che io non potevo aggiungerci nulla.

Vi sono momenti, nella vita, nei quali bisogna indietreggiare. Momenti nei quali bisogna cedere le posizioni meno importanti per difendere quelle che lo sono di più. Mi sembrò che l'ultima e più importante posizione fosse il mio amore. Sì, in quelle febbrili giornate avevo all'improvviso cominciato ad accorgermi di amare la mia sartina e di tenere a lei.

Quel giorno ci incontrammo davanti al museo. Non a casa, no. Forse che casa mia era ancora un luogo sicuro? È forse un luogo sicuro una stanza dalle pareti di vetro? Un posto sorvegliato con i binocoli? Una stanza dove la donna che amate deve esser tenuta nascosta con più accortezza che se si trattasse di merce di contrabbando?

A casa non ci sentivamo a casa. Avevamo la stessa sensazione di un uomo che è penetrato in terra straniera e può essere sorpreso a ogni istante: ci innervosivano i passi nel corridoio, ci aspettavamo continuamente che qualcuno avrebbe bussato con insistenza alla porta. Klára era ritornata a Čelákovice, e ormai non avevamo più voglia di vederci in quella nostra casa resa estranea, nemmeno per poco tempo. Avevo perciò pregato un mio amico pittore di prestarmi il suo studio la sera. Quel giorno avevo ricevuto la chiave per la prima volta.

E così ci trovammo sotto i tetti, in un'enorme stanza con un unico piccolo divano e un'ampia finestra inclinata da dove si poteva vedere l'intera Praga serale; in mezzo a un mucchio di quadri appoggiati alle pareti, in mezzo a un disordine e a un'incurante sporcizia da pittore, ritrovai tutt'a un tratto le antiche impressioni di una beata libertà. Mi accomodai sul divano, infilai il cavatappi nel turacciolo e aprii una bottiglia di vino. Chiacchieravo allegro e sciolto pensando alla bella serata e alla notte che avevamo davanti.

Solo che l'angoscia che mi aveva abbandonato era piombata su Klára con tutto il suo peso.

Ho già accennato a come Klára, senza il minimo scrupolo, anzi con la maggior naturalezza possibile, si fosse stabilita tempo addietro nella mia mansarda. Invece adesso che ci trovavamo per un po' di tempo in uno studio estraneo, lei si sentiva a disagio. Molto più che a disagio. « Mi sento umiliata » disse.

« Che cos'è che ti umilia? » le chiesi.

« Il fatto che abbiamo dovuto farci prestare un appartamento ».

« Perché ti umilia il fatto che abbiamo dovuto farci prestare un appartamento? ».

« Perché in questo c'è qualcosa di umiliante » rispose.

« Non avevamo molto da scegliere ».

« Sì, è vero, » rispose « ma in un appartamento preso in prestito mi sembra di essere una ragazza facile ».

« Dio santo, perché ti dovrebbe sembrare di essere una ragazza facile proprio in un appartamento *preso in prestito*? In genere le ragazze facili svolgono la loro attività nel loro appartamento e non in uno preso in prestito... ».

Era inutile attaccare con la ragione la solida barriera di irrazionalità di cui si dice sia plasmato l'animo femminile. La nostra conversazione aveva preso fin dall'inizio una brutta piega.

Raccontai a Klára quello che mi aveva detto il professore, le raccontai quanto era accaduto al comitato di quartiere, cercando di convincerla che alla fine avremmo ottenuto la vittoria su tutti.

Klára rimase zitta per un po' e poi disse che l'intera colpa era mia. « Riuscirai almeno a tirarmi fuori da quella sartoria? ». Le dissi che forse adesso avrebbe dovuto pazientare un po'.

« Lo vedi, » disse Klára « erano solo promesse, e alla fine non farai nulla. E io da sola non riuscirò mai a tirarmene fuori, anche se potessi contare sull'aiuto di qualcun altro, perché per colpa tua le mie note personali saranno rovinate ».

Diedi a Klára la mia parola che la faccenda del signor Zátureckỳ non avrebbe potuto danneggiarla.

« Io non capisco lo stesso » disse Klára « perché non vuoi scrivere quel giudizio. Se lo scrivessi, tutto si sistemerebbe subito ».

« Ormai è tardi, Klára » dissi. « Se scrivo quel giudizio, diranno che critico quel lavoro per vendetta, e si infurieranno ancora di più ».

« Perché dovresti criticarlo? Danne un parere positivo! ».

« Non posso farlo, Klára. È un lavoro assolutamente impossibile ».

« E allora? Perché all'improvviso ti metti a fare il sincero? Non era forse una bugia quando hai scritto a quell'omino che al "Pensiero artistico" non ti tenevano in nessuna considerazione? E non era una bugia quando gli hai detto che aveva cercato di sedurmi a casa tua? E non era una bugia quando ti sei inventato quella Helena? Quindi, visto che hai già mentito tanto spesso, cosa ci rimetti a mentire ancora una volta e a scrivere un giudizio che elogi il suo lavoro? Solo così puoi aggiustare ogni cosa ».

« Vedi, Klára, » dissi « tu pensi che una bugia sia uguale all'altra, e sembrerebbe che tu abbia ragione. Ma non è così. Io posso inventarmi qualsiasi cosa, posso prendermi gioco della gente, dar vita a mistificazioni e ragazzate... e non ho la sensazione di essere un bugiardo e non ho la coscienza sporca; quelle bugie, se vuoi chiamarle così, quelle bugie sono me, così come realmente sono, con simili bugie io non fingo, con simili bugie in fondo dico la verità. Ma ci sono cose nelle quali non riesco a mentire. Ci sono cose nelle quali sono penetrato, delle quali ho compreso il senso, cose che amo e che prendo sul serio. E lì non è possibile scherzare. Se mentissi, umilierei me stesso, e questo non va, non me lo chiedere, non lo farò ».

Non ci capimmo.

Ma io Klára l'amavo veramente ed ero deciso a far di tutto perché non avesse nulla di cui rimproverarmi. Il giorno seguente scrissi una lettera alla signora Záturecká. L'indomani alle due l'avrei aspettata nel mio studio.

12

Fedele alla sua stupefacente metodicità, la signora Záturecká bussò alla porta in perfetto orario. Aprii e l'invitai a entrare.

Alla fine, dunque, la vedevo. Era una donna alta, molto alta, con un viso largo e magro da contadina da dove guardavano due occhi celesti. « Si metta in libertà » dissi, e lei con movimenti goffi si tolse un lungo cappotto scuro, stretto in vita e di foggia strana, un cappotto che, chissà perché, mi faceva pensare ai vecchi pastrani militari.

Non volevo essere il primo ad attaccare; volevo che fosse l'avversario a mostrare le proprie carte. Quando la signora Záturecká si fu seduta, dopo alcune frasi la spinsi a parlare.

« Lei sa perché l'ho cercata » disse con voce seria e senza la minima aggressività. « Mio marito ha sempre avuto grande stima di lei, sia come studioso che come uomo di carattere. Tutto dipendeva dal suo giudizio. E lei gliel'ha rifiutato. Mio marito ha impiegato tre interi anni a scrivere quel lavoro. Ha avuto una vita più difficile della sua. Era insegnante, ogni giorno doveva andare trenta chilometri fuori Praga. Sono stata io, l'anno scorso, a spingerlo a lasciar perdere tutto e dedicarsi unicamente alla scienza ».

« Il signor Záturecký non ha un lavoro? » chiesi.

« No... ».

« E come vivete? ».

« Per il momento devo essere io a tirare avanti la baracca. La scienza è la passione di mio marito. Se lei sapesse tutto quello che ha studiato. Se lei sapesse i fogli che ha riempito. Dice sempre che un vero studioso deve scrivere trecento pagine perché gliene avanzino trenta. E poi si è messa di mezzo quella donna. Mi creda, io lo conosco, non farebbe mai ciò di cui quella lo accusa, non ci credo, che venga a dirlo davanti a me e davanti a lui! Io le conosco le donne, forse quella donna è innamorata di lei e lei non la ricambia allo stesso modo. Forse voleva risvegliare in lei la gelosia. Ma, mi può credere, mio marito non avrebbe mai osato ».

Ascoltavo la signora Záturecká e all'improvviso dentro di me avvenne una cosa strana: smisi di pensare che questa era la donna a causa della quale avrei dovuto lasciare la facoltà, la donna che aveva fatto scendere un'ombra tra me e Klára, la donna per colpa della quale avevo perso tanti giorni tra rabbia e fastidi. All'improvviso, il legame tra lei e la storia nella quale entrambi adesso recitavamo un triste ruolo mi sembrò vago, gratuito, casuale, incolpevole. Di colpo capii che era stata solo una mia illusione aver pensato che siamo noi a sellare le nostre avventure e a guidare la loro corsa; e che quelle avventure forse non sono affatto *nostre*, ma piuttosto ci sono state messe sotto *dall'esterno*; che non ci caratterizzano in alcun modo; che noi non possiamo in alcun modo controllare il loro strambissimo corso ed esse ci trascinano via guidate a loro volta da forze che ci sono *estranee*.

Del resto, quando guardai la signora Záturecká negli occhi, mi sembrò che quegli occhi non potessero vedere il termine delle azioni, mi sembrò che quegli occhi non guardassero affatto; che le galleggiassero semplicemente sulla superficie del viso; che vi fossero soltanto posati sopra.

« Signora Záturecká, forse lei ha ragione » dissi conciliante. « È probabile in effetti che la mia ragazza non mi abbia detto la verità, e lei sa come vanno queste cose, quando un uomo è geloso; le ho creduto e mi sono un po' saltati i nervi. Accade a chiunque ».

« Ma certo » disse la signora Záturecká e si vedeva che le era caduto un peso dal cuore. « Quand'è lei stesso a riconoscerlo, va tutto bene. Noi avevamo paura che lei le credesse. In fondo, quella donna avrebbe potuto rovinare la vita di mio marito. Per non parlare della cattiva luce che ciò avrebbe gettato su di lui. Certo, in qualche modo saremmo riusciti a sopportarlo. Ma dal suo giudizio mio marito si ripromette tutto. In redazione gli hanno assicurato che dipende solo da lei. Mio marito è convinto che se il suo articolo venisse pubblicato, lui sarebbe finalmente riconosciuto come studioso. La prego, ora che ogni cosa è stata chiarita, glielo scriverà quel giudizio? E potrebbe farlo presto? ».

Era giunto ora il momento di vendicarsi di tutto e dar sfogo alla mia rabbia, solo che in quel momento non sentivo alcuna rabbia, e ciò che dissi lo dissi solo perché non c'era modo di evitarlo: « Signora Záturecká, c'è un problema per quel giudizio. Le confesserò come sono andate le cose. Non mi piace dire in faccia alla gente cose spiacevoli. È la mia debolezza. Non mi facevo trovare dal signor Záturecký e pensavo che lui capisse perché lo evitavo. Il fatto è che il suo lavoro è debole. Non ha alcun valore scientifico. Mi crede? ».

« Mi è difficile crederle. Non posso crederle » disse la signora Záturecká.

« Ma soprattutto è un lavoro privo di qualsiasi originalità. Cerchi di capirmi, uno studioso deve sempre scoprire qualcosa di nuovo; uno studioso non può semplicemente copiare cose già note, cose già scritte da altri ».

« Mio marito quel lavoro non l'ha certo copiato ».

« Signora Záturecká, lei l'avrà di sicuro letto... ». Volevo continuare, ma la signora Záturecká mi interruppe.

« No, non l'ho letto ».

Fui sorpreso. « Be', allora lo legga ».

« Ho una vista cattiva, » disse la signora Záturecká « sono già cinque anni che non leggo neanche una riga, ma io non ho bisogno di leggere per sapere se mio marito è o non è onesto. Non è certo leggendo che lo si capisce. Io mio marito lo conosco come una madre conosce il proprio figlio, io so tutto di lui. E so che tutto ciò che fa è sempre onesto ».

Dovetti affrontare il peggio. Lessi alla signora Záturecká brani dell'articolo del marito e, subito dopo, i brani corrispondenti dei diversi autori dal quale il signor Záturecký aveva attinto le idee e le formulazioni. Naturalmente non si trattava di un plagio deliberato, quanto piuttosto di un tributo automatico ad autorità verso le quali egli nutriva una stima immensa. Chiunque avesse però sentito i passaggi raffrontati, avrebbe inevitabilmente capito che l'articolo del signor Záturecký non poteva essere pubblicato su nessuna rivista scientifica seria.

Non so quanto la signora Záturecká si concentrasse sulla mia spiegazione, quanto riuscisse a seguirla e a comprenderla, sedeva però remissiva nella poltrona, remissiva e ubbidiente come un soldato che sa di non poter abbandonare la sua postazione. Mi ci volle mezz'ora per arrivare fino in fondo. La signora Záturecká si alzò dalla poltrona, fissò su di me i suoi occhi trasparenti e con voce incolore mi chiese di scusarla; ma io sapevo che non aveva perso la fede nel marito, e se aveva rimproveri da fare a qualcuno era solo a se stessa, per non essere riuscita a tener testa alle mie argomentazioni che le parevano oscure e incomprensibili. Indossò il pastrano militare e io capii che quella donna era un soldato, un triste soldato stanco per le lunghe marce, un soldato incapace di capire il senso degli ordini, ma che ugualmente li avrebbe eseguiti sempre senza fare obiezioni, un soldato che adesso se ne andava, ferito ma senza disonore.

13

« Per cui adesso non hai più nulla da temere » dissi a Klára quando, nella Taverna dalmata, le ebbi ripetuta la conversazione con la signora Záturecká.

« Io in fondo non avevo nulla da temere » rispose Klára con una sicurezza di sé che mi stupì.

« Come sarebbe a dire? Se non fosse stato per te, non avrei mai incontrato la signora Záturecká ».

« Hai fatto bene a incontrarla, perché ciò che hai fatto a quei due è stata una cosa molto sgradevole. Il dottor Kalousek diceva che è una cosa che una persona intelligente stenta a capire ».

« Quando hai visto Kalousek? ».

« L'ho visto » disse Klára.

« E gli hai raccontato ogni cosa? ».

« E allora? È forse un segreto? Oggi so benissimo cosa sei ».

« Hmm ».

« Devo dirti cosa sei? ».

« Prego ».

« Un cinico stereotipato ».

« E lo hai saputo da Kalousek? ».

« Perché da Kalousek? Pensi che non possa arrivarci da sola? Perché tu pensi davvero che io non sappia capire che tipo sei. Ti piace prendere in giro la gente. Al signor Záturecký avevi promesso un giudizio ».

« Io non gli avevo promesso nessun giudizio! ».

« È lo stesso. E a me avevi promesso un posto. Con il signor Záturecký inventavi che era colpa mia, e con me che era colpa del signor Záturecký. Ma tanto perché tu lo sappia, io quel posto l'avrò ».

« Grazie a Kalousek? » chiesi, cercando di essere pungente.

« Grazie a te no di certo! Tu ormai sei bruciato, dovunque, e nemmeno te l'immagini quanto ».

« E tu invece te l'immagini? ».

« Certo. Il concorso non lo vincerai e sarà già tanto se ti daranno un posto da impiegato in qualche galleria di provincia. Ma devi renderti conto che si è trattato unicamente di un tuo sbaglio. Se posso darti un consiglio, la prossima volta sii onesto e non mentire mai, perché nessuna donna può aver stima di un uomo che mente ».

Quindi si alzò, mi diede (ovviamente per l'ultima volta) la mano, si voltò e uscì.

Solo dopo un po' mi venne da pensare che (a dispetto del gelido silenzio che mi circondava) la mia avventura non apparteneva al genere delle storie tragiche, ma piuttosto a quello delle storie comiche.

E ne provai una certa consolazione.

LA MELA D'ORO
DELL'ETERNO DESIDERIO

Martin

Martin sa fare una cosa che io non so fare. Fermare qualsiasi donna in qualsiasi strada. Devo dire che, in tutti questi anni da che conosco Martin, ho abbondantemente approfittato di questa sua capacità perché le donne non mi piacciono certo meno che a lui, ma mi manca quella sua spericolata sfrontatezza. L'errore di Martin era invece quello opposto, che per lui talvolta la cosiddetta *cattura* della donna diventava un virtuosismo fine a se stesso, al quale egli molto spesso si arrestava. Era solito dire perciò, non senza una certa amarezza, di essere simile a un attaccante che passi disinteressatamente una palla sicura a un proprio compagno, il quale può poi segnare facili reti e raccogliere una facile gloria.

Il lunedì pomeriggio di quella settimana lo stavo aspettando, dopo il lavoro, in un caffè di piazza San Venceslao, e intanto davo un'occhiata a un grosso libro tedesco che trattava dell'antica civiltà etrusca. C'erano voluti diversi mesi prima che la Biblioteca Nazionale riuscisse a ottenerlo in prestito dalla Germania, e quel giorno, quando l'avevo finalmente ricevuto, me l'ero portato via come una reliquia, ed ero in fondo ben contento che Martin si facesse aspettare, dandomi la possibilità di sfogliare il bramato volume al tavolino del caffè.

Tutte le volte che penso alle antiche civiltà classiche, mi assale una tristezza che è forse in parte anche un'invidia malinconica per la dolce e languida lentezza della storia di allora: la civiltà egizia era durata alcune migliaia di anni; quella greca quasi un millennio. In questo, la vita dell'individuo somiglia alla storia dell'umanità: all'inizio affonda in un'immobile lentezza e solo in seguito comincia pian piano ad acquistare sempre più velocità. Giusto due mesi prima Martin aveva compiuto quarant'anni.

L'avventura comincia

Fu lui a interrompere le mie meditazioni. Apparve all'improvviso nella porta a vetri del caffè e si diresse verso di me facendo smorfie e gesti significativi in direzione di un tavolino dove, seduta davanti a una tazza di caffè, spiccava una donna. Senza smettere di guardarla, mi si sedette accanto e disse: « Che te ne pare? ».

Fui preso da un senso di vergogna; ero stato davvero tanto immerso nel mio grosso volume che di quella ragazza mi accorgevo solo allora; fui costretto a riconoscere che era bella. In quello stesso istante la ragazza raddrizzò il busto, chiamò il signore col farfallino nero e chiese il conto.

« Il conto anche a noi! » ordinò Martin.

Già pensavamo che saremmo stati costretti a rincorrere la ragazza, e invece per fortuna si era dovuta fermare al guardaroba. Aveva lasciato lì una borsa della spesa e la guardarobiera dovette faticare un po' prima di trovarla e poggiargliela davanti sul banco. La ragazza diede alla guardarobiera un paio di monetine e in quell'istante Martin mi strappò di mano il libro tedesco.

« Meglio metterlo qui » disse con perfetta naturalezza, infilandolo con cura nella borsa della ragazza. Questa si mostrò stupita ma non sapeva cosa dire.

« È scomodo da portare in mano » disse ancora Martin, e quando lei fece per prendere la borsa, cominciò a rimproverarmi dicendo che non sapevo come ci si comporta.

La signorina era infermiera all'ospedale di una piccola città, aveva fatto solo un salto a Praga ed ora stava correndo alla stazione di Florenc dove aveva la corriera. Fu sufficiente il piccolo tratto di strada fino alla fermata del tram per scoprire tutte le cose fondamentali e concordare una nostra visita a B. il sabato seguente, per andare a trovare quella graziosa signorina che, come Martin fece significativamente notare, aveva di sicuro qualche bella collega.

Stava arrivando il tram, diedi alla ragazza la borsa e lei voleva tirare fuori il libro; Martin però si oppose con gesto magnanimo, tanto saremmo andati a riprenderlo sabato e nel frattempo la signorina poteva dargli una scorsa... La signorina rideva imbarazzata, il tram se la portò via e noi restammo lì ad agitare la mano.

Che ci si poteva fare? Il libro così a lungo desiderato si trovava all'improvviso in incerte lontananze; a guardarla da questo punto di vista, la cosa era piuttosto seccante; ma una certa ebbrezza mi sollevava felice al di sopra di tutto. Martin si mise subito a pensare a una scusa da raccontare alla giovane moglie per il pomeriggio e la notte di sabato (perché è davvero così: lui a casa ha una moglie giovane; e quel che è peggio: la ama; e quel che è ancora peggio: ha paura di lei; e quel che è tre volte peggio: ha paura *per* lei).

Una registrazione riuscita

Per la nostra gitarella mi ero fatto prestare una bella Fiat e, alle due di sabato, mi presentai sotto casa di Martin; Martin stava già aspettandomi e partimmo. Era luglio e c'era un'afa tremenda.

Volevamo essere a B. il più presto possibile, ma quando, nell'attraversare un paesino, vedemmo due ragazzi con indosso solo dei calzoncini e con i capelli significativamente bagnati, fermai la macchina. C'era infatti uno stagno poco lontano, a pochi passi da lì, appena fuori dell'abitato. Io avevo bisogno di una rinfrescata; Martin era della mia stessa opinione.

Ci mettemmo il costume e ci tuffammo. Io mi infilai sott'acqua e nuotai veloce fino all'altra riva. Martin invece si immerse per un attimo, si spruzzò un po' d'acqua addosso e uscì. Quando mi stancai di nuotare e ritornai a riva, lo trovai in uno stato di completa fissità. Sulla riva gridava una masnada di ragazzini e i giovani del luogo giocavano a palla non lontano da lì, ma Martin fissava la prestante figuretta di una ragazza a una quindicina di metri da noi, che, di spalle, osservava completamente immobile l'acqua dello stagno.

« Guarda! » disse Martin.

« Guardo ».

« E che dici? ».

« Che cosa dovrei dire? ».

« Non sai che cosa dovresti dire? ».

« Dobbiamo aspettare che si volti » osservai.

« Non abbiamo alcun bisogno di aspettare che si volti. Ciò che mi mostra da questo lato è più che sufficiente ».

« Bene, » ribattei « purtroppo, però, non abbiamo tempo per combinare nulla ».

« Almeno registrare, registrare! » disse Martin e si voltò verso un ragazzino che si stava infilando i calzoncini poco lontano: « Ragazzino, scusa, non sai mica il nome di quella ragazza? » e indicava la giovinetta che era ancora immobile in quella sua strana apatia.

« Quella lì? ».

« Sì, quella lì ».

« Non è di qua » disse il ragazzino.

Martin si rivolse a una bambina sui dodici anni che prendeva il sole accanto a noi:

« Piccola, non sai mica chi sia quella ragazza in piedi sulla riva? ».

La piccola si tirò su ubbidiente: « Quella lì? ».

« Sì, quella lì ».

« È Manka... ».

« Manka? E poi? ».

« Manka Pánků... di Traplice... ».

La ragazza era sempre ferma davanti all'acqua, voltata di spalle. In quel momento si chinò per prendere la cuffia e, quando si raddrizzò infilandosela sui capelli, Martin mi stava già di nuovo accanto: « È una certa Manka Pánků di Traplice. Possiamo andare ».

Era del tutto tranquillizzato, soddisfatto, ed era evidente che ormai non pensava più ad altro che al viaggio da fare.

Un po' di teoria

Tale operazione viene da Martin chiamata *registrazione*. È questo il risultato della sua ricca esperienza, che lo ha portato alla conclusione che la cosa più problematica non è *sedurre* una ragazza, ma piuttosto, se si hanno grandi pretese dal punto di vista quantitativo, *conoscere* sempre un numero sufficiente di ragazze che non siano state ancora da noi sedotte.

Sostiene perciò la continua necessità, dovunque e

in qualsiasi occasione, di eseguire un'ampia registrazione, vale a dire di segnare in un'agendina o nella memoria i nomi delle donne che ci hanno colpito e che, un giorno o l'altro, potremmo *contattare*.

Il *contattamento* rappresenta poi il livello superiore di questa attività e significa che con una certa donna entriamo in relazione, facciamo la sua conoscenza, ci apriamo un varco verso di lei.

Chi ama guardarsi indietro con orgoglio, pone l'accento sui nomi delle donne *amate*: chi invece guarda in avanti, verso il futuro, deve preoccuparsi soprattutto di avere un numero sufficiente di donne *registrate* e *contattate*.

Al di là del contattamento esiste infatti soltanto un unico ed ultimo livello, e io, per conquistarmi Martin, amo far notare che coloro che si preoccupano unicamente di quest'ultimo livello sono uomini meschini e primitivi e mi fanno pensare a calciatori di paese che si scagliano a testa bassa contro la porta avversaria dimenticando che ai goal (ai goal come alle mete in generale) non ci si arriva con il gusto sconsiderato per i tiri violenti, ma piuttosto con un attento e coscienzioso gioco a tutto campo.

« Pensi che ti capiterà, prima o poi, di andare a trovarla a Traplice? » chiesi a Martin quando ripartimmo.

« Non si può mai sapere... » disse Martin.

« Ad ogni modo, » dissi io a mia volta « la giornata per noi comincia bene ».

Il gioco e la necessità

Raggiungemmo l'ospedale di B. di ottimo umore. Erano quasi le tre e mezzo. Dalla portineria telefonammo alla nostra infermiera. Dopo un po' arrivò in cuffietta e camice bianco; mi accorsi che era arrossita e lo considerai un buon segno.

Martin fu pronto a prendere la parola e la ragazza ci annunciò che il suo turno sarebbe terminato alle sette e che dovevamo quindi aspettarla a quell'ora davanti all'ospedale.

« Con la sua gentile collega si è già messa d'accordo? » domandò Martin, e la ragazza fece segno di sì con la testa:

« Verremo in due ».

« Bene, » disse Martin « non possiamo però porre il collega qui presente davanti a un fatto compiuto che lui nemmeno conosce ».

« Va bene, » disse la ragazza « possiamo andare a darle un'occhiata; Božena è al reparto medicina interna ».

Attraversammo adagio il cortile dell'ospedale e io chiesi timidamente: « E ha ancora quel grosso libro? ».

L'infermiera fece segno di sì con la testa, ce l'aveva ancora, anzi, proprio lì in ospedale. Mi cadde un peso dal cuore e insistetti che per prima cosa si andasse a prenderlo.

A Martin certo parve inopportuno che io dessi così scopertamente la precedenza a un libro rispetto alla donna che doveva essermi presentata, ma non potevo farci proprio nulla.

Ammetto, infatti, di aver molto sofferto nei pochi giorni in cui il volume sulla civiltà degli etruschi era rimasto fuori della portata del mio sguardo. Ed era stato soltanto grazie a una grande autodisciplina se avevo sopportato la cosa senza batter ciglio, non volendo in alcun modo rovinare il Gioco, un valore che fin dall'infanzia avevo imparato a rispettare, subordinandovi ogni mio interesse personale.

Mentre io ritrovavo con commozione il mio libro, Martin continuava la sua conversazione con l'infermiera, e la convinse a farsi prestare da un collega una casetta sulla riva del non lontano stagno di

Hoter. Eravamo tutti estremamente soddisfatti e ci dirigemmo quindi finalmente, attraverso il cortile dell'ospedale, verso il piccolo edificio verde della medicina interna.

In direzione opposta alla nostra stava giusto arrivando in quel momento un'infermiera in compagnia di un medico. Il medico era un buffo spilungone con le orecchie a sventola che catturò la mia attenzione, tanto più che proprio allora la nostra infermiera mi diede una gomitata: mi venne da ridere. Quando ci ebbero superato, Martin si voltò verso di me: « Ne hai di fortuna, amico. Uno splendore di ragazza come quella non te lo meriti affatto ».

Mi vergognavo di dire che avevo guardato soltanto lo spilungone, e tirai fuori quindi qualche complimento. Del resto, da parte mia non vi era in ciò la minima ipocrisia. Ho fiducia nei gusti di Martin assai più che nei miei, perché so che i suoi gusti sono sostenuti da un *interesse* di gran lunga superiore. Amo l'obiettività e l'ordine in qualsiasi cosa, anche nelle faccende d'amore, e di conseguenza mi fido più di un esperto che di un dilettante.

Qualcuno potrebbe considerare ipocrisia il fatto che mi definisca un dilettante, io, un uomo separato che sta raccontando una delle sue (evidentemente non certo rare) avventure. Eppure: sono un dilettante. Si potrebbe dire che io *recito* quello che Martin *vive*. Talvolta ho la sensazione che tutta la mia vita poligama non sia derivata da altro che dall'imitazione degli altri uomini; non nego di aver trovato piacere in questa imitazione. Ma non posso sbarazzarmi della sensazione che in questo mio piacere rimanga pur sempre quel qualcosa di completamente libero, di giocoso e di non impegnativo che caratterizza ad esempio le visite alle gallerie di quadri o i viaggi in regioni straniere, e che non sottostà minimamente all'imperativo categorico che sentivo dietro la vita erotica di Martin. Era proprio la presenza di questo imperativo categorico ad elevare Martin ai miei occhi. Il suo giudizio su una donna mi sembrava espresso, attraverso le sue labbra, dalla Natura in persona, dalla Necessità stessa.

Il raggio del focolare

Quando ci ritrovammo fuori dell'ospedale, Martin fece notare come tutto ci stesse andando magnificamente, e aggiunse poi: « Certo, stasera dovremo fare in fretta. Voglio essere a casa per le nove ».

Rimasi allibito: « Per le nove? Questo vuol dire partire alle otto! Ma allora siamo venuti fin qui inutilmente! Io contavo sul fatto che avremmo avuto a disposizione l'intera notte! ».

« Perché vorresti sprecare tempo? ».

« Ma che senso ha fare tutto un viaggio per poi avere solo un'ora? Cosa vuoi combinare dalle sette alle otto? ».

« Tutto. Come hai potuto notare, mi sono preoccupato di procurarci una casetta, per cui ogni cosa può filare liscia come l'olio. Dipenderà solo da te comportarti con sufficiente decisione ».

« E scusa tanto, come mai devi essere a casa per le nove? ».

« L'ho promesso ad Antonietta. Il sabato, prima di andare a dormire, è abituata a giocare sempre a ramino ».

« Dio mio...! » sospirai.

« Ieri Antonietta ha avuto di nuovo delle noie in ufficio, e io dovrei forse privarla anche di questa piccola gioia del sabato? Lo sai: è la donna migliore che mi sia mai capitata. Del resto, » aggiunse « anche tu sarai contento, a Praga, di avere ancora l'intera notte davanti a te ».

Capii che era inutile obiettare. Nulla riusciva mai

a calmare il timore di Martin per la tranquillità spirituale della moglie, come nulla riusciva mai a scuotere la sua fede nelle infinite possibilità erotiche presenti in ogni ora o minuto.

« Andiamo! » disse Martin. « Alle sette mancano ancora tre ore! Non ce ne staremo certo con le mani in mano!... ».

L'inganno

Ci incamminammo sull'ampio viale del parco comunale che fungeva da passeggio per la gente del luogo. Esaminavamo le coppie di ragazze che ci passavano accanto o stavano sedute sulle panchine, ma le loro caratteristiche non ci soddisfacevano.

Martin rivolse in effetti la parola a un paio di loro, attaccò discorso e fissò persino un appuntamento, ma sapevo che non faceva sul serio. Era il cosiddetto *contattamento di allenamento*, che Martin eseguiva di tanto in tanto per non perdere l'esercizio.

Uscimmo dal parco insoddisfatti e passammo in strade che trasudavano il vuoto e la noia della provincia.

« Andiamo a bere qualcosa, io ho sete » dissi a Martin.

Trovammo un edificio con la scritta CAFFÈ. Entrammo, ma all'interno c'era solo un self-service; un locale piastrellato che emanava freddo ed estraneità; ci avvicinammo al bancone, da una sgarbata signora comprammo dell'acqua colorata e la portammo a un tavolo sporco di salsa che ci invitava ad andar via in fretta.

« Non ci far caso, » disse Martin « nel nostro mondo la bruttezza ha una sua funzione positiva. Nessuno ha voglia di fermarsi da nessuna parte, la gente ha fretta di lasciare ogni posto che incontra, e in tal modo nasce il ritmo necessario della vita. Noi, però, non ci facciamo provocare. Adesso, nella sicurezza di un brutto locale, possiamo parlare di qualsiasi cosa». Bevve un sorso della sua bibita e chiese: «Hai già contattato la studentessa di medicina?».

«Naturalmente» dissi.

«E allora, com'è? Fammene un ritratto preciso!».

Gli descrissi la studentessa. Non mi costò gran fatica anche se non esisteva nessuna studentessa di medicina. Sì. Forse tutto ciò getterà su di me una luce cattiva, ma è così: *me l'ero inventata.*

Do la mia parola d'onore di non averlo fatto con qualche intenzione cattiva, per farmi bello agli occhi di Martin o per prenderlo in giro. Mi ero inventato la studentessa semplicemente perché non resistevo più all'insistenza di Martin.

Quello che Martin pretendeva dalla mia attività era enorme. Martin era convinto che ogni giorno incontrassi donne sempre nuove. Mi vedeva diverso da quel che sono, e se gli avessi detto la verità, che per tutta la settimana non solo non avevo posseduto alcuna nuova donna, ma addirittura non ne avevo nemmeno sfiorata una, mi avrebbe considerato un ipocrita.

Ero stato perciò costretto, circa una settimana prima, a fingere la registrazione di una studentessa di medicina. Martin era stato soddisfatto e mi aveva spinto al contattamento. E quel giorno controllava i miei progressi.

«E a che livello è? È a livello di...» chiuse gli occhi e si mise a pescare dalle tenebre un termine di paragone; si ricordò poi di una conoscente comune: «... è a livello di Markétka?».

«È molto meglio» dissi.

«Davvero...?» si meravigliò Martin.

«È a livello della tua Antonietta».

Per Martin la moglie era il termine massimo di paragone. Fu molto felice della mia notizia e si perse nei sogni.

Un contattamento riuscito

Poi nel locale entrò una ragazza in pantaloni di velluto e giaccone. Si diresse al banco, attese l'acqua colorata e si allontanò col bicchiere. Poi venne al tavolo accanto al nostro, portò il bicchiere alle labbra e bevve senza neanche sedersi.

Martin si voltò verso di lei: « Signorina, » disse « non siamo di qui e vorremmo porle un quesito... ».

La ragazza sorrise. Era abbastanza bella.

« Abbiamo un caldo tremendo e non sappiamo cosa fare ».

« Andate a fare un bagno ».

« Appunto. Non sappiamo dove si possa fare un tuffo, qui da voi ».

« Non è possibile da nessuna parte ».

« Come mai? ».

« Una piscina c'è, ma è già un mese che è vuota ».

« E il fiume? ».

« Lo stanno dragando ».

« E allora, dov'è che andate a fare il bagno? ».

« Solo allo stagno di Hoter, ma ci sono almeno sette chilometri ».

« È una sciocchezza, abbiamo la macchina, basta che venga con noi per indicarci la strada ».

« Sarà la nostra bussola » dissi.

« Servirà piuttosto a farcela perdere » mi corresse Martin.

« Be', allora sarà il nostro rifugio » dissi io.

« Ancora di più, il nostro residence, il nostro albergo » disse Martin.

« E allora, nel caso della signorina, avrà almeno cinque stelle » dissi io.

« Signorina, lei è la nostra costellazione e dovrebbe quindi venire con noi » disse Martin.

La ragazza era confusa dalla nostra parlantina e alla fine disse che sarebbe venuta ma che doveva ancora sbrigare una faccenda e poi passare a prendere il costume; dovevamo quindi aspettarla tra un'ora precisa in quello stesso posto.

Eravamo soddisfatti. La guardammo uscire dondolando con grazia il sedere e scuotendo i riccioli neri.

« Vedi, » disse Martin « la vita è breve. Dobbiamo approfittare di ogni minuto ».

Elogio dell'amicizia

Ritornammo nel parco. Di nuovo esaminammo le coppie di ragazze che stavano sedute sulle panchine; se anche accadeva che una delle signorine fosse di bell'aspetto, non accadeva mai che fosse di bell'aspetto anche la vicina.

« Vi è in ciò come una strana legge, » dissi a Martin « la ragazza brutta spera di approfittare dello splendore dell'amica più bella, mentre questa dal canto suo spera di riflettersi con ancor più splendore sullo sfondo della ragazza brutta; ne deriva per noi che la nostra amicizia è sottoposta a continue prove. E io tengo in grande considerazione proprio il fatto che noi non lasciamo mai la scelta né alle circostanze né tanto meno a una qualche forma di gara tra di noi; per noi la scelta è sempre una questione di cortesia; ci offriamo a vicenda la ragazza più bella come due signori all'antica che non possono mai entrare in una stanza dalla stessa porta perché nessuno dei due vuole essere il primo a passare ».

« Sì » disse Martin commosso. « Sei un ottimo amico. Vieni, andiamo a sederci un po', mi fanno male le gambe ».

E così restammo seduti, con la testa piegata all'indietro e il viso piacevolmente rivolto al sole, e per un po' lasciammo che il mondo ci corresse accanto inosservato.

La ragazza in bianco

All'improvviso Martin si drizzò (spinto certo da qualche nervo misterioso) e si mise a fissare in alto il viale deserto che attraversava il parco. Si stava avvicinando una ragazzina vestita di bianco. Già da lontano, quando ancora non era possibile stabilire con assoluta certezza né le proporzioni del corpo né i tratti del viso, era visibile in lei una particolare grazia, difficile a definirsi: una sorta di purezza o di tenerezza.

Quando fu abbastanza vicina, potemmo constatare che era proprio giovanissima, qualcosa a metà tra una bambina e una ragazza, e questo ci mise di colpo in uno stato di completa eccitazione, tanto che Martin scattò dalla panchina: « Signorina, sono il regista Forman, regista cinematografico; lei deve aiutarci ».

Le tese la mano e la ragazzina gliela strinse con uno sguardo pieno di infinito stupore.

Martin mi indicò con un cenno del capo e disse: « Questo è il mio operatore ».

« Ondříček » dissi dando la mano alla ragazzina.

La ragazzina fece un leggero inchino.

« Siamo in una situazione difficile. Sto cercando da queste parti gli esterni per un mio film; doveva attenderci qui il nostro assistente che conosce bene la zona, ma non è arrivato, per cui stiamo cercando di orientarci nella vostra città e nei dintorni. Il compagno operatore qui presente » continuò Martin, insistendo nella sua burla « si ostina a studiare questo grosso volume in tedesco, ma purtroppo non riesce a trovare nulla ».

L'allusione al libro che per l'intera settimana non avevo potuto leggere mi provocò: « Peccato che lei non abbia più interesse per questo libro » interruppi il mio regista. « Se lei durante la preparazione l'avesse studiato con cura, invece di farlo fare agli operatori, i suoi film forse non sarebbero così superficiali e non conterrebbero così tante assurdità... Mi perdoni, » dissi scusandomi rivolto alla ragazzina « non staremo certo a tediarla con le nostre questioni di lavoro; il nostro film è un film storico e tratterà della civiltà etrusca in Boemia... ».

« Sì » disse la ragazzina inchinandosi leggermente.

« Si tratta di un libro davvero interessante, guardi pure » dissi tendendo il libro alla ragazzina, che lo prese con un certo religioso timore e, vedendo che era proprio ciò che desideravo, cominciò a sfogliarlo delicatamente.

« Non lontano da qui dev'esserci il castello di Pcháček, » continuai « era questo il centro degli etruschi di Boemia... ma come ci si arriva? ».

« È qui vicino » disse la ragazzina illuminandosi tutta, perché la sicura conoscenza della strada per Pcháček le offriva finalmente un po' di saldo terreno in quella nostra conversazione alquanto oscura.

« Sì? Lo conosce? » domandò Martin fingendosi grandemente sollevato.

« S'intende! » disse la ragazzina « È a meno di un'ora di cammino! ».

« A piedi? » chiese Martin.

« Sì, a piedi » disse la ragazzina.

« Ma noi abbiamo la macchina » dissi.

« Non vuole farci da bussola? » disse Martin, ma io non continuai il rituale solito delle battute, perché ho un intuito psicologico più preciso di quello di Martin e sentivo che in questo caso gli scherzi facili ci sarebbero stati più che altro di danno, mentre la nostra arma era la semplice serietà.

« Signorina, non vogliamo in alcun modo turbare il suo programma, » dissi « ma se lei fosse così gentile da dedicarci un po' del suo tempo e mostrarci alcuni dei luoghi che cerchiamo, ci sarebbe di grande aiuto... e noi le saremmo entrambi enormemente grati ».

« Ma certo, » disse lei con un altro inchino « con gioia... Però io... » ci accorgemmo solo allora che aveva in mano la reticella della spesa con dentro due cespi di insalata « devo portare l'insalata alla mamma, ma è a un passo da qui e potrei tornare subito... ».

« Ma certo che deve portare l'insalata alla mamma regolarmente e in tempo » dissi. « Noi saremo lieti di aspettare qui ».

« Sì. Non ci metterò più di dieci minuti » disse la ragazzina, inchinandosi ancora una volta e allontanandosi con una fretta piena di buona volontà.

« Signore mio! » disse Martin sedendosi.

« Non è magnifico? ».

« Caspita! Per una cosa del genere sono capace di sacrificare le due medichesse ».

L'insidia di una fede eccessiva

Passò una decina di minuti, poi un quarto d'ora, e la ragazzina non tornava.

« Non aver paura » mi tranquillizzava Martin. « Se c'è una cosa sicura al mondo è il fatto che verrà. La nostra scena è stata convincentissima e la piccola era in estasi ».

Ero anch'io della stessa opinione, per cui continuammo ad aspettare, e quanto più passavano i minuti tanto più cresceva in noi la voglia di quella ragazzina dall'aspetto infantile. Era intanto scaduta l'ora dell'appuntamento con la ragazza dai pantaloni di velluto, ma noi eravamo così concentrati sulla nostra fanciulla bianca che non ci venne neppure in mente di alzarci.

E il tempo passava.

« Senti, Martin, penso che ormai non verrà più » dissi alla fine.

« Come te lo spieghi? Eppure aveva creduto a noi come a una divinità ».

« Sì, » dissi « ed è questa la nostra sfortuna. Ci ha creduto troppo! ».

« E allora? Volevi forse che non ci credesse? ».

« Forse sarebbe stato meglio. Una fede eccessiva è il peggior alleato ». L'idea si era impadronita di me; partii con le mie sciocchezze: « Quando credi ciecamente in una cosa, la tua fede finisce per portarla all'assurdo. Il vero seguace di una fede politica non prende mai sul serio i suoi *sofismi* ma solo gli *scopi pratici* che si nascondono dietro quei sofismi. I sofismi e le frasi fatte della politica non esistono perché ci si creda; devono invece servire come una sorta di *giustificazione comune e concordata*; gli sciocchi che li prendono sul serio prima o poi vi scoprono delle contraddizioni, cominciano a ribellarsi e finiscono ignominiosamente come gli eretici e gli apostati. No, una fede eccessiva non porta mai nulla di buono; e non soltanto ai sistemi politici o religiosi; ma nemmeno al nostro sistema, col quale avevamo voluto accattivarci la ragazzina ».

« Comincio a non capirti » disse Martin.

« Ma è chiarissimo: per quella ragazzina noi non eravamo altro che due signori molto distinti, con i quali lei ha voluto comportarsi bene, da bambina beneducata che in tram cede il posto agli anziani ».

« E allora perché non ha esaudito la nostra richiesta? ».

« Proprio perché si fidava così tanto di noi. Appena consegnata l'insalata alla madre, si è messa a raccontarle con entusiasmo di noi: del film storico, degli etruschi in Boemia, e la madre... ».

« Sì, il seguito mi è chiaro... » mi interruppe Martin alzandosi dalla panchina.

Il tradimento

Del resto, il sole stava già lentamente calando sui tetti della città; aveva cominciato a fare freschetto ed eravamo tristi. Ad ogni modo, andammo ugualmente a dare un'occhiata al self-service, per vedere se per sbaglio la ragazza coi pantaloni di velluto stesse ancora ad aspettarci. Naturalmente non c'era. Erano le sei e mezzo. Ci incamminammo verso la macchina e, sentendoci tutt'a un tratto come due persone bandite da una città straniera e dalle sue gioie, ci dicemmo che ormai non restava che rifugiarci nell'extraterritorialità della nostra auto.

« Ma insomma! » mi sgridò Martin in macchina. « Non fare quell'aria da funerale! Non ne abbiamo proprio motivo! In fondo, la cosa principale è ancora davanti a noi! ».

Volevo obiettare che per la cosa principale ci rimaneva a malapena un'ora di tempo, grazie ad Antonietta e al suo ramino... ma preferii star zitto.

« Del resto, » continuò Martin « la giornata è stata ricca: registrazione della ragazza di Traplice, contattamento della signorina con i pantaloni di velluto; in fondo, abbiamo tutto pronto qui in qualsiasi momento, non resta che tornarci di nuovo! ».

Non obiettai nulla. Sì. La registrazione e il contattamento erano stati eseguiti in maniera eccellente. Tutto procedeva bene. Ma in quel momento mi venne da pensare che Martin, nell'ultimo anno, ad eccezione di un numero incalcolabile di registrazioni e di contattamenti, non aveva combinato nulla di decente.

Lo guardai. I suoi occhi brillavano come sempre della loro avida luce; in quel momento sentii di voler bene a Martin e di voler bene anche al vessillo dietro al quale marciava dall'inizio della sua vita: il vessillo dell'eterna caccia alle donne.

Passò del tempo e Martin disse: « Sono le sette ».

Fermammo la macchina a una decina di metri dal portone dell'ospedale in un punto da dove io potevo tranquillamente osservare nello specchietto retrovisore chi usciva.

Continuavo a pensare a quel vessillo. E al fatto che, col passare degli anni, in quella caccia alle donne, queste diventavano sempre meno importanti rispetto alla caccia in quanto tale. Partendo dal presupposto che si tratta di un inseguimento *vano* già in partenza, è possibile inseguire ogni giorno un numero qualsiasi di donne e trasformare in tal modo la caccia in una *caccia assoluta*. Sì: Martin stava raggiungendo lo stadio della caccia assoluta.

Aspettammo cinque minuti. Le ragazze non arrivavano.

Io non me ne preoccupavo affatto. In fondo, era del tutto indifferente se arrivavano o no. Perché se anche fossero arrivate, come avremmo potuto, nel giro di un'ora, raggiungere con loro la casetta lontana, familiarizzare, fare l'amore e alle otto salutarle per benino e partire? No, nell'istante in cui Martin aveva limitato alle otto le nostre possibilità temporali, aveva spostato (come già varie altre volte) l'intera avventura nell'àmbito di un gioco illusorio.

Erano passati dieci minuti. All'ingresso non appariva nessuno.

Martin cominciò ad arrabbiarsi e quasi gridò: « Gli concedo ancora cinque minuti! Oltre non aspetto! ».

Martin non è più giovane... continuavo a riflettere. Ama abbastanza fedelmente la propria moglie. Vive, in effetti, nel più regolare dei matrimoni. Questa è la realtà. Ed ecco... al di sopra di questa realtà, al livello di un'innocente e commovente illusione, continua la giovinezza di Martin, irrequieta, allegra e vagabonda, una giovinezza trasformata in un semplice gioco che ormai non riesce più a superare le linee del campo dove si svolge, per raggiungere la vita e diventare realtà. E poiché Martin era un cieco cavaliere della Necessità, aveva trasformato le proprie avventure in un Gioco innocuo, *senza nemmeno saperlo*: e in esse continuava a mettere tutto il fervore della sua anima.

Bene, dissi. Martin è prigioniero del proprio autoinganno, ma io? Perché io gli faccio da assistente in questo gioco ridicolo? Perché, sapendo che è tutto un inganno, con lui faccio finta di crederci? Non sono ancora più ridicolo di Martin? Perché in questo momento devo far finta di aspettare un'avventura amorosa, ben sapendo che al massimo mi aspetta un'ora assolutamente inutile in compagnia di ragazze estranee e indifferenti?

In quell'istante vidi nello specchietto le due giovani donne apparire sul portone dell'ospedale. Anche da quella distanza si vedeva il luccichio della cipria e del rossetto sul loro viso, vestivano con eleganza vistosa e il loro ritardo era evidentemente legato al loro aspetto ben curato. Si guardarono intorno e si diressero verso la nostra macchina.

« Martin, non c'è nient'altro da fare » dissi rinnegando le ragazze. « Il quarto d'ora è passato. Andiamo ». E premetti sull'acceleratore.

Il pentimento

Lasciammo B., superammo le ultime casette ed entrammo in un paesaggio fatto di campi e macchie d'alberi, dietro i quali stava calando un grosso sole.

Non parlavamo.

Pensavo a Giuda Iscariota che, come afferma un arguto autore, tradì Gesù proprio perché *credeva* smisuratamente in lui: non era riuscito ad aspettare il miracolo con cui Gesù avrebbe mostrato a tutti gli ebrei il proprio potere divino; l'aveva perciò consegnato agli sbirri per costringerlo finalmente ad agire; l'aveva tradito perché desiderava affrettare la sua vittoria.

Ahimè, mi dissi, io invece ho tradito Martin proprio perché ho smesso di credere in lui (e nel potere divino del suo correre dietro alle gonnelle); sono un'infame combinazione di Giuda Iscariota e di Tommaso detto « l'incredulo ». Sentivo che, con la mia colpa, cresceva in me l'affetto per Martin e che il suo vessillo dell'eterna caccia (che si sentiva ancora sventolare sopra di noi) mi immalinconiva fino alle lacrime. Cominciai a rimproverarmi quell'atto precipitoso.

Sarò forse capace io di separarmi con più facilità dai gesti che rappresentano la mia giovinezza? E che altro potrò fare, se non accontentarmi di *imitarli* e cercare di trovare, nella mia vita razionale, un piccolo spazio protetto per quest'attività irrazionale? Cosa importa che sia tutto un gioco inutile? Cosa importa che io lo *sappia*? Smetterò forse di giocare questo gioco solo perché è vano?

La mela d'oro dell'eterno desiderio

Era seduto accanto a me e si stava lentamente riprendendo dalla sua indignazione.

« Senti, » mi disse « quella studentessa di medicina è davvero a un livello così alto? ».

« Te l'ho detto. Il livello della tua Antonietta ».

Martin mi pose altre domande. Dovetti ridescrivergli la studentessa di medicina.

Poi disse: « Magari, dopo un po' me la potresti passare, no? ».

Volli essere verosimile: « Sarà difficile. Le darebbe fastidio il fatto che sei un mio amico. Ha rigidi princìpi... ».

« Ha rigidi princìpi... » disse Martin con tristezza e si vedeva che la cosa gli dispiaceva.

Non volevo farlo soffrire.

« A meno che io neghi di conoscerti » dissi. « Potresti spacciarti per qualcun altro ».

« Magnifico! Per Forman, magari, come oggi ».

« Dei registi se ne infischia. Preferisce gli sportivi ».

« Perché no? » disse Martin. « Tutto è possibile ». E in un attimo eravamo in piena discussione. Con il passare dei minuti, il piano diventava sempre più chiaro e in un attimo già dondolava davanti a noi, nel crepuscolo che scendeva, come una bella mela, matura e radiosa.

Concedetemi che, con una certa solennità, chiami questa mela la mela d'oro dell'eterno desiderio.

IL FALSO AUTOSTOP

1

La lancetta della benzina si abbassò all'improvviso verso lo zero e il giovane guidatore della spider dichiarò che faceva venir rabbia quanto beveva quella macchina. « L'importante è non rimanere senza benzina » dichiarò la ragazza (sulla ventina) e ricordò al guidatore i vari luoghi sulla mappa del paese dove era già capitata loro una cosa del genere. Il giovane rispose che lui non se ne preoccupava perché tutto ciò che gli accadeva in sua compagnia per lui aveva sempre il fascino dell'avventura. La ragazza era di parere opposto: tutte le volte che erano rimasti a secco in mezzo alla strada, l'avventura era sempre stata appannaggio solo suo, perché il giovane si nascondeva ed era lei a dover ricorrere al proprio fascino: doveva fermare una macchina, farsi portare alla pompa più vicina, fermare un'altra macchina e ritornare con la tanica. Il giovane chiese alla ragazza se i guidatori che le davano un passaggio erano davvero così antipatici, dato che parlava del proprio compito come di un'ingiustizia. Lei (con maldestra civetteria) rispose che talvolta erano *molto* simpatici, ma cosa ne ricavava lei, impedita dalla tanica e costretta a lasciarli prima di aver avuto il tempo di iniziare qualcosa. « Canaglia » disse il giovane. La ragazza ribatté che la canaglia era lui, invece; chissà quante ragazzine lo fermavano sulla strada quando viaggiava da solo! Il giovane afferrò la ragazza per la spalla e le diede un leggero bacio sulla fronte. Sapeva che lei lo amava ed era gelosa. La gelosia non è certo una qualità piacevole, ma se non se ne abusa (se è unita a una certa moderazione) ha in sé, a parte i suoi inconvenienti, anche qualcosa di commovente. Il giovane almeno la pensava così. Avendo solo ventotto anni, gli sembrava di essere vecchio e di conoscere tutto ciò che un uomo può conoscere delle donne. La cosa che più apprezzava nella ragazza che gli sedeva accanto era proprio ciò che nelle donne fino ad allora aveva conosciuto meno: la sua purezza.

La lancetta era ormai sullo zero quando il giovane scorse sulla destra un cartello che segnalava (con la sagoma nera di una pompa di benzina) una stazione di servizio a cinquecento metri. La ragazza ebbe appena il tempo di dichiarare che le era caduto un peso dal cuore, che il giovane aveva già messo la freccia a sinistra ed entrava nello spiazzo davanti alle pompe. Fu costretto, però, a fermarsi di lato, perché accanto alla pompa c'era un grosso camion con un serbatoio di lamiera che con un robusto tubo riforniva di benzina la pompa. « Ce ne sarà da aspettare! » disse il giovane alla ragazza uscendo dall'auto. « Ne ha per molto? » gridò al ragazzo in tuta. « Un minuto » rispose il ragazzo, e il giovane: « Li conosco i vostri minuti ». Voleva sedersi nuovamente in macchina, ma vide che la ragazza era uscita dall'altro lato. « Nel frattempo io ne approfitto » disse. « Per far cosa? » chiese apposta il giovane, volendo vedere l'imbarazzo della ragazza. Era già quasi un anno che si conoscevano, ma la ragazza riusciva ugualmente a vergognarsi ancora in sua presenza, e lui amava molto quei suoi attimi di pudore; sia perché ciò la distingueva dalle donne con le quali lui aveva avuto rapporti in precedenza, sia perché conosceva la legge della fugacità di tutte le cose, e ciò gli rendeva prezioso anche il pudore della sua ragazza.

2

La ragazza odiava dovergli chiedere, quando viaggiavano (il giovane aveva l'abitudine di guidare per ore senza fare una sosta), di fermarsi un attimo accanto a qualche boschetto. Si arrabbiava sempre quando lui, con studiato stupore, le chiedeva perché. La ragazza sapeva che il proprio pudore era ridicolo e superato. Al lavoro si era accorta varie volte che per quel suo imbarazzo la prendevano in giro, e la provocavano apposta. Ogni volta si vergognava in anticipo del fatto che si sarebbe vergognata. Spesso aveva desiderato di potersi sentire libera nel proprio corpo, spensierata e serena, come accadeva alla maggioranza delle donne che le stavano accanto. Aveva anche escogitato un originale sistema educativo di autopersuasione: si ripeteva che ogni essere umano riceve uno dei milioni di corpi già pronti, come se gli venisse assegnata una delle mille e mille stanze di un immenso albergo; e che quindi il corpo è fortuito e impersonale; niente più di un prodotto fatto in serie e dato in prestito. Se lo ripeteva in tutti i modi possibili, ma non era mai riuscita a sentirlo dentro di sé. Il dualismo di anima e corpo le era estraneo. Si riconosceva talmente in quel suo corpo da percepirlo sempre con ansietà.

Con la stessa ansietà si era accostata anche al giovane, che aveva conosciuto un anno prima e con il quale si sentiva felice forse proprio perché lui non separava mai la sua anima dal suo corpo, e lei poteva vivere con lui nella propria *interezza*. In quella indivisibilità di anima e corpo c'era la felicità, solo che subito dietro la felicità sta in agguato il sospetto, e la ragazza ne era piena. Spesso, ad esempio, pensava che le altre donne (quelle serene) erano più attraenti e seducenti, e che il giovane, che non nascondeva di conoscere bene quel tipo di donne, un giorno o l'altro se ne sarebbe andato dietro una di loro. (È vero che il giovane dichiarava di essere stufo di donne simili, ma la ragazza sapeva che lui era molto più giovane di quanto non si credesse). Voleva che lui le appartenesse interamente e voleva appartenere interamente a lui, ma più si sforzava di dargli tutto, più le sembrava di negargli qualcosa: appunto ciò che viene dato da un amore superficiale e poco profondo, ciò che viene dato da un flirt. La tormentava l'idea di non saper possedere, accanto alla serietà, anche la frivolezza.

Quel giorno, però, non si tormentava e non pensava a nulla di simile. Stava bene. Era il primo giorno delle loro vacanze (due settimane sulle quali per tutto l'anno lei aveva concentrato il proprio desiderio), il cielo era azzurro (quell'anno si era chiesta con terrore se il cielo sarebbe stato davvero azzurro) e lui era lì con lei. Al « per far cosa? » di lui si fece rossa e corse via senza dir nulla. Fece il giro della stazione di benzina, che era sul bordo della strada, completamente isolata e circondata dai campi; a un centinaio di metri (nella direzione del loro viaggio) iniziava un bosco. Si avviò da quella parte, scomparve dietro un cespuglio e per tutto il tempo si lasciò cullare da una sensazione di benessere. (Anche la gioia che dà la presenza dell'uomo amato si prova meglio in solitudine. Se quella presenza fosse ininterrotta, in fondo sarebbe presente solo nel suo incessante fuggire. *Trattenere* quella presenza è possibile solo nei momenti di solitudine).

Uscì poi dal bosco e passò sulla strada; da lì si poteva vedere la stazione di servizio; l'autocisterna stava già allontanandosi; la macchina si accostò alla torretta rossa della pompa. La ragazza proseguì sulla strada, voltandosi solo di tanto in tanto per vedere se la macchina stesse già arrivando. Poi la vide; si fermò e cominciò a fare i gesti che usano fare gli autostoppisti alle macchine sconosciute. La macchina rallentò e si fermò accanto alla ragazza. Il giovane si piegò verso il finestrino, lo abbassò, sorrise e chiese: « Da che parte, signorina? ». « Va a Bystrica? » chiese la ragazza, sorridendogli con civetteria. « Prego, salga » disse il giovane aprendo la portiera. La ragazza si sedette e la macchina ripartì.

3

Il giovane era sempre contento quando la sua ragazza era allegra; non accadeva tanto spesso: aveva un lavoro che le creava abbastanza problemi, un ambiente noioso, molte ore di straordinario senza possibilità di recupero, una madre malata a casa, era sempre stanca; non si distingueva nemmeno per dei nervi particolarmente saldi o per una certa sicurezza di sé, cadeva facilmente preda dell'angoscia e della paura. Per questo, il giovane sapeva accogliere con la tenera sollecitudine di un padre adottivo ogni sua manifestazione di allegria. Le sorrise: « Oggi sono fortunato. Sono cinque anni che giro in macchina, ma un'autostoppista così bella non l'avevo mai caricata ».

La ragazza era grata al giovane per ogni suo complimento; volle rimanere per un po' nel calore offerto da quelle parole e disse perciò: « È proprio bravo a mentire ».

« Ho l'aria di un bugiardo? ».

« Ha l'aria di uno a cui piace mentire alle donne » disse la ragazza, e nelle sue parole apparve involontariamente un po' della vecchia ansia, perché credeva sul serio che al giovane piacesse mentire alle donne.

Un tempo, le gelosie della ragazza facevano arrabbiare il giovane, ma ora gli era facile chiudere un occhio, perché in fondo la frase non era rivolta a lui ma al guidatore sconosciuto. Si limitò quindi a una domanda banale: « E questo le dà fastidio? ».

« Se io e lei stessimo insieme, mi darebbe fastidio » disse la ragazza, e si trattava di un sottile messaggio pedagogico per il giovane; il finale della frase, però, valeva soltanto per il guidatore sconosciuto: « Ma dal momento che non la conosco, non mi dà fastidio ».

« A una donna danno fastidio molte più cose nel proprio uomo che in uno sconosciuto » (questo, invece, era un sottile messaggio pedagogico del giovane per la ragazza). « Perciò, visto che noi siamo due sconosciuti, potremmo intenderci alla perfezione ».

La ragazza non volle comprendere a bella posta il sottinteso pedagogico di quelle parole, e si rivolse quindi esclusivamente al guidatore sconosciuto: « A che ci serve, se tra poco ci separeremo? ».

« Perché? » chiese il giovane.

« Perché a Bystrica scendo ».

« E se scendessi con lei? ».

A queste parole, la ragazza gettò uno sguardo al giovane, e gli riconobbe in viso la stessa espressione con cui se l'era immaginato nelle più tormentose ore di gelosia; era terrorizzata dal modo galante con cui lui le faceva la corte, a lei (a un'autostoppista sconosciuta), e dal vedere come quella parte gli stesse bene. Perciò, con caparbia impertinenza, gli ribatté: « Mi scusi, ma *lei* cosa vorrebbe fare con me? ».

« Con una donna così bella non starei molto a pensare al da farsi » disse il giovane con galanteria, e anche questa volta parlava molto più alla propria ragazza che non al personaggio dell'autostoppista.

Alla ragazza sembrò invece di averlo scoperto in quella frase galante, come se gli avesse estorto con qualche sotterfugio una confessione; sentì nei suoi confronti un rancore breve e lancinante e disse: « Non sta forse un po' esagerando? ».

Il giovane guardò la ragazza; il viso caparbio di lei gli sembrò contratto; provò pena per la ragazza e desiderò ritrovare il suo sguardo di sempre (che lui definiva semplice e infantile); si chinò verso di lei, le passò un braccio dietro la spalla e pronunciò piano il nome col quale era solito chiamarla e col quale voleva adesso interrompere il gioco.

Ma la ragazza si divincolò: « Mi pare che vada un po' troppo per le spicce! ».

Il giovane, respinto, disse: « Mi scusi, signorina » e si mise a guardare in silenzio la strada davanti a sé.

4

Quella gelosia malinconica lasciò però la ragazza con la stessa velocità con la quale l'aveva assalita. In fondo era una persona ragionevole e sapeva che dopotutto era solo un gioco; adesso le sembrò persino un po' ridicolo aver respinto il suo uomo perché resa furiosa dalla gelosia; non le sarebbe piaciuto che lui l'avesse capito. Fortunatamente aveva la portentosa capacità di mutare a posteriori il senso delle sue azioni. Sfruttando questa capacità, decise che non l'aveva respinto per rabbia, ma per poter continuare quel gioco la cui capricciosità così bene si adattava al primo giorno di vacanza.

Tornò quindi ad essere l'autostoppista che aveva appena respinto il guidatore sfacciato, ma solo per poter ritardare la conquista e accrescere ancora di più l'eccitazione. Si voltò leggermente verso il giovane e disse carezzevole:

« Non volevo offenderla, signore ».

« Mi perdoni, non la sfiorerò più » disse il giovane. Era arrabbiato con lei per non aver ascoltato e per aver rifiutato di essere se stessa quando lui lo aveva desiderato; e poiché lei insisteva con la sua maschera, il giovane trasferì la sua rabbia sull'autostoppista sconosciuta che lei stava impersonando; fu così che scoprì all'improvviso qual era la vera natura del proprio personaggio: lasciò perdere le galanterie con le quali aveva voluto lusingare indirettamente la sua ragazza, e cominciò a recitare la parte dell'uomo forte che rivolge alle donne soprattutto i lati rudi della mascolinità: volontà, sarcasmo, sicurezza di sé.

Quel ruolo era l'esatto contrario dell'atteggiamento premuroso che il giovane teneva nei confronti della ragazza. È vero che prima di conoscerla si era comportato con le donne più con rudezza che con delicatezza, ma non aveva mai assomigliato all'uomo demonicamente forte, poiché non si distingueva né per forza di volontà né per mancanza di scrupoli. Se però non aveva mai assomigliato a quel genere d'uomo, tanto più un tempo aveva *desiderato* assomigliargli. Un desiderio certo abbastanza ingenuo, ma che farci? I desideri infantili resistono a tutte le insidie dello spirito adulto, e spesso gli sopravvivono fino alla tarda vecchiaia. E quel desiderio infantile approfittò in fretta della possibilità di incarnarsi nel personaggio che gli veniva offerto.

Per la ragazza, la sarcastica compostezza del giovane capitava molto a proposito: la liberava da se stessa. E se stessa voleva dire soprattutto la gelosia. Nell'istante in cui non vide più accanto a sé il giovane che cercava di sedurla con galanteria e vide invece il suo volto inaccessibile, la sua gelosia si placò. Poteva dimenticare se stessa e abbandonarsi al suo personaggio.

Il suo personaggio? Quale? Era un personaggio attinto dalla cattiva letteratura. L'autostoppista aveva fermato la macchina non per farsi dare un passaggio, ma per sedurre l'uomo che viaggiava nell'auto; era una scaltra seduttrice che sapeva utilizzare a meraviglia le proprie grazie. La ragazza era entrata in quella stupida figuretta da romanzo con una leggerezza della quale lei stessa era allo stesso tempo sorpresa e incantata.

E così viaggiavano chiacchierando; un guidatore sconosciuto e una sconosciuta autostoppista.

5

Ciò di cui il giovane più sentiva la mancanza dentro di sé era la spensieratezza. La strada della sua vita era tracciata con un rigore implacabile: il lavoro non si esauriva solo con le otto ore giornaliere ma, attraverso la noia obbligatoria delle riunioni e lo studio a casa, si infiltrava anche nel tempo restante e, attraverso l'attenzione degli innumerevoli colleghi e colleghe, si infiltrava fin nella sua vita privata così povera di tempo, e le toglieva ogni segretezza, perché già più volte lui era stato oggetto di pettegolezzi e di pubbliche discussioni. Nemmeno le due settimane di vacanza gli avevano dato un senso di liberazione e di avventura; anche lì si stendeva la grigia ombra di una rigorosa pianificazione; la penuria di alloggi per l'estate, di cui soffre il nostro paese, lo aveva costretto a fissare una camera sui monti Tatra già sei mesi prima, e per farlo aveva avuto bisogno di una lettera di raccomandazione del consiglio d'azienda della propria ditta, la cui anima onnipresente non aveva quindi cessato di interessarsi a lui nemmeno un istante.

A tutto ciò si era rassegnato, ma di tanto in tanto lo assaliva ugualmente l'immagine terribile di una strada sulla quale sfrecciava sotto gli occhi di tutti e da dove non poteva deviare. Quell'immagine gli apparve anche adesso; per uno strano cortocircuito, la strada immaginaria si identificò con la strada reale sulla quale viaggiava... e ciò lo spinse a un'improvvisa follia.

« Dove ha detto che vuole andare? » chiese alla ragazza.

« A Banská Bystrica » rispose.

« E che ci va a fare? ».

« Ho un appuntamento ».

« Con chi? ».

« Con un signore ».

La macchina stava avvicinandosi ad un grosso incrocio; il guidatore rallentò per poter leggere i cartelli che indicavano le direzioni; poi deviò a destra.

« Che succede se non si presenta all'appuntamento? ».

« Lo avrebbe lei sulla coscienza e dovrebbe prendersi cura di me ».

« Si sarà certo accorta che ho deviato per Nové Zámky ».

« Davvero? È impazzito! ».

« Non abbia paura, mi prenderò cura di lei » disse il giovane.

Di colpo il livello del gioco si era innalzato. L'automobile non si allontanava più soltanto dalla meta immaginaria di Banská Bystrica, ma anche dalla meta reale verso la quale erano partiti al mattino: i monti Tatra e la camera che il giovane aveva prenotato. La vita recitata aveva all'improvviso mosso all'attacco della vita non recitata. Il giovane si stava allontanando da se stesso e insieme dal suo cammino rigorosamente tracciato dal quale fino ad allora non aveva mai deviato.

« Ma aveva detto che stava andando verso i Bassi Tatra! » si stupì la ragazza.

« Signorina, vado dove mi pare. Sono un uomo libero e faccio quello che voglio e quello che mi piace ».

6

Quando arrivarono a Nové Zámky cominciava già a imbrunire.

Il giovane non era mai stato lì e gli ci volle un po' di tempo per riuscire a orientarsi. Fermò più volte la macchina per chiedere ai passanti dove fosse un albergo. C'erano molte strade dissestate, per cui il tragitto fino all'albergo – anche se questo (come sostenevano tutti gli interrogati) era abbastanza vicino – si perdeva in una miriade tale di giravolte e deviazioni che i due impiegarono un buon quarto d'ora per arrivarci. Era un albergo brutto a vedersi, ma era l'unico in città e il giovane non aveva più alcuna voglia di proseguire. Disse quindi alla ragazza: « Mi aspetti! » e scese dall'auto.

Una volta sceso, ritornò naturalmente di nuovo se stesso. E gli dispiacque di trovarsi di sera in un luogo del tutto diverso da quello a cui aveva pensato; e tanto più gli dispiaceva perché non vi era stato costretto da nessuno e in fondo non l'aveva nemmeno voluto lui. Si rimproverò quella follia, ma poi fece un gesto con la mano: la camera sui monti Tatra aspetterà fino a domani e non farà certo male festeggiare il primo giorno di vacanza con qualcosa di imprevisto.

Attraversò il ristorante – pieno di fumo, pieno di gente, chiassoso – e chiese della réception. Lo indirizzarono sul fondo, verso le scale dove, sotto un pannello pieno di chiavi, stava seduta una bionda non più giovane; dovette faticare per ottenere la chiave dell'unica camera libera.

Anche la ragazza, una volta rimasta sola, aveva abbandonato il suo personaggio. Ma non le dispiaceva trovarsi in una città imprevista. Era così devota al giovane che non dubitava mai di ciò che lui faceva, e gli affidava con fiducia le ore della propria vita. In compenso, le affiorò nuovamente l'idea che forse anche altre donne che lui aveva incontrato nei suoi viaggi di lavoro lo avevano aspettato in macchina allo stesso modo. Stranamente, però, questa idea ora non la faceva affatto soffrire; anzi, sorrise contenta al pensiero di essere lei ora quella sconosciuta; una sconosciuta, irresponsabile e poco seria, una di quelle donne di cui era stata tanto gelosa; le sembrò che in quel modo le avrebbe messe tutte quante nel sacco; le sembrò di aver trovato il sistema per impadronirsi delle loro armi; per dare al giovane ciò che fino ad allora non era riuscita a dargli: la leggerezza, l'impudicizia e la licenziosità; provò una soddisfazione particolare al pensiero che lei sola era l'unica ad avere la capacità di essere tutte le donne e di potere così (lei sola, l'unica) attrarre e assorbire interamente l'uomo che amava.

Il giovane aprì la portiera dell'auto e condusse la ragazza al ristorante. Nel chiasso, nella sporcizia e nel fumo scoprì un unico tavolino libero in un angolo.

7

« E allora, come si prenderà cura di me adesso? » chiese la ragazza con aria provocante.

« Che aperitivo vuole? ».

La ragazza non era abituata agli alcolici; al massimo beveva del vino e le piaceva il vermut. Ora però disse apposta: « Una vodka ».

« Ottimo » disse il giovane. « Spero che non mi si ubriacherà ».

« E se anche fosse? » disse la ragazza.

Il giovane non rispose, chiamò il cameriere e ordinò due vodke e bistecche per cena. Dopo un po' il cameriere portò un vassoio con due bicchierini e li poggiò davanti a loro.

Lui sollevò il bicchierino e disse: « Alla sua! ».

« Non le viene in mente nulla di più spiritoso? ».

Qualcosa, nel gioco della ragazza, cominciava a irritarlo; adesso che le sedeva di fronte, capì che non erano soltanto le *parole* a fare di lei un'estranea, ma che lei era *interamente* trasformata, nei gesti e nella mimica, e somigliava, con una sgradevole fedeltà, al tipo di donna che lui conosceva così bene e verso il quale provava una leggera ripugnanza.

Per cui (con il bicchierino nella mano sollevata) corresse il proprio brindisi: « D'accordo, non berrò a lei, ma alla sua specie nella quale si fonde con tanto successo il meglio dell'animale e il peggio dell'uomo ».

« Con specie intende riferirsi a tutte le donne? » chiese la ragazza.

« No, penso solo a quelle che le somigliano ».

« Non mi pare lo stesso molto divertente paragonare una donna a un animale ».

« Bene, » il giovane continuava a tenere il bicchierino sollevato « non berrò allora alla sua specie, ma alla sua anima; è d'accordo? Alla sua anima che si accende quando scende dalla testa nel ventre e si spegne quando sale nuovamente alla testa ».

La ragazza sollevò il bicchierino: « Va bene, allora alla mia anima che scende nel ventre ».

« Mi correggo ancora una volta, » disse il giovane « meglio brindare al suo ventre nel quale scende la sua anima ».

« Al mio ventre » disse la ragazza, e il suo ventre (adesso che lei l'aveva nominato così apertamente) sembrò quasi rispondere alla chiamata: la ragazza sentiva dentro di sé ogni millimetro della sua pelle.

Poi il cameriere portò le bistecche e il giovane ordinò un'altra vodka con del seltz (questa volta bevvero ai seni della ragazza), e intanto la conversazione proseguiva in uno strano tono frivolo. Il giovane era sempre più irritato dal modo in cui la ragazza *sapeva* fare la ragazza sfacciata; se sa farlo così bene, pensava tra sé, significa che lo *è* davvero;

non è certo entrata in lei un'anima estranea venuta da chissà dove; quella che lei sta recitando è se stessa; forse è quella parte del suo essere altre volte tenuta sotto chiave e che adesso il pretesto del gioco ha liberato dalla gabbia; forse lei pensa con quel gioco di *negare* se stessa; ma non accade invece proprio il contrario? il gioco non la fa diventare se stessa? non la libera? no, di fronte a lui non siede un'estranea nel corpo della sua ragazza; è proprio la sua ragazza, solo lei, nessun altro. La guardava e sentiva nei suoi confronti un crescente disgusto.

Non era però soltanto disgusto. Quanto più la ragazza si allontanava da lui *mentalmente*, tanto più egli la desiderava *fisicamente*; l'estraneità dell'anima rendeva singolare il suo corpo di ragazza; o meglio, era proprio quell'estraneità a renderlo per la prima volta un corpo; come se fino ad allora quel corpo per lui fosse esistito solo nelle nubi della compassione, della tenerezza, della sollecitudine, dell'amore e dell'emozione; come se fosse stato perduto in quelle nubi (sì, come se il corpo fosse stato *perduto*!). Al giovane sembrava di *vedere* quel giorno, per la prima volta, il corpo della ragazza.

Dopo la terza vodka e soda, la ragazza si alzò e disse con aria civettuola: « Mi scusi ».

Il giovane disse: « Le posso chiedere, signorina, dove sta andando? ».

« A pisciare, se permette » rispose la ragazza, e si allontanò fra i tavoli in direzione del paravento felpato.

8

Era soddisfatta di come aveva sbalordito il giovane con una parola che – pur con tutta la sua innocenza – lui non le aveva mai sentito pronunciare;

nulla le sembrava più in carattere con la donna che stava recitando dell'accento civettuolo posto su quella parola; sì, era soddisfatta, era di ottimo umore; quel gioco l'entusiasmava; le faceva provare qualcosa che fino ad allora non aveva mai provato: qualcosa come la *sensazione di una spensierata irresponsabilità*.

Lei che aveva sempre avuto paura di ogni passo che stava per fare, all'improvviso si sentiva del tutto sbloccata. Quella vita estranea in cui si era venuta a trovare era una vita senza pudore, senza determinazioni biografiche, senza passato e senza futuro, senza impegni; era una vita straordinariamente libera. Essendo un'autostoppista, la ragazza era autorizzata a fare tutto: *tutto le era permesso*; dire qualsiasi cosa, fare qualsiasi cosa, provare qualsiasi cosa.

Attraversò la sala consapevole di essere osservata da tutti i tavoli; anche questa era una sensazione nuova che lei non conosceva: *gioia indecente di avere un corpo*. Fino ad allora non era riuscita, dentro di sé, a liberarsi interamente della quattordicenne che si vergognava dei propri seni e provava un senso di spiacevole indecenza al pensiero che sporgevano visibilmente dal corpo. Era sì orgogliosa di essere bella e ben fatta, ma quel suo orgoglio era sempre immediatamente corretto dal pudore: capiva che la bellezza femminile funziona soprattutto come richiamo sessuale, e ciò le dava una sensazione poco piacevole; desiderava che il proprio corpo si rivolgesse soltanto all'uomo che amava; quando, in strada, gli uomini le gettavano occhiate al seno, le sembrava che in quel modo devastassero anche una parte della sua più segreta intimità, che apparteneva solo a lei e all'uomo amato. Adesso però era un'autostoppista, una donna senza destino; era sciolta dal tenero legame del suo amore e cominciava a prendere intensamente coscienza del proprio corpo; lo sentiva con tanta più eccitazione quanto più erano estranei gli occhi che lo osservavano.

Mentre passava accanto all'ultimo tavolo, un tale

un po' alticcio, volendo mettersi in mostra come uomo di mondo, le si rivolse in francese: « Combien, mademoiselle? ».

La ragazza capì. Si drizzò tutta, gustando ogni movimento delle sue anche; sparì dietro al paravento.

9

Era tutto uno strano gioco. La stranezza era ad esempio nel fatto che il giovane, pur immedesimandosi a meraviglia nella parte del guidatore sconosciuto, non cessava di vedere nell'autostoppista la sua ragazza. Ed era proprio questo a tormentarlo; vedeva la sua ragazza intenta a sedurre uno sconosciuto, e aveva l'amaro privilegio di essere lì presente; di vedere da vicino come lei si comportava e cosa diceva quando lo tradiva (quando lo aveva tradito, quando lo avrebbe tradito); aveva il paradossale onore di essere lui stesso l'oggetto della sua infedeltà.

La cosa peggiore era che, più che amarla, l'adorava; gli era sempre sembrato che l'essere di lei fosse *reale* solo entro i confini della fedeltà e della purezza, e che al di là di quei confini lei semplicemente non esistesse; al di là di quei confini lei avrebbe cessato di essere se stessa, come l'acqua cessa di essere acqua superato il confine del punto di ebollizione. Adesso che la vedeva superare con naturale eleganza quello spaventevole confine, lo invase la rabbia.

La ragazza tornò dal gabinetto lamentandosi: « Un tipo laggiù mi ha detto: Combien, mademoiselle? ».

« Non se ne meravigli, » disse il giovane « in fondo sembra una puttana ».

« Lo sa che non me ne importa proprio nulla? ».

« Sarebbe dovuta andare con quel signore ».

« In fondo ho qui lei ».

« Può andare con lui dopo di me. Si metta d'accordo ».

« Non mi piace ».

« Non avrà certo obiezioni di principio ad avere più uomini in una stessa notte ».

« Perché no, se sono belli ».

« Li preferisce a uno a uno o tutti insieme? ».

« Sia in un modo che nell'altro » disse la ragazza.

La conversazione stava diventando sempre più assurda; la ragazza ne era un po' sconvolta ma non poteva protestare. Anche nel gioco è in agguato, per l'uomo, l'obbligo, anche il gioco è una trappola per il giocatore; se non si fosse trattato di un gioco e lì ci fossero stati seduti davvero due estranei, già da molto l'autostoppista avrebbe potuto offendersi e andarsene; ma dal gioco non c'è fuga; una squadra non può fuggire dal campo prima della fine della partita, i pezzi degli scacchi non possono abbandonare la scacchiera, i confini di un campo di gioco sono insuperabili. La ragazza sapeva di dover accettare qualsiasi cosa proprio perché si trattava di un gioco. Sapeva che quanto più il gioco si fosse spinto in là, tanto più sarebbe stato un gioco, e lei con tanta più docilità avrebbe dovuto accettarlo. Ed era inutile chiamare in aiuto la ragione e far notare a quella sconsiderata dell'anima che doveva mantenere una certa distanza dal gioco, senza prenderlo sul serio. Proprio perché era solo un gioco, l'anima non aveva timore, non si difendeva e vi si abbandonava narcotizzata.

Il giovane chiamò il cameriere e pagò. Poi si alzò e disse alla ragazza: « Possiamo andare ».

« E dove? » chiese la ragazza fingendo stupore.

« Non fare domande e spicciati » disse il giovane.

« In che modo mi parla? ».

« Come a una puttana » disse il giovane.

10

Salirono per una scala male illuminata: sul pianerottolo tra il piano terra e il primo piano, accanto al gabinetto c'era un gruppo di uomini un po' brilli. Il giovane fece passare un braccio attorno al corpo della ragazza, così da poterle tenere una mano sul seno. Gli uomini davanti al gabinetto lo videro e cominciarono a schiamazzare. La ragazza voleva divincolarsi, ma il giovane le ordinò: « Ferma! ». Gli uomini approvarono con volgare solidarietà e rivolsero alla ragazza alcuni messaggi osceni. Insieme con la ragazza il giovane raggiunse il primo piano e aprì la porta della camera. Accese la luce.

Era una camera stretta, con due letti, un tavolino, una sedia e il lavandino. Il giovane chiuse a chiave la porta e si voltò verso la ragazza. Lei gli stava di fronte in una posa piena di sfida e con una sensualità sfacciata negli occhi. Il giovane la guardava e cercava di scoprire, dietro quell'espressione lasciva, i tratti conosciuti che lui amava. Era come guardare due immagini in un unico binocolo, due immagini sovrapposte e visibili in trasparenza, l'una attraverso l'altra. Quelle due immagini in trasparenza gli dicevano che nella ragazza c'era *di tutto*, che la sua anima era terribilmente amorfa, che in essa c'era posto per la fedeltà e l'infedeltà, il tradimento e l'innocenza, la civetteria e il pudore; quel selvaggio miscuglio gli sembrava nauseabondo come la mescolanza di colori di un mondezzaio. Le due immagini continuavano a mostrarsi in trasparenza l'una sull'altra, e il giovane capì che la differenza tra la ragazza e le altre donne era solo superficiale, mentre nelle sue vaste profondità interiori essa era uguale a loro, con tutti i pensieri, i sentimenti e i vizi che davano ragione ai suoi dubbi segreti e alle sue gelosie; capì che l'impressione di un contorno che la delimitava come individuo non era che un inganno in cui cadeva l'altro, colui che guardava, lui. Gli sembrò che la ragazza che lui amava fosse solo una creazione del suo desiderio, della sua astrazione, della sua fiducia, mentre quella *vera* gli stava ora davanti, irrimediabilmente *altra*, irrimediabilmente *estranea*, irrimediabilmente *molteplice*. La odiava.

« Che aspetti? Spogliati » disse.

La ragazza inclinò la testa con aria civettuola: « È proprio necessario? ».

Il tono usato gli sembrava familiare, gli sembrava che qualcosa del genere gliel'avesse detta tanto tempo fa un'altra donna, ma non sapeva più chi. Desiderava umiliarla. Non l'autostoppista, ma lei, la sua ragazza. Il gioco si confondeva con la vita. Il gioco col quale voleva umiliare l'autostoppista era diventato ormai un pretesto per umiliare la ragazza. Il giovane dimenticò che stava giocando. Odiava semplicemente la donna che gli stava davanti. Fissandola, tolse dal portafoglio una banconota da cinquanta corone. Gliela tese: « Basta? ».

La ragazza prese le cinquanta corone: « Non mi considera poi tanto ».

Il giovane disse: « Non vali di più ».

La ragazza si strinse al giovane: « Non puoi fare così con me! Con me devi essere un pochino diverso, devi fare uno sforzo ».

Lo abbracciò tendendo la labbra verso le sue. Lui le poggiò le dita sulla bocca e l'allontanò delicatamente. Disse: « Bacio solo le donne che amo ».

« E me, non mi ami? ».

« No ».

« Chi è che ami? ».

« Non sono fatti tuoi. Spogliati! ».

11

Non si era mai svestita in quel modo. La timidezza, quella sensazione di panico interiore, l'ebbrezza, tutto ciò che provava di solito quando si svestiva davanti al giovane (senza potersi nascondere nell'oscurità), tutto ciò era scomparso. Stava lì davanti a lui sicura di sé, sfrontata, in piena luce, e curiosa di sapere da dove le venissero tutt'a un tratto i gesti, fino ad allora sconosciuti, con i quali si spogliava ora, lenta ed eccitante. Sentiva i suoi sguardi, si toglieva leziosamente ciascun capo di vestiario e assaporava i singoli stadi della denudazione.

Poi, però, rimase di colpo completamente nuda davanti a lui, pensò che ormai il gioco era finito; che, abbandonando i vestiti, aveva abbandonato anche la simulazione e adesso era nuda, adesso era se stessa, e il giovane adesso le si sarebbe dovuto avvicinare per compiere quel gesto che avrebbe annullato ogni cosa, un gesto al di là del quale ci sarebbero state solo le loro più intime tenerezze. Nuda davanti al giovane, di colpo smise di giocare; si scoprì in imbarazzo e sul suo viso apparve un sorriso che apparteneva davvero soltanto a lei: timido e confuso.

Solo che il giovane non le si avvicinò e non annullò il gioco. Non scorse il sorriso intimamente noto; davanti a sé vedeva soltanto il bel corpo estraneo della propria ragazza, una ragazza che odiava. L'odio aveva ripulito la sua sensualità da ogni residuo di sentimento. La ragazza voleva avvicinarglisi, ma lui le disse: « Sta' ferma dove sei, voglio vederti per bene ». Adesso desiderava soltanto trattarla come una puttana a pagamento. Solo che il giovane non era mai stato con puttane a pagamento, e la loro immagine gli era mediata solo dalla letteratura e da quello che aveva sentito raccontare. Si rivolse quindi a quelle immagini e la prima che vide fu una donna con la biancheria intima nera (e le calze nere) che ballava sul coperchio lucido di un pianoforte. Nella cameretta d'albergo non c'era pianoforte, c'era solo un tavolino appoggiato alla parete, non grande, coperto da una tovaglia di lino. Ordinò alla ragazza di salirci sopra. La ragazza fece un gesto supplichevole, ma il giovane disse: « Sei stata pagata ».

Quando la ragazza riconobbe nello sguardo quell'inflessibile invasamento, si sforzò di continuare il gioco anche se ormai non poteva e non sapeva più farlo. Con le lacrime agli occhi salì sul tavolo. Il ripiano era grande al massimo un metro per un metro, e una gamba era un po' più corta delle altre; in piedi sul tavolo, la ragazza provava un senso di instabilità.

Il giovane era però soddisfatto della figura nuda che adesso si ergeva sopra di lui e la cui pudica esitazione non faceva che eccitare il suo dispotismo. Voleva vedere quel corpo in tutte le posizioni e da ogni lato, così come si immaginava che l'avessero visto e l'avrebbero visto anche altri uomini. Fu volgare e lascivo. Le diceva parole che la ragazza non gli aveva mai sentito pronunciare in vita sua. Lei voleva ribellarsi, voleva fuggire da quel gioco, lo chiamò per nome, ma lui le ordinò immediatamente di star zitta perché non aveva il diritto di rivolgerglisi con tanta familiarità. E così, alla fine, confusa e in preda a un pianto interiore, lei gli ubbidì, si chinò in avanti e si accovacciò secondo i desideri del giovane, fece il saluto militare e di nuovo agitò i fianchi in un twist; fu allora che un movimento un po' più brusco le fece scivolare la tovaglia da sotto il piede e per poco non cadde. Il giovane la prese e la trascinò sul letto.

Si accoppiò con lei. La ragazza era contenta al pensiero che almeno adesso quel gioco infelice sarebbe finalmente terminato e loro due sarebbero tornati nuovamente così com'erano, col loro amore. Accennò a sfiorarlo con le labbra. Ma il giovane le allontanò la testa e ripeté che baciava solo le donne che amava. Lei scoppiò in un pianto dirotto. Ma nemmeno il pianto le fu concesso, perché la rabbiosa passione del giovane stava conquistando a poco a poco anche il suo corpo, e il corpo fece poi tacere il lamento della sua anima. In breve sul letto ci furono, uno di fronte all'altro, due corpi perfettamente fusi, sensuali ed estranei uno all'altro. Quello che ora accadeva era proprio ciò che la ragazza per tutta la vita aveva maggiormente temuto ed evitato con angoscia: fare l'amore senza sentimenti e senza amore. Sapeva di aver superato il confine proibito, oltre il quale ormai si muoveva senza più alcuna riserva e con una partecipazione totale; c'era solo da qualche parte, lontano, in un angolo della sua coscienza, il terrore per non aver mai provato tale e tanto piacere come questa volta... al di là di quel confine.

12

Poi tutto finì. Il giovane si tirò su dalla ragazza e allungò la mano verso il lungo filo che pendeva sul letto; spense la luce. Non voleva vedere il viso della ragazza. Sapeva che il gioco era finito, ma non aveva voglia di tornare all'abituale rapporto con lei; aveva paura di quel ritorno. Adesso stava disteso al buio accanto alla ragazza, disteso in modo che i loro corpi non si toccassero.

Dopo un po' udì un singhiozzare sommesso; timidamente la mano della ragazza sfiorò con un gesto infantile la sua mano: la sfiorò, si ritrasse, la sfiorò ancora, e poi si sentì una voce supplichevole e singhiozzante che lo chiamava col nome della loro intimità e gli diceva: « Io sono io, io sono io... ».

Il giovane taceva, immobile, rendendosi conto della triste vacuità dell'affermazione della ragazza, che definiva una cosa ignota per mezzo della stessa cosa ignota.

E presto la ragazza passò dai singhiozzi a un pianto dirotto, ripetendo ancora innumerevoli volte quella patetica tautologia: « Io sono io, io sono io, io sono io... ».

Il giovane cominciò a chiamare in aiuto la compassione (dovette richiamarla da lontano, perché lì vicino non c'era) per riuscire a calmare la ragazza. Avevano davanti ancora tredici giorni di vacanza.

IL SIMPOSIO

ATTO PRIMO

La stanza di guardia

La stanza di guardia dei medici (in un reparto qualsiasi di un ospedale qualsiasi di una città qualsiasi) ha riunito cinque personaggi, intrecciando le loro azioni e i loro discorsi in una storia futile, e per questo tanto più allegra.

C'è il dottor Havel e l'infermiera Elisabet (entrambi hanno oggi il turno di notte) e ci sono altri medici (che un pretesto di scarso peso ha portato qui per passare il tempo, insieme con i due colleghi di servizio, davanti a un paio di bottiglie di vino): il calvo primario e una graziosa trentenne, medico in un altro reparto, la quale, come sa l'intero ospedale, ha una storia col primario.

(Naturalmente il primario è sposato e ha appena pronunciato la sua sentenza preferita, che deve testimoniare non solo la sua arguzia ma anche le sue intenzioni: « Cari colleghi, la peggior disgrazia che vi possa capitare è un matrimonio felice: non avete la minima speranza di divorzio »).

Oltre ai quattro sunnominati, c'è ancora un quinto personaggio, in effetti assente perché, essendo il più giovane, è stato appena spedito a cercare una nuova bottiglia. C'è poi una finestra, importante perché aperta e perché, attraverso di essa, dal buio dell'esterno penetra incessantemente nella stanza l'estate odorosa e calda con la luna. E c'è, per finire, un buon umore che si esprime nella compiaciuta loquacità dei presenti, ma soprattutto del primario che ascolta le proprie massime con orecchi innamorati.

Solo a metà della serata (ed è appunto qui che inizia il nostro racconto) c'è da segnalare una certa tensione: Elisabet ha bevuto più di quanto convenga a un'infermiera di servizio e per giunta ha cominciato a comportarsi, nei confronti di Havel, con una provocante civetteria che gli ha dato fastidio e lo ha spinto a un secco rimprovero.

Il rimprovero di Havel

« Cara Elisabet, io proprio non la capisco. Ogni giorno lei fruga dentro ferite in suppurazione, buca deretani raggrinziti di vecchi, fa clisteri, porta via padelle. Il destino le ha offerto un'invidiabile occasione per capire la natura corporea dell'uomo in tutta la sua metafisica vanità. Eppure la sua vitalità è incorreggibile. Nulla scuote la sua voglia ostinata di essere corpo e nient'altro che corpo. I suoi seni sono capaci di strofinarsi contro un uomo a cinque metri di distanza! Mi gira la testa, davanti alle eterne circonvoluzioni descritte dal suo instancabile sedere mentre cammina. Al diavolo, si allontani da me! I suoi seni hanno l'onnipresenza di Dio! È già in ritardo di dieci minuti con le iniezioni! ».

Il dottor Havel è come la morte. Prende tutto

Quando l'infermiera Elisabet (con aria ostentatamente offesa) ebbe lasciato la stanza di guardia condannata a sbucherellare due vecchi deretani, il primario disse: « Mi scusi, Havel, ma perché respinge la povera Elisabet con tanta ostinazione? ».

Il dottor Havel bevve un sorso di vino e rispose: « Professore, non si arrabbi con me! Non è perché non è bella e ha già i suoi anni. Mi creda, ho avuto donne ancora più brutte e molto più vecchie ».

« Sì, è una cosa risaputa: lei è come la morte; lei prende tutto. Ma se prende tutto, perché non prende Elisabet? ».

« Forse » disse Havel « perché Elisabet mostra il suo desiderio in maniera così marcata da farlo sembrare un ordine. Lei dice che con le donne io sono come la morte. Solo che neanche alla morte piace sentirsi dare degli ordini ».

Il maggior successo del primario

« Penso di capirla » rispose il primario. « Quando avevo qualche anno di meno, conoscevo una ragazza che andava con tutti, e dato che era bella mi ero messo in testa di conquistarla. E, pensate un po', lei mi respinse. Andava con i miei colleghi, con gli autisti, col fuochista, col cuoco, persino con l'addetto ai cadaveri, l'unico con cui non andava ero io. Riuscite a immaginarvelo? ».

« Ma certo » disse la dottoressa.

« Tanto per farglielo sapere, » si stizzì il primario che in pubblico alla sua amante dava del lei « a quel tempo mi ero laureato da un paio d'anni ed ero proprio un cannone. Credevo che ogni donna fosse raggiungibile ed ero riuscito a dimostrarlo con donne non molto facilmente accessibili. E invece, guarda un po', con quella ragazza così facile da raggiungere io avevo fatto fiasco ».

« Per quel che la conosco, ha certamente una sua teoria in proposito » disse il dottor Havel.

« Infatti » rispose il primario. « L'erotismo non è soltanto desiderio di un corpo, ma in ugual misura anche desiderio di stima. Il partner che avete conquistato, che vi desidera e vi ama, rappresenta il vostro specchio, la misura di ciò che siete e di ciò che valete. Solo che per la mia puttanella non era tanto facile. E poi: se andate a letto con tutti, cesserete di credere che una cosa tanto banale come fare l'amore possa avere per voi un autentico valore. Per cui, il significato vero lo andrete a cercare proprio dalla parte opposta. La mia puttanella poteva ricevere una chiara misura del suo valore umano solo da qualcuno che la desiderasse ma che lei avrebbe respinto. E poiché lei desiderava comprensibilmente confermarsi ai propri occhi come la più bella e la migliore, fu molto severa ed esigente nella scelta di quell'unica persona da onorare col proprio rifiuto. Quando alla fine scelse me, capii che si trattava di un onore straordinario, e a tutt'oggi lo considero il mio maggior successo in campo erotico ».

« È incredibile come lei riesca a trasformare l'acqua in vino » disse la dottoressa.

« Si è forse offesa perché non considero lei come il mio maggior successo? » disse il primario. « Cerchi di capirmi. Anche se lei è una donna virtuosa, io per lei non sono e non sarò (e lei non può credere quanto la cosa mi rattristi) né il primo né l'ultimo, mentre per quella puttanella lo sono stato. Mi creda, non mi ha mai dimenticato e ancor oggi ricorda con nostalgia il suo rifiuto. Del resto, ho raccontato questa storia solo per mostrare un'analogia col rifiuto di Elisabet da parte di Havel ».

« Dio mio, professore, » disse Havel con voce lamentosa « non vorrà mica dire che io cerco in Elisabet l'immagine del mio valore umano! ».

« Certo che no » disse sarcastica la dottoressa. « Ce l'ha appena spiegato: le maniere provocanti di Elisabet le sembrano un ordine, mentre lei vuole conservare l'illusione di scegliersi le donne da solo ».

« Vede, dottoressa, dato che se ne parla, devo confessare che non è precisamente così » disse Havel pensieroso. « Quando le avevo detto che mi davano fastidio le maniere provocanti di Elisabet, cercavo solo di fare una battuta. Se devo dire la verità, in vita mia ho preso donne di gran lunga più provocanti di lei, e quei loro modi provocanti mi facevano molto comodo, perché acceleravano piacevolmente il corso degli eventi ».

« Ma allora perché diavolo non prende Elisabet? » gridò il primario.

« Professore, la sua domanda non è così stupida come mi pareva all'inizio, perché trovo difficile dare una risposta. Se devo essere sincero, non so perché non prendo Elisabet. Ho preso donne più mostruose, più vecchie e più provocanti. Da ciò se ne deduce che dovrei necessariamente prendere anche Elisabet. Tutti gli esperti in statistica ne converrebbero. Tutti i cervelli elettronici lo confermerebbero. Insomma, forse è proprio per questo che io non la prendo. Forse ho deciso di oppormi alla necessità. Di fare lo sgambetto alla causalità. Di far saltare la prevedibilità dell'andamento del mondo col capriccio del libero arbitrio ».

« E perché mai per far questo ha scelto proprio Elisabet? » gridò il primario.

« Proprio perché non c'è alcun motivo. Se ci fosse un motivo, lo si potrebbe scoprire in anticipo, e il mio comportamento sembrerebbe stabilito in precedenza. Proprio nel suo carattere immotivato è quel minuscolo lembo di libertà che ci è concesso e verso il quale dobbiamo caparbiamente tendere affinché, in questo mondo di leggi ferree, rimanga un po' del disordine umano. Signori colleghi, viva la libertà » disse Havel sollevando tristemente il bicchiere.

Fin dove arriva la responsabilità dell'individuo

In quel momento nella stanza comparve una nuova bottiglia che attirò su di sé l'attenzione di tutti i medici presenti. Il grazioso e alto giovanotto che stava sulla porta con la bottiglia in mano era Flajšman, studente di medicina e praticante in quello stesso reparto. La poggiò (lentamente) sul tavolo, cercò (a lungo) un cavatappi, lo infilò (pian piano) nel collo della bottiglia e (adagio) lo avvitò nel turacciolo che poi (pensosamente) estrasse. Dalle succitate parentesi è evidente la lentezza di Flajšman, la quale però, più che una certa goffaggine, testimonia il lento autocompiacimento con cui il giovane studente osservava attentamente la propria vita interiore, trascurando i particolari insignificanti del mondo circostante.

Il dottor Havel disse: « Quello che abbiamo detto non erano che stupidaggini. Non sono io che rifiuto Elisabet, è lei a rifiutare me, purtroppo. È pazza di Flajšman ».

« Di me? » disse Flajšman alzando la testa dalla bottiglia. Poi a lunghi passi andò a rimettere il cavatappi al suo posto, ritornò al tavolino e cominciò a versare il vino nei bicchieri.

« Lei sì che è bravo » disse il primario, dando man forte a Havel. « Tutti lo sanno, solo lei no. Dall'istante in cui lei è apparso nel nostro reparto, Elisabet è diventata insopportabile. Sono già due mesi ».

Flajšman guardò (a lungo) il primario e disse: « Non ne so davvero nulla ». E poi aggiunse: « E neanche mi interessa ».

« E allora, tutti i suoi nobili discorsi? Tutto quel suo blaterare di rispetto per le donne? » disse Havel, simulando una grande severità. « Lei tortura Elisabet e la cosa non le interessa? ».

« Compatisco le donne e non potrei mai far loro del male coscientemente » disse Flajšman. « Ma ciò di cui posso essere causa involontaria non mi interessa, perché esula dalla mia influenza e quindi anche dalla mia responsabilità ».

Poi nella stanza entrò Elisabet. Evidentemente, aveva reputato meglio dimenticare l'offesa e comportarsi come se non fosse successo nulla: si comportava perciò con straordinaria innaturalezza. Il primario le avvicinò una sedia al tavolo e le versò da bere: « Beva, Elisabet, dimentichi tutti i torti! ».

« S'intende » disse Elisabet gettandogli un largo sorriso e vuotò il bicchiere.

Il primario si rivolse nuovamente a Flajšman: « Se un uomo fosse responsabile solo di ciò di cui è cosciente, gli idioti sarebbero assolti in anticipo da qualsiasi colpa. E invece, caro Flajšman, l'uomo ha il dovere di sapere. L'uomo risponde della propria ignoranza. L'ignoranza è una colpa. E perciò, Flajšman, nulla assolve lei dalla sua colpa, e io dichiaro che lei con le donne si comporta da villano, anche se lo nega ».

Elogio dell'amore platonico

« È poi riuscito a procurare alla signorina Klára quel subaffitto che le aveva promesso? » chiese Havel partendo all'attacco di Flajšman dopo avergli ricordato il vano tentativo di conquista di una certa ragazza (nota a tutti i presenti).

« Non ancora, ma me ne sto occupando ».

« Si dà il caso che Flajšman con le donne sia un gentleman. Il collega Flajšman non prende le donne per il naso » disse la dottoressa assumendo le difese dello studente di medicina.

« Non sopporto la crudeltà con le donne perché le compatisco » ripeté lo studente.

« Tanto Klára non gliel'ha data lo stesso » disse Elisabet a Flajšman e scoppiò in una risata molto inopportuna, tanto che il primario si trovò costretto a riprendere la parola:

« Che gliel'abbia data o no, non è così importante come lei pensa, Elisabet. È noto che Abelardo era castrato, eppure lui ed Eloisa sono rimasti sempre amanti fedeli, il loro amore è immortale. George Sand visse sette anni insieme a Frédéric Chopin intatta come una vergine, eppure dove lo trovate un amore come quello! Non voglio del resto introdurre, in sì elevato contesto, il caso della puttanella che mi aveva concesso il maggior onore possibile proprio respingendomi. Se lo ficchi bene in testa, mia cara Elisabet: il legame tra l'amore e ciò a cui lei pensa in continuazione è molto più labile di quanto non si creda. Non dubiti del fatto che Klára ami Flajšman! È gentile con lui, eppure lo respinge. Ciò le sembra illogico, ma l'amore è proprio ciò che è illogico ».

« Cosa c'è di illogico? » disse Elisabet scoppiando nuovamente in una risata inopportuna. « A Klára interessa un appartamento. Per questo è gentile con Flajšman. Ma non ha voglia di andarci a letto, perché avrà certo qualcun altro con cui farlo. Il quale, però, non può procurarle un appartamento ».

In quel momento Flajšman sollevò la testa e disse: « Mi dà ai nervi. Sembra un'adolescente. E se a trattenere quella donna fosse il pudore? Non le passa per la testa un'idea simile? E se avesse qualche malattia che mi tiene nascosta? La cicatrice di qualche operazione che la sfigura? Le donne sanno vergognarsi in maniera terribile. Solo che lei, Elisabet, di queste cose ne sa poco ».

« Oppure, » intervenne il primario, in soccorso di Flajšman « faccia a faccia con Flajšman, Klára è a tal punto pietrificata dall'angoscia amorosa da non riuscire in alcun modo a fare l'amore con lui. Elisabet, non riesce a immaginarsi di poter amare qualcuno al punto da non riuscire ad andarci a letto? ».

Elisabet disse di no.

Il segnale

A questo punto possiamo smettere per un po' di seguire la conversazione (che va avanti con le sue sciocchezze) per accennare al fatto che Flajšman per tutto il tempo ha cercato di guardare la dottoressa negli occhi, perché lei gli piaceva maledettamente fin dall'istante in cui (è passato non più di un mese) l'ha vista per la prima volta. La maestà dei suoi trent'anni lo accecava. Fino ad allora la conosceva solo di sfuggita e quella di oggi era la prima occasione che aveva di passare un po' più di tempo insieme con lei nella stessa stanza. Gli sembrava che anche lei, di tanto in tanto, ricambiasse i suoi sguardi, e ne era eccitato.

Dopo uno di questi scambi di sguardi, di punto in bianco la dottoressa si alzò, si avvicinò alla finestra e disse: « Fuori è meraviglioso. C'è la luna piena... » e sfiorò nuovamente Flajšman con uno sguardo veloce.

Flajšman non era sordo a situazioni simili e capì immediatamente che si trattava di un segnale... un segnale per lui. In quell'istante sentì che il petto gli si gonfiava. Il suo petto era infatti uno strumento sensibilissimo, degno della bottega di Stradivari. Di tanto in tanto accadeva che egli sentisse dentro di sé quella stessa sensazione esaltante, e ogni volta era certo di riconoscervi l'ineluttabilità di una profezia che annunciava la venuta di qualcosa di grande e di singolare, che superava i suoi sogni.

Adesso quella sensazione aveva un doppio effetto: da un lato lo stordiva e dall'altro (in quel cantuccio del pensiero dove lo stordimento non giungeva) lo stupiva: com'è possibile che il suo desiderio abbia una tale forza che, al suo richiamo, la realtà accorre umilmente, pronta a realizzarsi? Ancora stupito della propria forza, aspettava il momento in cui la conversazione si sarebbe fatta più animata e i partecipanti avrebbero smesso di badare a lui. Appena ciò avvenne, sgattaiolò fuori dalla stanza.

Un bel giovane con le braccia conserte

Il reparto dove si svolgeva questo simposio improvvisato era al piano terra di un bel padiglione situato (accanto ad altri padiglioni) nel grande giardino dell'ospedale. È in questo giardino che entrò in quel momento Flajšman. Si appoggiò all'alto fusto di un platano, accese una sigaretta e si mise a osservare il firmamento: era estate, nell'aria galleggiavano i profumi e nel nero del firmamento era appesa una luna tonda.

Cercò di immaginarsi il corso degli avvenimenti futuri: la dottoressa, che un attimo prima gli aveva fatto segno di uscire, avrebbe aspettato il momento in cui il suo calvo primario fosse più preso dalla conversazione che dai propri sospetti, e poi probabilmente gli avrebbe fatto capire con discrezione che un piccolo bisogno impellente la obbligava ad assentarsi un attimo dalla compagnia.

E cosa sarebbe accaduto poi? Non volle di proposito immaginarsi nulla di ciò che sarebbe seguito. Il petto gli si gonfiava annunciandogli un'avventura, e ciò gli bastava. Credeva nella sua fortuna, credeva nella sua buona stella dell'amore e credeva nella dottoressa. Cullato dalla sicurezza di sé (una sicurezza sempre piuttosto stupita), si abbandonava a una piacevole passività. Si vedeva infatti sempre come un uomo attraente, conquistato, amato, e gli piaceva aspettare le avventure con le braccia, come suol dirsi, conserte. Era convinto che proprio quella posizione provocasse in maniera eccitante le donne e il destino.

Vale forse la pena, in quest'occasione, accennare al fatto che Flajšman molto spesso, se non addirittura sempre (e con un certo autocompiacimento), *si vedeva*, la qual cosa lo sdoppiava in continuazione e rendeva la sua solitudine alquanto divertente. Adesso, ad esempio, non solo stava fumando in piedi appoggiato al platano, ma allo stesso tempo osservava con piacere se stesso in piedi (bello e giovanile) appoggiato al platano fumare con nonchalance. Si dilettò a lungo di quella vista, fino a che non udì dei passi leggeri che dal padiglione si dirigevano verso di lui. Non si voltò di proposito. Diede ancora un tiro alla sigaretta, buttò fuori il fumo e intanto guardava il firmamento. Quando i passi gli furono abbastanza vicini, disse con voce tenera e suadente: « Sapevo che prima o poi mi avrebbe raggiunto... ».

Orinare

« Non era poi così difficile indovinarlo » gli rispose il primario. « Preferisco sempre orinare in mezzo alla natura che non in questi impianti moderni, così disgustosi. Qui, per pochi attimi, lo zampillo dorato mi unisce prodigiosamente all'humus, all'erba e alla terra. Perché, caro Flajšman, è dalla polvere che sono nato e alla polvere adesso almeno parzialmente faccio ritorno. Orinare nella natura è una cerimonia religiosa con la quale promettiamo alla terra che un giorno o l'altro ritorneremo a lei tutti interi ».

Poiché Flajšman taceva, il primario gli chiese: « E lei? È venuto a guardare la notte? ». E poiché Flajšman continuava imperterrito nel suo silenzio, il primario disse: « Caro Flajšman, lei è un gran nottambulo. È per questo che mi piace ». Flajšman intese nelle parole del primario una presa in giro e, volendo tenersi sulle sue, farfugliò: « Lasci in pace la notte! Sono venuto anch'io a orinare ».

« Mio caro Flajšman, » disse il primario intenerito « vedo in ciò una straordinaria espressione di affetto verso il suo capo che è sulla via della vecchiaia ».

E, ritti entrambi sotto il platano, diedero inizio a quell'operazione che il primario, con pathos incessante e con sempre nuove immagini, definiva un ufficio divino.

ATTO SECONDO

Un giovane bello e sarcastico

Poi ritornarono insieme per il lungo corridoio, e il primario teneva fraternamente il braccio intorno alle spalle dello studente di medicina. Questi era sicurissimo che il geloso calvo avesse scoperto il segnale della dottoressa e che adesso, con quelle sue amichevoli effusioni, lo stesse prendendo in giro. Naturalmente non poteva togliere dalla spalla il braccio del capo, ma proprio per questo maggiormente la rabbia si accumulava dentro di lui. Un'unica cosa lo consolava: non soltanto *era* pieno di rabbia, ma riusciva anche a *vedersi* arrabbiato, ed era soddisfatto di quel giovane che tornava nella stanza di guardia e, con sorpresa di tutti, era tutt'a un tratto completamente diverso: tagliente nel suo sarcasmo, aggressivamente ironico, quasi diabolico.

Quando i due entrarono nella stanza di guardia, Elisabet era al centro del locale e dimenava orribilmente i fianchi, canticchiando a mezza voce un motivetto. Il dottor Havel teneva gli occhi bassi e la dottoressa, per evitare che i due si spaventassero, spiegò: « Elisabet sta ballando ».

« È un po' sbronza » aggiunse Havel.

Elisabet non smetteva di agitare i fianchi e di ruotare i seni davanti a Havel che sedeva con la testa china.

« Dov'è che ha imparato un ballo così grazioso? » chiese il primario.

Gonfio di sarcasmo, Flajšman si mise a ridere con ostentazione: « Ah, ah, ah! Proprio un ballo grazioso! Ah, ah, ah! ».

« L'ho visto in uno strip-tease a Vienna » rispose Elisabet al primario.

« Ahi, ahi, ahi, » si scandalizzò teneramente il primario « e da quando in qua le nostre infermiere vanno agli strip-tease? ».

« Non è mica proibito, professore » disse Elisabet ruotandogli i seni davanti al viso.

La bile cresceva nel corpo di Flajšman, e voleva raggiungere l'esterno attraverso la sua bocca. Per cui Flajšman disse: « Lei avrebbe bisogno di bromuro e non di uno strip-tease. C'è da aver paura che ci violenti tutti! ».

« Lei non deve avere nessuna paura. Coi poppanti non ci vado » ribatté Elisabet ruotando i seni davanti a Havel.

« E quello strip-tease le è piaciuto? » si informò paternamente ancora il primario.

« Sì, » rispose Elisabet « c'era una svedese con due seni enormi, ma i miei sono più belli » (a quelle parole si carezzò i seni) « e c'era anche una ragazza che fingeva di fare un bagno di schiuma in una specie di vasca di cartone, e una mulatta, e questa si masturbava davanti a tutto il pubblico, ed era il pezzo migliore... ».

« Ah, ah! » disse Flajšman al culmine del suo diabolico sarcasmo. « La masturbazione, ecco che cosa ci vuole per lei! ».

Elisabet continuava a ballare, ma il suo pubblico era probabilmente assai peggiore di quello che assisteva allo strip-tease viennese: Havel teneva la testa bassa, la dottoressa guardava con ironia, Flajšman con biasimo e il primario con paterna indulgenza. E intanto il sedere di Elisabet, rivestito dalla stoffa bianca del grembiule da infermiera, ruotava per la stanza come un sole magnificamente tondo, ma un sole spento e morto (avvolto in un bianco sudario), un sole che gli sguardi indifferenti e imbarazzati dei medici presenti condannavano a una dolorosa inutilità.

A un certo punto sembrò che Elisabet volesse davvero iniziare a togliersi i vestiti, tanto che il primario protestò con voce ansiosa: « Ma Elisabet! Non vorrà mica rifare qui davanti a noi lo spettacolo viennese! ».

« Di che ha paura, professore? Almeno vedrà come dev'essere fatta una donna nuda! » squillò Elisabet, poi si rivolse nuovamente a Havel, minacciandolo con i seni: « E allora, Havel caro? Stai qui come a un funerale! Tira su quella tua testa! Ti è forse morto qualcuno? Ti è morto qualcuno? Guardami! Io sono ben viva! Non sto mica morendo, io. Io sono ancora viva! Sono viva! » e a quelle parole il suo sedere non era più un sedere, ma il dolore stesso, un dolore meravigliosamente tondeggiante che ballava per la stanza.

« Dovrebbe smetterla, Elisabet » disse Havel fissando il parquet.

« Smetterla? » disse Elisabet. « Ma se ballo solo per te! E adesso ti faccio uno strip-tease! Un grande strip-tease! » e si sciolse il grembiule da dietro, gettandolo sulla scrivania con gesto da ballerina.

Il primario fece nuovamente sentire la sua voce

preoccupata: « Elisabet, un suo strip-tease sarebbe certo una bella cosa, ma in qualche altro posto. Qui, lo sa, siamo al lavoro ».

Il grande strip-tease

« Professore, so quello che posso fare! » rispose Elisabet. Adesso aveva indosso la divisa celeste col collettino bianco e non smetteva di dimenarsi.

Poi posò le mani sulle anche e le fece scivolare lungo i fianchi fino ad alzarle sopra la testa; si passò la mano destra sul braccio sinistro teso e la sinistra sul braccio destro, dopodiché fece, con entrambe le braccia, un movimento in direzione di Flajšman, come per gettargli la camicetta. Flajšman ebbe un attimo di paura e trasalì. « Poppante, l'hai fatta cadere » gli gridò.

Posò poi nuovamente le mani sulle anche, ma questa volta le fece scivolare giù lungo le gambe; quando fu raccolta su se stessa, sollevò prima la gamba destra e poi la sinistra; fissò quindi il primario e fece un movimento col braccio destro, lanciandogli la gonna immaginaria. Il primario tese in avanti la mano con le dita allargate e subito dopo le strinse a pugno. Poi con le dita dell'altra mandò un bacio ad Elisabet.

Dopo ulteriori contorsioni e altri passi di danza, Elisabet si drizzò sulle punte, piegò le braccia e, portandole dietro la schiena, spinse le dita il più in alto possibile lungo la spina dorsale; poi con movimenti da ballerina riportò le braccia davanti, col palmo della mano destra carezzò la spalla sinistra e col palmo della sinistra la spalla destra, e di nuovo fece un movimento elegante con la mano, questa volta in direzione di Havel, il quale mosse la propria mano in un piccolo gesto imbarazzato.

Ma già Elisabet si era raddrizzata e aveva cominciato a camminare per la stanza con aria maestosa; girò attorno a tutti e quattro i suoi spettatori, ergendo davanti a ciascuno la nudità simbolica del suo seno. Alla fine si fermò davanti a Havel, ricominciò a far ondeggiare le anche e, abbassandosi leggermente, fece scivolare le mani lungo i fianchi, poi (come un istante prima) sollevò prima una gamba e poi l'altra, e infine si drizzò trionfalmente, lanciando in alto la mano destra che stringeva, tra il pollice e l'indice, l'invisibile mutandina. E di nuovo tese la mano con eleganza in direzione di Havel.

Dritta in tutta la gloria della sua fittizia nudità, non guardava più nessuno, nemmeno Havel, e con gli occhi socchiusi e la testa leggermente inclinata osservava soltanto in basso il proprio corpo che si contorceva.

Poi, di colpo, quella posa orgogliosa si spezzò ed Elisabet si sedette sulle ginocchia del dottor Havel. « Sono distrutta » disse sbadigliando. Allungò la mano verso il bicchiere di Havel e bevve. « Dottore, » gli disse « non hai delle pastiglie per tirarmi su? Non voglio certo dormire! ».

« Per lei tutto, Elisabet » disse Havel e, sollevatala dalle proprie ginocchia, la mise a sedere sulla sedia e andò allo scaffale delle medicine. Lì trovò un forte sonnifero e diede a Elisabet due pastiglie.

« Mi faranno riprendere? » chiese Elisabet.

« Quanto è vero che mi chiamo Havel » disse Havel.

Le parole d'addio di Elisabet

Quando ebbe mandato giù le due pastiglie, Elisabet fece per rimettersi a sedere sulle ginocchia di Havel, ma questi allargò le gambe ed Elisabet cadde a terra.

Havel se ne dispiacque subito, perché in fondo non aveva alcuna intenzione di far cadere Elisabet in modo così umiliante, e se aveva allargato le gambe era stato più che altro un movimento automatico generato dalla sincera ripugnanza a toccare con le gambe il sedere di Elisabet.

Cercò quindi di risollevarla, ma Elisabet con triste ostinazione restava attaccata al pavimento con tutto il suo peso.

Allora Flajšman le si piantò davanti e disse: « Lei è ubriaca e farebbe meglio ad andare a dormire ».

Elisabet lo guardò da terra con enorme disprezzo e (assaporando il pathos masochistico del proprio star-lì-a-terra) gli disse: « Bruto! Imbecille! ». E poi di nuovo: « Imbecille! ».

Havel riprovò a sollevarla, ma lei si divincolò con furia e cominciò a singhiozzare. Nessuno sapeva cosa dire, e quei singhiozzi risuonavano nel silenzio della stanza come un assolo di violino. Infine la dottoressa ebbe l'idea di mettersi a fischiettare piano. Elisabet si alzò di colpo, andò alla porta, afferrò la maniglia e, voltandosi a mezzo verso la stanza, disse: « Bruti. Siete dei bruti. Se sapeste. Non sapete nulla. Non sapete nulla ».

La requisitoria del primario a Flajšman

Dopo la sua uscita ci fu un silenzio che il primario fu il primo a interrompere: « Vede, caro Flajšman. Lei dice di compatire le donne. Ma se è davvero così, allora perché non compatisce Elisabet? ».

« Che c'entro io con lei? » ribatté Flajšman.

« Non faccia finta di non sapere. Glielo abbiamo detto un attimo fa. È pazza di lei ».

« È forse colpa mia? » chiese Flajšman.

« No, » disse il primario « ma è colpa sua se si

comporta così villanamente con Elisabet e la tormenta. Per l'intera serata, l'unica cosa che interessava ad Elisabet era quello che avrebbe fatto lei: se l'avrebbe guardata, se le avrebbe sorriso, se le avrebbe detto qualcosa di carino. E lei, Flajšman, si ricorda cosa le ha detto? ».

« Non le ho detto nulla di così terribile » si difese Flajšman, ma nella sua voce già si sentiva una discreta incertezza. « Nulla di così terribile? » rise il primario. « L'ha presa in giro quando ha ballato anche se Elisabet ha ballato soltanto per lei, le ha consigliato del bromuro, ha affermato che quello che ci voleva per lei era la masturbazione. Nulla di terribile! E quando ha fatto lo strip-tease, lei ha lasciato cadere a terra la sua camicetta ».

« Che camicetta? » chiese Flajšman.

« La camicetta » disse il primario. « E non faccia lo stupido. Alla fine l'ha spedita a dormire, benché un attimo prima avesse preso delle pastiglie contro la stanchezza ».

« Ma lei aveva messo gli occhi su Havel, non su me » continuava a difendersi Flajšman.

« Non faccia la commedia! » disse il primario con severità. « Che cosa voleva che facesse se lei fingeva di non vederla? La stava provocando. E non desiderava nient'altro che una briciola della sua gelosia. Caro il mio gentleman! ».

« Professore, non stia a tormentarlo » disse la dottoressa. « È crudele, però è anche giovane ».

« È l'arcangelo del castigo » disse Havel.

I ruoli mitologici

« Sì, è vero, » disse la dottoressa « guardatelo; un arcangelo bello e terribile ».

« La nostra è una compagnia mitologica, » osservò

assonnato il primario « tu sei chiaramente Diana. Frigida, sportiva, maligna ».

« E lei un satiro. Vecchio, lascivo, loquace » replicò la dottoressa. « E Havel è Don Giovanni. Non vecchio, ma sulla via della vecchiaia ».

« Macché. Havel è la morte » dichiarò il primario, riproponendo la sua vecchia tesi.

La fine dei Don Giovanni

« Dovendo decidere se sono Don Giovanni o la morte, pur a malincuore mi trovo costretto a propendere verso l'opinione del professore » disse Havel bevendo un buon sorso di vino. « Don Giovanni. Lui sì che era un conquistatore. E di quelli con la maiuscola. Il Grande Conquistatore. Ma, scusatemi, come volete essere un conquistatore in un territorio dove nessuno vi impedisce alcunché, dove ogni cosa è possibile e tutto è permesso? L'èra dei Don Giovanni è finita. Il discendente attuale di Don Giovanni non *conquista* più, *colleziona* soltanto. Il personaggio del Grande Conquistatore è stato sostituito dal Grande Collezionista, solo che il Collezionista è tutto meno che un Don Giovanni. Don Giovanni era un personaggio da tragedia. Su di lui pesava la colpa. Peccava allegramente e rideva di Dio. Era un blasfemo e finì all'inferno.

« Don Giovanni portava sulle spalle un fardello drammatico che il Grande Collezionista neanche immagina, perché nel suo mondo ogni fardello ha perso il suo peso. I macigni sono diventati piume. Nel mondo del Conquistatore un solo sguardo pesava quanto, nel regno del Collezionista, dieci anni del più assiduo amore fisico.

« Don Giovanni era un signore mentre il Collezionista è uno schiavo. Don Giovanni trasgrediva con impudenza le convenzioni e le leggi. Il Grande Collezionista si limita ad applicare ubbidiente, col sudore della fronte, le convenzioni e le leggi, perché il collezionismo è entrato nel novero delle buone maniere, del bon ton, è quasi un obbligo. Se su di me pesa una colpa, è solo quella di non prendere Elisabet.

« Il Grande Collezionista non ha nulla in comune né con la tragedia né con il dramma. Grazie a lui, l'erotismo che era sempre stato una trappola generatrice di catastrofi, è diventato qualcosa di simile alle colazioni e ai pranzi, alla filatelia, al ping-pong, se non addirittura a una corsa in tram o a un giro per acquisti. Egli l'ha introdotto nel circolo della quotidianità. L'ha trasformato nelle quinte e nelle tavole di un palcoscenico dove il vero dramma non è ancora iniziato. Ahimè, amici, » esclamò pateticamente Havel « i miei amori (se così posso chiamarli) sono l'impiantito di una scena sulla quale non si recita nulla.

« Cara dottoressa e caro professore. Voi avete messo in opposizione Don Giovanni e la morte. Per puro caso e per inavvertenza avete in tal modo colto la sostanza della questione. Osservate! Don Giovanni lottava con l'impossibile. E ciò è molto umano. Invece, nel regno del Grande Collezionista non esiste nulla di impossibile, perché è il regno della morte. Il Grande Collezionista è la morte venuta a prendere la tragedia, il dramma, l'amore. La morte venuta a prendere Don Giovanni. Nel fuoco dell'inferno dov'è stato spedito dal Commendatore, Don Giovanni è vivo. Ma nel mondo del Grande Collezionista, dove le passioni e i sentimenti volano nello spazio come piume, in questo mondo egli è morto per sempre.

« Ma quando mai, cara dottoressa, » disse Havel tristemente « quando mai io sarei simile a Don Giovanni! Cosa non darei per vedere il Commendatore e sentire nell'anima il peso terrificante della sua maledizione, e avvertir crescere dentro di me la grandezza della tragedia. Ma quando mai, dottoressa! Io al massimo sono un personaggio da commedia, e anche questo non lo devo a me stesso, ma ancora a Don Giovanni, perché solo sullo sfondo storico della sua tragica allegria potete in qualche modo percepire la comica tristezza della mia esistenza di donnaiolo che, senza questo termine di confronto, non sarebbe che grigia quotidianità, uno sfondo noioso ».

Ulteriori segnali

Stanco della sua lunga allocuzione (durante la quale l'assonnato primario aveva lasciato cadere due volte la testa), Havel tacque. Dopo una debita pausa piena di emozione, si udì la voce della dottoressa: « Non immaginavo, dottore, che sapesse parlare con così tanta coerenza. Ha descritto se stesso come un personaggio da commedia, come grigiore, come noia e nullità. Sfortunatamente, il tono che lei ha usato era un po' troppo elevato. C'è sempre di mezzo quella sua maledetta raffinatezza: definirsi un mendicante, ma scegliere parole così principesche per essere sempre, in fondo, più un principe che un mendicante. Havel, lei è un vecchio imbroglione. Vanitoso anche nei momenti in cui si denigra. Lei è un vecchio e volgare imbroglione ».

Flajšman scoppiò in una grossa risata, convinto, con sua grande soddisfazione, che le parole della dottoressa celassero del disprezzo per Havel. Poi, incoraggiato dall'ironia della dottoressa e dalla propria risata, si avvicinò alla finestra e disse significativamente: « Che notte! ».

« Sì, » disse la dottoressa « una notte stupenda. E Havel vuole giocare alla morte! Havel, non si è accorto che è una notte bellissima? ».

« Figuriamoci » disse Flajšman. « Per Havel una donna è uguale all'altra, una notte uguale all'altra, l'inverno uguale all'estate. Il dottor Havel rifiuta di riconoscere le minuzie inessenziali ».

« Ha colto nel segno » disse Havel.

Flajšman pensò che questa volta il suo incontro con la dottoressa sarebbe riuscito; il primario aveva già bevuto parecchio e la sonnolenza che l'aveva assalito negli ultimi minuti sembrava aver notevolmente appannato la sua vigilanza; fece perciò cadere un discreto: « Ah, questa mia vescica! » e, gettata un'occhiata alla dottoressa, uscì dalla porta.

Il gas

Percorrendo il corridoio, ripensava con piacere a come per tutta la serata la dottoressa avesse preso in giro i due uomini, il primario e Havel, il quale era stato appena definito, molto appropriatamente, un imbroglione. Era poi sbalordito dal ripetersi di un fatto che ogni volta tornava a stupirlo proprio per quel suo ripetersi con tanta regolarità: lui piaceva alle donne, lo preferivano a uomini esperti, e questo, nel caso della dottoressa – donna manifestamente esigentissima, acuta e anche abbastanza (ma piacevolmente) altera – rappresentava un grosso trionfo, nuovo e inaspettato.

Era dunque questo l'umore con cui Flajšman percorreva il lungo corridoio verso l'uscita. Era già quasi all'altezza della porta che dava nel giardino, quando sentì improvvisamente puzza di gas. Si fermò ad annusare. L'odore si faceva più intenso vicino alla porta della stanzetta delle infermiere. Flajšman si accorse tutt'a un tratto di avere una paura terribile.

Il suo primo impulso fu di tornare indietro di corsa a chiamare il primario e Havel, ma poi decise di afferrare la maniglia della porta (forse perché la presumeva chiusa a chiave, se non addirittura barricata). La porta, stranamente, si aprì. Nella stanza la potente luce centrale era accesa e illuminava un gran corpo nudo di donna, disteso sul divano. Flajšman si guardò attorno e si precipitò al fornello. Chiuse il rubinetto del gas. Corse poi alla finestra e la spalancò.

Osservazione tra parentesi

(Si può dire che Flajšman abbia agito con prontezza e con una certa presenza di spirito. Un'unica cosa non è riuscito, però, a registrare con sufficiente freddezza. Benché abbia fissato per un buon secondo il corpo nudo di Elisabet, la sua paura era tale che, sotto il suo velo, non si è reso minimamente conto di un fatto che soltanto noi, da una distanza favorevole, possiamo gustare pienamente:

Quel corpo era splendido. Era disteso sulla schiena con la testa leggermente girata da una parte e le spalle leggermente raccolte, sicché i due bei seni erano premuti l'uno contro l'altro e mostravano la loro forma piena. Una gamba di Elisabet era allungata e l'altra leggermente piegata al ginocchio, per cui era possibile osservare la notevole pienezza delle cosce e il nero straordinariamente folto del grembo).

La richiesta d'aiuto

Dopo aver spalancato la finestra e la porta, Flajšman uscì di corsa nel corridoio e cominciò a gridare. Tutto ciò che seguì si svolse in una rapida routine: respirazione artificiale, telefonata al pronto soccorso, lettiga per il trasporto della paziente, la consegna all'altro medico di guardia, nuova respirazione artificiale, ritorno alla coscienza, trasfusione di sangue e, alla fine, un profondo respiro di sollievo quando la vita di Elisabet fu definitivamente fuori pericolo.

ATTO TERZO

Chi ha detto cosa

Quando, dal pronto soccorso, i quattro medici uscirono in cortile, avevano un'aria esausta.

Il primario disse: « La cara Elisabet, ha rovinato il nostro Simposio ».

La dottoressa disse: « Le donne insoddisfatte portano sempre sfortuna ».

Havel disse: « Che strano. Ha dovuto aprire il gas perché ci accorgessimo che ha un gran bel corpo ».

A quelle parole, Flajšman guardò Havel (a lungo) e disse: « Non ho più voglia né di bevute né di spiritosaggini. Buona notte ». E si incamminò verso l'uscita.

La teoria di Flajšman

A Flajšman i discorsi dei colleghi apparivano nauseanti. Vedeva in essi l'insensibilità di persone che stanno invecchiando, la cattiveria della loro età che si ergeva davanti alla sua giovinezza come una barriera ostile. Gli faceva quindi piacere star solo, e andava a piedi di proposito, per vivere appieno e assaporare la propria eccitazione: con piacevole terrore continuava a ripetersi che Elisabet era stata a un passo dalla morte, e che il colpevole di quella morte era lui.

Certo, sapeva bene che un suicidio non ha mai una sola causa ma, in genere, tutta una serie di cause; d'altra parte non poteva in alcun modo negare a se stesso che una delle cause (e probabilmente quella decisiva) era lui, sia per il semplice fatto di esistere, sia per il suo comportamento di prima.

Cominciò ad accusarsi pateticamente. Si definì un egoista con lo sguardo vanitosamente fisso solo ai propri successi amorosi. Rise di come si era lasciato accecare dall'interesse dimostratogli dalla dottoressa. Si rimproverò del fatto che Elisabet fosse diventata per lui una semplice cosa, un recipiente dove lui aveva riversato la sua rabbia quando il geloso primario gli aveva fatto saltare l'appuntamento notturno. Con che diritto, con che diritto si era comportato in quel modo con un essere innocente?

Il giovane studente di medicina non era però uno spirito primitivo; ogni suo stato d'animo conteneva in sé la dialettica dell'affermazione e della negazione, per cui, anche adesso, all'accusatore interiore subito si oppose il difensore: Certo, le sue espressioni di sarcasmo indirizzate a Elisabet erano fuori luogo, ma difficilmente avrebbero potuto avere conseguenze così tragiche se Elisabet non fosse stata innamorata di lui. Ma è forse colpa di Flajšman se qualcuno si innamora di lui? Egli ne diventa forse automaticamente responsabile?

Si fermò su questa domanda, che gli sembrò la chiave dell'intero segreto dell'esistenza umana. Fermò persino i suoi passi e in tutta serietà si rispose: Sì, aveva avuto torto quando poco fa aveva cercato di convincere il primario di non essere responsabile di ciò che provocava involontariamente. Può forse ridurre la propria persona alla sola parte cosciente e intenzionale? Anche ciò che lui provoca senza saperlo appartiene alla sfera della sua personalità, e chi altri dovrebbe esserne responsabile? Sì, era colpevole del fatto che Elisabet l'amava; era colpevole di non saperne nulla; era colpevole di non essersene preoccupato; era colpevole. Ancora un piccolo passo, e avrebbe potuto uccidere un essere umano.

La teoria del primario

Mentre Flajšman era immerso in queste speculazioni autoanalitiche, il primario, Havel e la dottoressa tornarono nella stanza di guardia, e in verità non avevano davvero più voglia di vino; rimasero per un po' in silenzio e poi Havel mandò un sospiro: « Cosa le sarà passato per la zucca, a Elisabet? ».

« Niente sentimentalismi, dottore » disse il primario. « Quando qualcuno fa simili stupidaggini, io mi proibisco di commuovermi. Del resto, se lei non si fosse impuntato e avesse fatto già da tempo con Elisabet quello che non si vergogna di fare con tutte le altre, non si sarebbe arrivati a questo ».

« La ringrazio di far di me la causa di un suicidio » disse Havel.

« Cerchiamo di essere più precisi! » rispose il primario. « Non si è trattato di un suicidio vero, ma di un suicidio dimostrativo organizzato in modo da evitare di giungere alla catastrofe. Caro dottore, se uno decide di asfissiarsi, per prima cosa chiude a chiave la porta. E non si limita a questo, ma tappa accuratamente le fessure perché la presenza del gas venga scoperta il più tardi possibile. Solo che quello che interessava Elisabet non era la morte, era lei, dottore.

« Lo sa Iddio da quante settimane sognava il turno di stanotte insieme con lei, e dall'inizio della serata l'ha presa di mira senza alcun pudore. Ma lei ha fatto il testardo. E quanto più ha fatto il testardo, tanto più Elisabet ha bevuto ed è ricorsa a mezzi sempre più vistosi: straparlava, ballava, voleva fare lo strip-tease...

« Vede, dottore, in fondo forse c'è qualcosa di commovente. Non riuscendo ad attrarre né i suoi occhi, né le sue orecchie, ha puntato tutto sul suo odorato e ha aperto il gas. E prima di aprirlo si è svestita. Sa di avere un bel corpo e voleva obbligarla a rendersene conto. Si ricordi di quello che ha detto sulla porta: *Se sapeste! Non sapete nulla. Non sapete nulla.* Adesso lei lo sa: Elisabet ha un viso orribile, ma un bel corpo. L'ha riconosciuto lei stesso. Vede bene che il ragionamento di Elisabet non era poi tanto stupido. Forse adesso sarà un po' più accondiscendente, dottore ».

« Forse » disse Havel alzando le spalle.

« Di sicuro » disse il primario.

La teoria di Havel

« Professore, quello che lei dice è abbastanza convincente, ma contiene un errore: lei sopravvaluta il mio ruolo in questa faccenda. La questione non riguardava solo me. Non ero io l'unico a rifiutarsi di andare a letto con Elisabet. A letto con Elisabet non ci voleva andare nessuno.

« Quando lei prima mi ha chiesto perché non voglio prendere Elisabet, io le ho raccontato due o tre sciocchezze sulla bellezza della libera scelta e sul fatto che io voglio conservare la libertà. Ma erano solo stupide spiritosaggini con le quali mascheravo una verità che è invece l'esatto contrario e non è per nulla lusinghiera: rifiutavo Elisabet proprio perché non sono affatto capace di essere libero. Non andare a letto con Elisabet è infatti una moda. Nessuno vuole andare a letto con lei, e se anche qualcuno lo facesse, non lo ammetterebbe mai, perché sarebbe preso in giro da tutti. La moda è una tremenda carogna di sergente maggiore e io mi ci sono servilmente assoggettato. E poi Elisabet è una donna matura e la cosa l'ha fatta uscir di senno. E forse ciò che l'ha fatta uscir di senno più di tutto è stato proprio il *mio* rifiuto, perché lo si sa benissimo che io prendo tutto. Solo che per me la moda era più importante del senno di Elisabet.

« E lei ha ragione, professore: Elisabet sapeva di avere un bel corpo, e quindi considerava la propria situazione come un'autentica assurdità, un'ingiustizia, e ha voluto protestare. Si ricordi come, per l'intera serata, ha attirato in continuazione l'attenzione sul proprio corpo. Mentre parlava dello strip-tease della svedese a Vienna, si accarezzava i seni dichiarando che erano più belli di quelli dell'altra. E ci ripensi un attimo: stasera i suoi seni e il suo sedere hanno riempito la stanza come una folla di dimostranti. È vero, professore, è stata proprio una dimostrazione!

« E ripensi un attimo a quel suo strip-tease, pensi a come lo viveva! Professore, è stato il più triste strip-tease che abbia visto in vita mia! Lei si spogliava con passione, e intanto era sempre chiusa nell'odiato involucro della sua divisa da infermiera. Si spogliava e le era impossibile spogliarsi. E pur sapendo di non potersi spogliare, ugualmente si spogliava volendoci comunicare il suo triste e irrealizzabile desiderio di spogliarsi. Professore, Elisabet non si spogliava, Elisabet cantava il proprio desiderio di spogliarsi, l'impossibilità di spogliarsi, l'impossibilità di fare l'amore, l'impossibilità di vivere! E noi non abbiamo voluto ascoltare nemmeno questo, e abbiamo tenuto la testa bassa, impassibili ».

« Che donnaiolo romantico! Lei crede sul serio che Elisabet volesse morire? » gridò il primario.

« Si ricordi » disse Havel « delle sue parole mentre ballava: *Sono ancora viva! Sono viva!* Se ne ricorda? Nel momento in cui aveva cominciato a ballare già sapeva ciò che avrebbe fatto ».

« E perché voleva morire nuda, eh? Che spiegazione ne dà? ».

« Voleva andare tra le braccia della morte come si va tra le braccia di un amante. Per questo si era spogliata, pettinata, truccata... ».

« E per questo aveva lasciato la porta aperta, eh? La prego, non cerchi di convincersi che Elisabet voleva davvero morire! ».

« Forse non sapeva precisamente ciò che voleva. Ma forse che lei, professore, sa quello che vuole? Chi di noi lo sa? Elisabet voleva e non voleva. Voleva sinceramente morire e allo stesso tempo (con la stessa sincerità) voleva arrestare lo stato in cui si trovava, a metà dell'atto che l'avrebbe condotta alla morte, perché quell'atto la faceva sentir grande. È chiaro, non desiderava che noi la vedessimo quando sarebbe stata ormai scura, fetida, e deturpata. Voleva che la vedessimo in tutto il suo splendore mentre salpava, nel suo corpo bello e sottovalutato, per congiungersi carnalmente con la morte. Voleva che almeno in quell'istante essenziale noi invidiassimo alla morte quel corpo e lo desiderassimo ».

La teoria della dottoressa

« Cari signori, » si fece sentire ora la voce della dottoressa che per tutto il tempo era stata in silenzio ad ascoltare con attenzione i due medici « da quel che posso giudicare come donna, i vostri discorsi sono stati logici. Prese in sé, le vostre teorie erano convincenti e stupiscono per la loro profonda conoscenza della vita. Hanno un solo piccolissimo errore. Non contengono neanche un briciolo di verità. Perché Elisabet non voleva suicidarsi. Né sul serio, né come dimostrazione. Non ci pensava affatto ».

La dottoressa assaporò per un istante l'effetto delle sue parole e poi continuò: « Cari signori, si sente che voi avete la coscienza sporca. Di ritorno dal pronto soccorso, avete evitato la stanzetta di Elisabet. Non la volevate più neanche vedere. Io invece l'ho esaminata attentamente mentre facevate la respirazione artificiale a Elisabet. Sul fornelletto c'era un pentolino. Elisabet si stava preparando un caffè e si è addormentata. L'acqua è traboccata e ha spento la fiamma ».

I due medici corsero insieme con la dottoressa nella stanzetta di Elisabet; era proprio vero: sul fornello c'era un pentolino e dentro era rimasta persino un po' d'acqua.

« Mi scusi, ma perché era nuda? » si meravigliò il primario.

« Guardatevi attorno » disse la dottoressa indicando tre angoli della stanza: a terra sotto la finestra c'era la divisa celeste, in alto, dall'armadietto delle medicine, pendeva il reggiseno, mentre le mutandine bianche erano state gettate a terra nell'angolo opposto. « Elisabet ha seminato i propri vestiti dappertutto, e ciò sta a testimoniare il fatto che aveva voluto realizzare, almeno per se stessa, quello striptease che lei, prudente primario, le aveva impedito.

« Probabilmente, una volta nuda, ha sentito la stanchezza. Non veniva certo a proposito, perché lei non aveva assolutamente rinunciato alle sue speranze per questa notte. Sapeva che noi tutti ce ne saremmo andati via e Havel sarebbe rimasto solo. Per questo ha chiesto uno stimolante. Poi ha deciso di farsi un caffè e ha messo sul fornello il pentolino con l'acqua. Ma vedendo di nuovo il proprio corpo, si era eccitata. Signori cari, rispetto a voi tutti Elisabet aveva un unico vantaggio. Si vedeva senza la testa. Si riteneva quindi assolutamente bella. A quella vista si è eccitata e si è distesa vogliosa sul divano. Ma probabilmente il sonno l'ha colta prima del piacere ».

« Ma certo, » si ricordò adesso Havel « tanto più che io le ho dato un sonnifero! ».

« C'era da aspettarselo da lei » disse la dottoressa. « Allora, c'è ancora qualcosa di poco chiaro? ».

« Sì » disse Havel. « Ripensi a quello che ha detto: *Io non sto mica morendo! Io sono viva! Sono ancora viva!* E le sue ultime parole: le ha dette con voce così patetica, come fossero parole d'addio: *Se sapeste! Voi non sapete nulla. Voi non sapete nulla* ».

« Ma Havel! » disse la dottoressa. « Sembra che lei non sappia che il novantanove per cento di ciò che si dice sono solo fandonie! Forse che anche lei non parla quasi sempre così, tanto per parlare? ».

I medici chiacchierarono ancora un po' e poi uscirono tutti e tre; davanti al padiglione il primario e la dottoressa diedero la mano a Havel e si allontanarono.

Galleggiavano i profumi nell'aria notturna

Flajšman raggiunse finalmente la strada di periferia dove abitava, insieme con i genitori, nella villetta di famiglia circondata da un giardino. Aprì il cancello, ma invece di proseguire fino alla porta, si sedette su una panchina al di sopra della quale si arrampicavano le rose che sua madre curava amorevolmente.

Nella notte estiva galleggiavano i profumi dei fiori, mentre le parole « colpevole », « egoismo », « amato », « morte », salivano in petto a Flajšman e lo riempivano di un piacere esaltante, al punto da dargli l'impressione che sulla schiena gli fossero spuntate le ali.

In quel fiotto di malinconica felicità si rese conto di essere amato quanto mai prima. Certo, già diverse donne gli avevano manifestato la loro simpatia, ma adesso doveva essere freddo e sincero con se stesso: si era trattato sempre di amore? Non era stato talvolta vittima di illusioni? Non si era talvolta immaginato molto più di quanto non ci fosse in realtà? Klára, ad esempio, non agiva in realtà più per interesse che per amore? Non le interessava in realtà più l'appartamento che lui le avrebbe procurato che non lui stesso? Alla luce del gesto di Elisabet ogni cosa impallidiva.

Nell'aria galleggiavano parole splendide e Flajšman si ripeteva che l'amore ha un solo termine di confronto: la morte. Alla fine del vero amore c'è la morte, e solo l'amore che termina con la morte è amore.

Nell'aria galleggiavano i profumi e Flajšman si domandava: riuscirà mai qualcuno ad amarlo come lo ama quella donna non bella? Ma che cosa sono la bellezza o la bruttezza di fronte all'amore? Cos'è la bruttezza di un viso di fronte al sentimento nella cui grandezza si rispecchia l'assoluto stesso?

(L'assoluto? Sì. Flajšman era un ragazzo da poco gettato nel mondo degli adulti, un mondo pieno di incertezze. E se anche correva dietro alle ragazze, quello che cercava era soprattutto il conforto di un abbraccio infinito e immenso, che potesse redimerlo dall'infernale relatività del mondo appena scoperto).

ATTO QUARTO

Il ritorno della dottoressa

Era già un po' che il dottor Havel stava disteso sul divano con addosso una coperta leggera, quando udì un picchiettio alla finestra. Alla luce della luna scorse il viso della dottoressa. Aprì la finestra e chiese: « Cosa c'è? ».

« Mi faccia entrare! » disse la dottoressa affrettandosi verso l'ingresso dell'edificio.

Havel si abbottonò la camicia, mandò un sospiro e uscì dalla stanza.

Quando ebbe aperto la porta del padiglione, la dottoressa senza troppe spiegazioni entrò decisamente e, solo dopo essersi seduta in poltrona di fronte a Havel nella stanza di guardia, cominciò a spiegare che non era potuta arrivare a casa; solo adesso, diceva, sentiva quant'era agitata; non sarebbe riuscita a chiudere occhio e pregava Havel di chiacchierare un po' con lei, per calmarla.

Havel non credeva a una sola parola del discorso della dottoressa, e fu così scortese (o incauto) da farlo chiaramente intendere dall'espressione del viso.

Per cui la dottoressa disse: « Naturalmente non mi

crede, convinto com'è che io sia tornata solo per venire a letto con lei ».

Il dottore fece un gesto di diniego, ma la dottoressa proseguì: « Presuntuoso Don Giovanni! Ma certo! Tutte le donne che la vedono, non pensano ad altro. E lei, afflitto e annoiato, compie la sua triste missione ».

Havel fece nuovamente un gesto di diniego, ma la dottoressa, accesa una sigaretta e mandato fuori il fumo con nonchalance, proseguì: « Povero Don Giovanni, non abbia paura, non sono venuta a infastidirla. Perché lei non è affatto come la morte. Questi sono solo bons mots del nostro caro primario. Lei non prende tutto ciò che vuole, perché non tutte glielo permettono. Le assicuro che io, ad esempio, sono abbastanza immune da lei ».

« È venuta a dirmi questo? ».

« Forse sì. Sono venuta a confortarla dicendole che lei non è come la morte. Che io non mi lascerei prendere ».

La moralità di Havel

« Lei è molto gentile » disse Havel. « È molto gentile a non lasciarsi prendere e a venirmelo a dire. Perché è vero, io non sono come la morte. Non solo non prendo Elisabet, ma non prenderei neanche lei ».

« Oh » si meravigliò la dottoressa.

« Con questo non voglio dire che lei non mi piaccia. Al contrario ».

« Bene » disse la dottoressa.

« Sì, lei mi piace molto ».

« E allora perché non mi prenderebbe? Perché io non mi interesso a lei? ».

« No, penso che i due fatti non abbiano nulla in comune » disse Havel.
« E allora da che dipende? ».
« Lei sta col primario ».
« E allora? ».
« Il primario è geloso di lei. Al primario dispiacerebbe ».
« Lei ha degli scrupoli morali? » rise la dottoressa.
« Sa, » disse Havel « nella mia vita ho avuto un buon numero di storie con donne, e ho imparato ad apprezzare l'amicizia tra uomini. Questo rapporto, che non può essere sporcato dalla stupidità dell'erotismo, è l'unico valore che io abbia mai conosciuto in vita mia ».
« Considera il primario un amico? ».
« Il primario ha fatto molto per me ».
« Per me ha fatto decisamente di più » obiettò la dottoressa.
« Forse, » disse Havel « ma non si tratta di riconoscenza. Gli voglio semplicemente bene. È un'ottima persona. E a lei ci tiene. Se le facessi delle avances, mi considererei un farabutto ».

Il primario viene calunniato

« Non immaginavo » disse la dottoressa « di ascoltare da lei così ardenti inni all'amicizia. Dottore, lei assume ai miei occhi un aspetto del tutto nuovo e inatteso. Non solo mostra inaspettatamente la capacità di avere dei sentimenti, ma li rivolge (e ciò è commovente) a un uomo vecchio, grigio, calvo, degno di nota ormai solo per la sua comicità. L'ha osservato bene stasera? Come tenta sempre di mettersi in mostra? Come cerca continuamente di dimostrare cose alle quali nessuno crede:
« Innanzitutto, vuole dimostrare di essere arguto.

Se n'è accorto? Parlava in continuazione, divertiva la compagnia, faceva battute, il dottor Havel è come la morte, inventava paradossi sull'infelicità di un matrimonio felice (come se non l'avessi sentito già per la cinquantesima volta!), cercava di prendere in giro Flajšman (come se per questo fosse necessaria una particolare arguzia!).

« In secondo luogo, si sforza di mostrarsi alla mano. Naturalmente, in realtà odia chiunque abbia capelli in testa, ma proprio per questo si sforza ancora di più. Adulava lei, adulava me, è stato paternamente tenero con Elisabet, e si è preso gioco di Flajšman con grande accortezza, perché lui non se ne accorgesse.

« E infine, cerca soprattutto di dimostrare di essere formidabile. Cerca disperatamente di nascondere il proprio aspetto di oggi dietro la sua immagine di una volta, un'immagine che purtroppo non esiste più e che nessuno di noi ricorda. Si sarà certo accorto con che abilità ha presentato l'episodio della puttanella che l'aveva respinto, e tutto ciò solo per poter rievocare il proprio irresistibile viso di quand'era giovane e coprire con esso la sua triste calvizie ».

La difesa del primario

« Dottoressa, tutto quel che dice è quasi vero » ribatté Havel. « Ma tutto ciò non fa che accrescere il numero delle buone ragioni per voler bene al primario, perché tutto ciò mi tocca più da vicino di quanto lei immagini. Perché dovrei ridere della calvizie alla quale certo non sfuggirò? Perché dovrei ridere degli sforzi del primario per non essere ciò che è?

« Una persona anziana o si rassegna ad essere ciò che è, il miserevole avanzo di se stesso, o non si rassegna. E cosa deve fare se non si rassegna? Non gli resta che far finta di non essere quello che è. Non gli resta che costruire, con faticosa simulazione, tutto ciò che non c'è più, tutto ciò che è perduto; non gli resta che inventare, costruire e rappresentare la propria gioia, la propria vitalità, la propria disponibilità. Non gli resta che evocare la propria immagine giovanile e cercare di confondersi con essa e sostituirla a quella attuale. In questa commedia del primario io vedo me stesso, il mio futuro. Naturalmente, se avrò abbastanza forza per ribellarmi alla rassegnazione, che è un male certo peggiore di questa triste commedia.

« Forse lei nel descrivere il primario ha colto nel segno. Ma appunto per questo io gli voglio ancor più bene e non potrei mai fargli del male, donde ne segue che non potrei mai avere una storia con lei ».

La risposta della dottoressa

« Caro dottore, » rispose la dottoressa « tra noi ci sono molti più punti in comune di quel che pensa. Perché anch'io gli voglio bene. Anche a me fa pena, come fa pena a lei. E ho molti più motivi per essergli riconoscente. Senza di lui non sarei qui, non avrei un posto così buono. (Lei questo lo sa, lo sanno tutti, fin troppo bene!). Pensa che lo prenda in giro? che lo tradisca? che abbia altri amanti? Come sarebbero tutti soddisfatti di poterglielo riferire! Non voglio far del male né a lui né a me stessa, e quindi sono più legata di quanto lei riesca a immaginare. Sono completamente legata. Ma sono contenta che adesso noi due ci siamo capiti. Perché lei è l'unica persona con la quale possa permettermi di essere infedele al primario. Perché lei gli vuol bene davvero e non gli farebbe mai del male. Lei sarà scrupolosamente discreto. Su di lei posso contare. Con lei posso fare l'amore... » e si sedette in braccio a Havel e cominciò a sbottonarlo.

Che cosa ha fatto il dottor Havel?

Ah, che domande...

ATTO QUINTO

In un vortice di nobiltà d'animo

Dopo la notte giunse il mattino e Flajšman andò in giardino a tagliare un mazzo di rose. Poi prese il tram per l'ospedale.

Elisabet era a letto in una cameretta privata del pronto soccorso. Flajšman si sedette accanto al suo letto, poggiò il mazzo di fiori sul comodino e le prese la mano per sentirle il polso.

« E allora, va meglio? » le chiese poi.

« Ma certo » disse Elisabet.

E Flajšman disse con sentimento: « Non doveva fare una stupidaggine del genere, piccola ».

« Eh sì, » disse Elisabet « mi sono addormentata. Ho messo su l'acqua del caffè e mi sono addormentata come una stupida ».

Flajšman continuò a fissare Elisabet perché non si era aspettato una simile nobiltà d'animo: Elisabet non voleva fargli pesare i rimorsi di coscienza, non voleva pesargli col proprio amore e lo negava!

Le accarezzò il viso e, trasportato dal sentimento, cominciò a darle del tu: « So tutto. Non devi mentire. Ma ti ringrazio per questa bugia ».

Capiva che una generosità, un'abnegazione e

un'attenzione come quelle non le avrebbe trovate in nessun'altra donna, e fu inondato da una terribile voglia di soccombere a un moto di impulsività e chiederle di diventare sua moglie. All'ultimo istante riuscì però a controllarsi (per una domanda di matrimonio c'è sempre tempo) e le disse solo:

« Elisabet, Elisabet, piccola. Queste rose le ho portate per te ».

Elisabet fissò Flajšman con aria stranita e disse: « Per me? ».

« Sì, per te. Perché sono felice di essere qui con te. Perché sono felice che tu esista, Elisabet cara. Forse ti voglio bene. Forse ti voglio molto bene. Ma proprio per questo sarà forse meglio che rimaniamo così come siamo. Forse un uomo e una donna sono più vicini l'uno all'altro quando non vivono insieme e sanno soltanto di esistere, quando sono riconoscenti l'uno all'altro solo perché esistono e perché l'uno sa che l'altro esiste. E alla loro felicità questo basta. Ti ringrazio, Elisabet cara, ti ringrazio di esistere ».

Elisabet non capiva nulla, ma sul suo viso si diffuse un sorriso beato, stupido, pieno di una vaga felicità e di un'incerta speranza.

Poi Flajšman si alzò, strinse a Elisabet la spalla (segno di un amore discreto e riservato), si voltò e uscì.

L'incertezza di tutte le cose

« La nostra bella collega, oggi raggiante di giovinezza, ha dato forse davvero l'interpretazione più esatta degli avvenimenti » disse il primario alla dottoressa e a Havel quando si rincontrarono tutti e tre al reparto. « Elisabet si stava preparando il caffè e si è addormentata. Almeno, questo è quanto sostiene lei stessa ».

« Vede » disse la dottoressa.

« No, non vedo » ribatté il primario. « Alla fin fine, nessuno sa nulla di come si siano svolti realmente i fatti. Il pentolino poteva essere sul fornelletto già da prima. Quando Elisabet ha deciso di aprire il gas, perché mai avrebbe dovuto toglierlo? ».

« Ma quand'è lei stessa a fornire questa spiegazione! » replicò la dottoressa.

« Dopo lo spettacolo che ci ha offerto e dopo lo spavento che ci ha fatto prendere, perché mai alla fine non avrebbe dovuto attribuire tutto al pentolino? Non dimenticate che da noi chi tenta il suicidio è mandato in cura al manicomio. Nessuno ha voglia di andarci ».

« Trova un certo piacere nel tema del suicidio, professore? » disse la dottoressa.

E il primario scoppiò a ridere: « Vorrei che una volta tanto Havel si sentisse un peso sulla coscienza! ».

Il pentimento di Havel

La cattiva coscienza di Havel sentì nella frase del primario un rimprovero cifrato, un segreto ammonimento del cielo, e disse: « Il professore ha ragione. Non è stato necessariamente un tentativo di suicidio, ma non lo si può nemmeno escludere. Del resto, se devo essere sincero, non me la prenderei neanche con Elisabet. Mostratemi nella vita un valore tale da farci considerare il suicidio come fuori luogo per principio! L'amore? O l'amicizia? Vi assicuro che l'amicizia non è meno labile dell'amore, e che su di essa non si può costruire nulla. E allora, forse, l'amor proprio? Poter contare almeno sull'amor proprio! Professore, » disse a questo punto Havel quasi con fervore, e in un tono che sembrava di pentimento « professore, ti giuro che io non mi voglio affatto bene ».

« Signori cari, » disse la dottoressa con un sorriso « se ciò vi rende il mondo più bello e salva le vostre anime, stabiliamo, vi prego, che Elisabet voleva davvero suicidarsi. D'accordo? ».

Happy end

« Sciocchezze » e il primario fece un gesto di insofferenza. « Piantatela! Lei, Havel, non insudici con i suoi discorsi l'aria di questo bel mattino! Ho quindici anni più di lei. Sono perseguitato dalla sfortuna perché vivo un matrimonio felice e non potrò mai divorziare. E ho un amore infelice perché la donna che amo è sfortunatamente questa dottoressa. Eppure, caro il mio intelligentone, stare al mondo mi piace ».

« Ben detto! Ben detto! » disse la dottoressa al primario con insolita tenerezza e prendendolo per mano. « Anche a me piace stare al mondo! ».

In quel momento, al terzetto di medici si aggiunse Flajšman e disse: « Sono stato da Elisabet. È una donna straordinariamente leale. Ha negato ogni cosa. Ha preso tutta la colpa su di sé ».

« Vedete? » rise il primario. « E qui Havel cerca di spingerci tutti al suicidio! ».

« Certo » disse la dottoressa avvicinandosi alla finestra. « Sarà di nuovo una bella giornata. Fuori è così azzurro. Che gliene pare, caro Flajšman? ».

Solo un istante prima Flajšman si era quasi rimproverato di aver agito con scaltrezza, risolvendo ogni cosa col mazzo di rose e alcune belle parole; adesso, però, era contento di non aver avuto fretta.

Aveva sentito il segnale della dottoressa e lo aveva compreso a meraviglia. Il filo dell'avventura si riallacciava nel punto dove era stato spezzato la sera precedente, quando il suo incontro con la dottoressa era stato mandato all'aria dal gas. Non riuscì a trattenersi dal sorridere alla dottoressa, pur in presenza del geloso primario.

La storia continua quindi lì dove si è interrotta ieri, eppure Flajšman ha l'impressione di entrarvi molto più vecchio e molto più forte. Ha dietro le spalle un amore grande come la morte. Il petto gli si gonfia ed è la sensazione più bella e più intensa che abbia mai provato. Perché ciò che lo riempie con tanta delizia è la morte; la morte che gli è stata offerta in dono, una morte splendida e tonificante.

CHE I VECCHI MORTI CEDANO IL POSTO AI GIOVANI MORTI

1

Stava tornando a casa lungo la strada della cittadina boema dove, ormai da alcuni anni, viveva rassegnato a una vita non troppo movimentata, ai pettegolezzi dei vicini e alla monotona rozzezza che lo circondava sul lavoro, e camminava così distrattamente (come si passeggia su una strada fatta centinaia di volte) che quasi non si era accorto di lei. Lei, invece, l'aveva riconosciuto già da lontano e, andandogli incontro, lo aveva guardato con un leggero sorriso che solo all'ultimo istante, quando si erano ormai quasi superati, attivò l'impianto di segnalazione della sua memoria e lo scosse dalla sua sonnolenza.

« Non l'avevo proprio riconosciuta » si scusò, ma era una scusa stupida che li portava di colpo a un argomento increscioso del quale sarebbe stato più prudente tacere: non si vedevano da quindici anni e, nel frattempo, erano invecchiati entrambi. « Sono tanto cambiata? » gli chiese lei, e lui rispose di no e, pur trattandosi di una bugia, non era una vera bugia perché quel leggero sorriso (che esprimeva, con pudore e sobrietà, un'eterna capacità di entusiasmarsi) era giunto fin lì dalla distanza di molti anni del tutto identico, e lo aveva confuso: gli aveva fatto tornare alla memoria l'antico aspetto della donna con tanta chiarezza che dovette fare un certo sforzo per allontanarlo e vederla così com'era in quel momento: una donna già quasi anziana.

Le chiese dove stesse andando e che programmi avesse, e lei gli rispose di aver dovuto sbrigare una faccenda e che adesso aveva solo da aspettare il treno che in serata l'avrebbe riportata a Praga. Lui espresse la sua gioia per quel loro incontro inaspettato e, trovandosi entrambi d'accordo (e a piena ragione) sul fatto che i due caffè della città erano sporchi e troppo affollati, lui la invitò nel proprio monocamera non lontano da lì, dove ci sarebbero stati caffè e tè, e soprattutto pulizia e tranquillità.

2

Per lei, la giornata era andata male fin dall'inizio. Suo marito (erano già passati trent'anni da quando avevano abitato lì, appena sposati, per poi trasferirsi a Praga dove lui era morto dieci anni prima), per uno strano desiderio espresso nelle sue ultime volontà, era stato sepolto nel cimitero locale. Allora lei aveva pagato la tomba per dieci anni, ma alcuni giorni prima si era accorta con terrore che il termine era scaduto e che si era dimenticata di rinnovare la concessione. All'inizio aveva pensato di scrivere alla direzione del cimitero, ma poi, riflettendo su come siano interminabili e vani questi scambi epistolari con gli uffici amministrativi, era venuta di persona.

La strada fino alla tomba del marito la conosceva a memoria, eppure quel giorno aveva l'impressione di essere in quel cimitero per la prima volta. Non riusciva a trovare la tomba e le sembrava di essersi smarrita. Ci aveva messo un po' di tempo per capire: lì dove prima c'era la lapide di arenaria grigia col nome del marito a lettere d'oro, proprio in quello stesso posto (aveva riconosciuto con certezza le due tombe accanto), c'era adesso una lapide di marmo nero con sopra, a lettere d'oro, un nome del tutto diverso.

Turbata, era andata negli uffici della direzione. Lì le avevano detto che, alla scadenza della concessione, le tombe venivano liquidate automaticamente. Lei li aveva rimproverati per non averla informata per tempo che doveva rinnovare la concessione, e loro per tutta risposta le avevano detto che in quel cimitero c'era poco spazio e che *i vecchi morti devono cedere il posto ai giovani morti*. Lei si era indignata e, trattenendo il pianto, aveva detto loro che non sapevano dove stessero l'umanità e il rispetto per l'uomo, ma poi aveva capito che era inutile discutere. Così come non aveva potuto impedire la morte del marito, era impotente anche davanti a questa sua seconda morte, questa morte di un « vecchio morto » che adesso non poteva più esistere nemmeno come morto.

Si era diretta verso il centro della città e al suo dolore avevano cominciato presto a mescolarsi il timore e la preoccupazione di come spiegare al figlio la scomparsa della tomba del padre e giustificare davanti a lui la propria dimenticanza. Alla fine le era caduta addosso la stanchezza: non sapeva come passare le lunghe ore prima della partenza del treno, perché lì non conosceva più nessuno, e non c'era nulla che la spingesse a una passeggiata sentimentale, perché in tutti quegli anni la città era troppo cambiata, e i luoghi un tempo noti le mostravano ora un volto totalmente estraneo. Accettò quindi con gratitudine l'invito del vecchio conoscente (semidimenticato) incontrato per caso: poté lavarsi le mani in bagno e sedersi poi in una morbida poltrona (le facevano male le gambe), esaminare la stanza e ascoltare, oltre la tenda che separava la stanza dall'angolo cottura, il gorgoglio dell'acqua messa a bollire per il caffè.

3

Lui aveva compiuto da poco trentacinque anni, e proprio allora si era improvvisamente accorto che sulla sommità del cranio i capelli avevano cominciato molto visibilmente a diradarsi. Non era ancora la calvizie, ma già la si poteva immaginare benissimo (sotto i capelli si intravedeva la pelle), peggio ancora, appariva del tutto sicura e imminente. Certo, è ridicolo trasformare il diradarsi dei capelli in un problema esistenziale, ma lui si era reso conto che, con la calvizie, sarebbe mutato anche il suo viso, e che quindi la vita di uno dei suoi aspetti (ed evidentemente il migliore) era sul punto di terminare.

E gli erano venute alla mente tristi considerazioni su un possibile bilancio di quel suo aspetto (capelluto) che lo stava abbandonando, un bilancio di ciò che aveva realmente vissuto e fatto, e lo paralizzava la consapevolezza di aver fatto ben poco; quando ci pensava, sentiva di arrossire; sì, si vergognava: perché vivere così a lungo sulla terra e avere così poche esperienze è una cosa vergognosa.

Che cosa intendeva esattamente, quando diceva di aver avuto poche esperienze? Si riferiva ai viaggi, al lavoro, a un'attività pubblica, allo sport, alle donne? Naturalmente si riferiva a tutte queste cose insieme, ma soprattutto alle donne perché, se in altri campi la sua vita era povera, certo se ne rammaricava, ma non doveva dare la colpa necessariamente a se stesso: non poteva farci nulla se il suo lavoro era noioso e senza prospettive; non poteva farci nulla se per viaggiare non aveva né i soldi né il beneplacito della sezione quadri; e infine non poteva farci nulla se a vent'anni si era rotto il menisco e aveva dovuto rinunciare agli sport che gli piacevano. In compenso, il regno delle donne era per lui un regno di relativa libertà, e perciò qui non aveva scusanti; qui poteva far sfoggio di tutta la sua ricchezza; le donne erano diventate per lui l'unico vero criterio per misurare la *densità* della propria vita.

Il guaio era che neanche con le donne gli era andata molto bene: fino ai venticinque anni (pur essendo un bel ragazzo) era stato bloccato dalla tremarella; poi si era innamorato, si era sposato e per sette anni aveva cercato di convincersi che in un'unica donna era possibile trovare l'infinito dell'erotismo; poi aveva divorziato, l'apologetica della monogamia (e l'illusione dell'infinito) si era dissolta e, al suo posto, era sopravvenuta una piacevole e audace voglia di donne (della variegata finitezza del loro numero), purtroppo però fortemente frenata da una cattiva situazione economica (doveva pagare all'ex moglie gli alimenti per un figlio che aveva il permesso di vedere una o due volte all'anno) e dalle condizioni di vita di una piccola città dove la curiosità dei vicini è tanto smisurata quanto è esiguo il numero delle donne a disposizione.

Poi il tempo era passato molto velocemente e, all'improvviso, si era ritrovato in bagno davanti allo specchio ovale sopra al lavandino: con la mano destra teneva alto sulla testa uno specchietto tondo e osservava inebetito la calvizie incipiente; di colpo (senza preavviso) quella vista lo aveva posto di fronte alla banale verità che non è possibile recuperare ciò che abbiamo perso. Si era ritrovato addosso un cattivo umore cronico e gli erano venute anche idee di suicidio. Naturalmente (ed è necessario sottolinearlo, per non vedere in lui un isterico o uno sciocco): si rendeva conto della loro comicità e sapeva bene che non le avrebbe mai messe in atto (aveva riso tra sé della propria lettera di commiato: *Non potevo rassegnarmi alla calvizie. Addio!*), ma è sufficiente che idee simili, anche se platoniche, gli siano potute venire. Cerchiamo di capirlo: Si facevano sentire in lui un po' come in un maratoneta si fa sentire l'irresistibile desiderio di abbandonare la gara quando, a metà percorso, è sicuro che ormai perderà ignominiosamente (e anzi, per colpa sua, per errori suoi). Anche lui considerava persa la propria gara e non aveva più voglia di correre.

E adesso si chinava sul tavolinetto basso e posava una tazzina di caffè davanti al divano (dove poi si sedette lui stesso), poi mise la seconda tazza davanti alla comoda poltrona occupata dall'ospite, e intanto si ripeteva che c'era una particolare malignità nell'aver incontrato questa donna, di cui un tempo era stato follemente innamorato e che aveva perso (per colpa sua, per errori suoi), proprio in un simile stato d'animo, quando ormai non era più possibile rimediare a nulla.

4

Lei non avrebbe mai immaginato di apparirgli come *quella che gli era sfuggita*; rivedeva sempre la notte passata assieme, ricordava il suo aspetto di allora (aveva vent'anni, non sapeva vestirsi, arrossiva e la divertiva con quei suoi modi da adolescente), e ricordava anche se stessa (allora aveva quasi quarant'anni e un certo desiderio di bellezza la spingeva tra le braccia di sconosciuti, ma allo stesso tempo la allontanava da loro; perché aveva sempre immaginato che la propria vita dovesse assomigliare *a una bella danza*, e aveva paura di trasformare le proprie infedeltà coniugali in un'orribile abitudine).

Sì, si era imposta la bellezza come la gente si impone dei comandamenti morali; se nella sua vita avesse visto la bruttezza, sarebbe caduta nella disperazione. E adesso, conscia del fatto che dopo quindici anni doveva necessariamente apparire vecchia agli occhi del suo ospite (con tutte le bruttezze che ciò comporta), volle aprire in fretta davanti al viso un ventaglio immaginario, e lo investì perciò con una serie di domande incalzanti: gli chiese com'era capitato lì; gli chiese del suo lavoro; elogiò la gradevolezza del suo appartamentino, la vista dalla finestra sui tetti della città (gli disse che, certo, non era niente di speciale, ma ispirava un senso di ariosità, di libertà); nominò gli autori di alcune riproduzioni di impressionisti incorniciate alle pareti (non fu difficile: erano le stesse riproduzioni a buon mercato che certo troverete sempre negli appartamenti degli intellettuali cechi senza soldi), poi si alzò addirittura dalla poltrona e, con la tazzina in mano, si curvò su una piccola scrivania dove c'era un portaritratti con alcune fotografie (non le sfuggì il fatto che tra di esse non ci fosse nessuna foto di giovane donna), e chiese se il viso di donna anziana in una foto fosse quello di sua madre (lui rispose di sì).

Lui a sua volta le domandò a che cosa avesse alluso quando, al momento del loro incontro, aveva parlato di « una faccenda » da risolvere in città. Lei non aveva nessuna voglia di parlare del cimitero (lì, al quinto piano, si sentiva non solo al di sopra dei tetti, ma anche piacevolmente al di sopra della propria vita); ma, alle sue dirette insistenze, finì per confessare (con estrema concisione, essendole sempre stata estranea la spudoratezza di una sincerità avventata) che aveva abitato in quella città molti anni prima, che lì era sepolto suo marito (della scomparsa della tomba tacque) e che da dieci anni veniva sempre lì con il figlio il giorno dei morti.

5

« Tutti gli anni? ». Questa scoperta lo rattristò, e di nuovo rifletté sulla malignità della cosa; se l'avesse incontrata sei anni prima, quando si era trasferito in quella città, forse sarebbe stato ancora possibile salvare ogni cosa: lei non sarebbe stata così segnata dall'età e il suo aspetto non sarebbe stato così diverso dall'immagine della donna che lui aveva amato quindici anni prima; sarebbe stato ancora nelle sue forze superare la differenza e vedere le due immagini (quella passata e quella presente) come un'immagine sola. Adesso, invece, erano disperatamente lontane.

Lei aveva finito di bere il caffè, parlava, e lui cercava di stabilire con precisione la misura di quel suo mutamento, che gliela faceva sfuggire *per la seconda volta*: il viso si era coperto di rughe (inutilmente lo strato di cipria cercava di negarlo); il collo era avvizzito (inutilmente il colletto alto cercava di nasconderlo); le guance erano cascanti; i capelli (ma questo era quasi bello!) si erano fatti grigi; ciò che più attirava la sua attenzione erano però le mani (che purtroppo né la cipria né il rossetto possono migliorare): su di esse erano affiorate trecce di vene azzurrine che le avevano trasformate in mani maschili.

Il rimpianto si mescolò in lui alla rabbia e gli venne voglia di annegare nell'alcol il ritardo di quell'incontro; le chiese se non avesse voglia di un cognac (nell'armadietto al di là della tenda c'era una bottiglia iniziata); lei gli rispose di no, e a lui tornò in mente che anche quindici anni prima lei non beveva, forse proprio perché non voleva che l'alcol togliesse ai suoi modi una misuratezza di buon gusto. E quando vide il gesto delicato della mano col quale rifiutava l'offerta del cognac, si rese conto che in lei quel fascino del buon gusto, l'incanto e la grazia che un tempo l'avevano rapito erano sempre gli stessi, anche se nascosti sotto la maschera dell'età, e sempre così seducenti anche se prigionieri dietro una robusta grata.

L'idea che lei fosse *imprigionata dietro la grata dell'età* lo riempì di una pietà immensa, e questa pietà gliela riavvicinò (quella donna un tempo abbagliante, davanti alla quale la sua lingua era legata) ed ebbe voglia di chiacchierare con lei come con un'amica, a lungo, nell'azzurrognola malinconia della rassegnazione. E davvero incominciò a parlare (e persino a lungo), e alla fine arrivò a toccare quelle idee pessimistiche che negli ultimi tempi lo assalivano. Tacque, naturalmente, dell'incipiente calvizie (come del resto lei aveva taciuto della scomparsa della tomba); la visione della calvizie si trasformò però in sentenze semifilosofiche su come il tempo corra più veloce dell'uomo, su quanto sia terribile la vita, poiché in essa tutto porta già il segno dell'inevitabile dissoluzione, e in sentenze analoghe sulle quali si aspettava dalla sua ospite un'eco partecipe; ma aspettò invano.

« Sono discorsi che non mi piacciono » disse lei quasi bruscamente. « Tutto ciò che lei dice è tremendamente superficiale ».

6

Non le piacevano i discorsi sull'invecchiamento e sulla morte perché implicavano quella bruttezza fisica che le ripugnava. Ripeté più volte al proprio ospite, quasi arrabbiata, che quel suo modo di pensare era *superficiale*; l'uomo, diceva, è qualcosa di più che un semplice corpo che deperisce, l'essenziale è l'opera dell'uomo, ciò che egli lascia quaggiù per gli altri. Non era da oggi che difendeva quel concetto; le era venuto in aiuto per la prima volta trent'anni prima, quando si era innamorata del suo futuro marito, più vecchio di lei di diciannove anni; non aveva mai smesso di stimarlo sinceramente (al di là di tutte le infedeltà che peraltro lui o non conosceva o non voleva conoscere) e aveva cercato di convincere se stessa che l'intelligenza e il valore del marito compensavano interamente il pesante fardello dei suoi anni.

« Ma quale opera, la prego! Quale opera lasciamo qui? » protestò il padrone di casa con un sorriso amaro.

Lei non volle chiamare in causa il marito morto, pur credendo fermamente nel valore duraturo di tutto ciò che egli aveva fatto; si limitò perciò a dire che ogni uomo quaggiù crea una qualche opera, foss'anche la più modesta, e che in essa e soltanto in essa è il suo valore; poi prese a parlare di sé, del suo lavoro in una casa della cultura alla periferia di Praga, delle conferenze e delle serate di poesia che organizzava, parlò (con un'enfasi che a lui parve eccessiva) dei « visi riconoscenti » del pubblico; e subito dopo si mise a spiegare com'è bello avere un figlio e vedere i propri tratti (il figlio le assomigliava) trasformarsi in un viso di uomo, e com'è bello dargli tutto ciò che una madre può dare a un figlio e poi scomparire in silenzio dietro alla sua vita.

Non era stato un caso se si era messa a parlare del figlio, perché quel giorno il figlio continuava a tornarle in mente e a ricordarle con rimprovero l'insuccesso del mattino al cimitero; era strano; non aveva mai permesso a nessun uomo di imporle la propria volontà, e suo figlio invece l'aveva imbrigliata senza che lei neppure sapesse come. In effetti, quel giorno l'insuccesso al cimitero l'aveva scossa così tanto soprattutto perché si sentiva colpevole davanti a lui e temeva i suoi rimproveri. Naturalmente, già da molto aveva il sospetto che, se il figlio sorvegliava così gelosamente il modo in cui la madre rispettava la memoria di suo padre (era infatti proprio lui che insisteva ogni anno, il giorno dei morti, perché non dimenticassero di andare al cimitero!), ciò non dipendeva tanto dall'amore verso il padre morto, quanto piuttosto dal desiderio di terrorizzare la madre, di relegarla nei debiti confini della vedovanza; perché era così, anche se lui non l'aveva mai riconosciuto e lei aveva cercato (senza successo) di ignorarlo: gli ripugnava l'idea che la madre potesse avere ancora una sua vita sessuale, gli ripugnava tutto ciò che in lei (anche come possibilità, come virtualità) restava di sessuale; e poiché l'idea della sessualità è legata all'idea della giovinezza, al figlio ripugnava tutto ciò che in lei ancora rimaneva di giovanile; non era più un bambino, e l'aria giovanile della madre (unita all'aggressività delle sollecitudini materne) gli intralciava spiacevolmente i rapporti con la giovinezza delle ragazze che avevano cominciato a interessarlo; voleva avere una madre vecchia, solo da una madre così avrebbe potuto sopportare l'amore, solo una madre così lui avrebbe potuto amare. E lei, pur rendendosi conto a volte che in tal modo il figlio la spingeva verso la tomba, alla fine gli si era sottomessa, aveva capitolato sotto la sua pressione e aveva persino idealizzato quella capitolazione, convincendosi che la bellezza della sua vita era proprio in quella silenziosa scomparsa dietro un'altra vita. In nome di questa idealizzazione (senza la quale, del resto, le rughe del viso le avrebbero bruciato molto di più) discuteva ora col suo ospite con un ardore così inaspettato.

Ma il suo ospite si protese all'improvviso sul tavolino che li separava, le carezzò una mano e disse: « Perdoni i miei discorsi. Lo sa che sono sempre stato uno sciocco ».

7

La loro discussione non l'aveva irritato, anzi, la visitatrice gli aveva confermato una volta di più la sua identicità; nella sua protesta contro i discorsi pessimistici (ma non era forse soprattutto una protesta contro la bruttezza e il cattivo gusto?) lui aveva riconosciuto la donna che conosceva, e la sua mente si riempì ancor di più dell'antica immagine di lei e della loro antica storia, ed egli desiderò solo una cosa, che nulla spezzasse quell'azzurra atmosfera così favorevole alla conversazione (per questo le aveva accarezzato la mano e si era definito uno sciocco), desiderò poterle raccontare ciò che in quel momento gli sembrava la cosa più importante: la loro avventura comune; era infatti convinto di aver vissuto con lei qualcosa di molto particolare, una cosa che lei nemmeno immaginava e per la quale con grande sforzo lui avrebbe cercato le parole precise.

Non ricordava neanche più in che modo l'avesse conosciuta, doveva essere capitata un giorno nel suo gruppo di compagni di università, ma il piccolo e sperduto caffè praghese dove si erano visti da soli per la prima volta, quello se lo rammentava bene: sedeva di fronte a lei nel séparé felpato, angosciato e silenzioso, ma allo stesso tempo inebriato dai leggeri segnali con cui lei gli manifestava il suo favore. Aveva cercato poi di immaginare (pur non azzardandosi a sperare nella realizzazione delle proprie fantasie) quello che avrebbe fatto quando lui l'avesse baciata, spogliata e amata, ma non c'era riuscito. Sì, era strano: aveva cercato migliaia di volte di immaginarsela mentre faceva l'amore, ma inutilmente: il suo volto lo guardava sempre con lo stesso leggero sorriso tranquillo, e lui non riusciva (nemmeno sforzando al massimo la fantasia) a deformare quel volto con la smorfia dell'esaltazione amorosa. *Lei si sottraeva totalmente alla sua fantasia.*

Era stata una situazione che non si era mai più

ripetuta nella sua vita: quella volta si era trovato faccia a faccia con l'*inimmaginabile*. Era evidentemente appena uscito da quel brevissimo periodo della vita (un periodo *paradisiaco*) in cui l'immaginazione non è ancora sufficientemente satura di esperienza, non è prigioniera della routine, le sue conoscenze e le sue capacità sono limitate, per cui ancora esiste l'inimmaginabile; e quando l'inimmaginabile è sul punto di trasformarsi in realtà (senza la mediazione dell'immaginabile, senza il ponticello delle immagini), l'uomo è in trappola e viene preso dalla vertigine. Una vertigine simile lo aveva davvero colto quando, dopo una serie di altri incontri durante i quali non era mai riuscito a decidersi a nulla, lei aveva cominciato con eloquente curiosità a fargli domande precise sulla sua camera alla casa dello studente, quasi obbligandolo a invitarvela.

La cameretta che divideva con un compagno, il quale in cambio di un bicchierino di rum gli aveva promesso di tornare dopo mezzanotte, somigliava poco al monocamera di oggi: due letti di ferro, due sedie, un armadio, un'accecante lampadina senza paralume, un disordine terribile. La riordinò e, alle sette (faceva parte della sua eleganza essere puntuale), lei bussò alla porta. Era settembre e cominciava lentamente a imbrunire. Si sedettero sul bordo del letto di ferro e si baciarono. Poi si fece sempre più buio, e lui decise di non accendere la luce, perché era contento che lei non potesse vederlo e sperava che il buio alleggerisse l'imbarazzo quando si sarebbe spogliato davanti a lei. (Se ancora ancora se la cavava a sbottonare la camicetta alle donne, davanti a loro si spogliava con una fretta piena di vergogna). Quella volta, però, esitò a lungo prima di slacciarle il primo bottone (gli sembrava che per iniziare a spogliare una donna dovesse esistere una tecnica raffinata ed elegante, nota solo agli uomini *esperti*, e temeva di tradire la propria inesperienza), e alla fine fu lei ad alzarsi e a domandare con un sorriso:

« Non è meglio che mi tolga questa corazza?... », e cominciò a spogliarsi; ma era buio e lui vedeva solo le ombre dei suoi movimenti. Si spogliò anche lui precipitosamente e ritrovò una certa sicurezza solo quando (grazie alla pazienza di lei) cominciarono a fare l'amore. Lui la guardava in viso, ma nella penombra non riusciva a cogliere la sua espressione e non distingueva nemmeno i suoi lineamenti. Gli dispiaceva che fosse buio, ma gli sembrava assurdo alzarsi in quel momento e andare alla porta a girare l'interruttore, sicché continuò inutilmente a sforzare gli occhi: ma non la riconosceva; gli sembrava di far l'amore con qualcun altro; con una persona falsa o con una persona totalmente astratta e priva di individualità.

Poi lei gli si mise sopra (e anche allora di lei vedeva solo l'ombra eretta) e, agitando i fianchi, gli disse qualcosa a bassa voce, bisbigliando, ma non era chiaro se stesse parlando a lui o solo a se stessa. Non distinguendo le sue parole, lui le chiese di ripeterle. Lei gli bisbigliò ancora qualcosa, ma lui, anche quando la strinse di nuovo a sé, non riuscì a capire.

8

Ascoltava il suo ospite sempre più presa da particolari da tempo dimenticati: ad esempio, che quel giorno portava un tailleur celestino di un leggero tessuto estivo che, diceva lui, la faceva apparire intoccabile come un angelo (sì, ora ricordava quel tailleur), oppure che aveva, infilato nei capelli, un grande pettine d'osso che, diceva lui, le dava un'aria aristocratica e all'antica, o che al caffè ordinava sempre un tè al rum (sua unica concessione ai vizi dell'alcol), e tutto ciò la trasportava piacevolmente lontano dal cimitero, lontano dalla tomba scomparsa, lontano dalle piante dei piedi indolenzite, lontano dalla casa della cultura e lontano dagli occhi pieni di rimprovero del figlio. Ecco, le venne da pensare, anche se oggi sono come sono, io non ho vissuto invano se un pezzo della mia giovinezza continua a vivere in quest'uomo; e subito dopo pensò che questa era l'ennesima conferma della sua idea: il valore di un uomo è nella sua capacità di superare se stesso, di uscire da sé, di essere negli altri e per gli altri.

Lo ascoltava e non si opponeva quando lui, di tanto in tanto, le accarezzava la mano; quelle carezze si fondevano con l'umore dolce della conversazione e avevano in sé una disarmante indefinitezza (a chi appartenevano? alla donna *della quale* si parlava o alla donna *alla quale* si parlava?); del resto, l'uomo che l'accarezzava le piaceva; si diceva persino che le piaceva più del ragazzo di quindici anni prima, i cui modi adolescenti, se ben ricordava, erano stati un po' fastidiosi.

Quando giunse, nel suo racconto, al momento in cui l'ombra di lei si ergeva dimenandosi sopra di lui e lui cercava vanamente di capire i suoi sussurri, egli tacque un istante e lei (ingenuamente, come se lui conoscesse quelle parole e volesse ricordargliele dopo tanti anni come un segreto dimenticato) chiese piano: « E cosa dicevo? ».

9

« Non lo so » rispose lui. Non lo sapeva; lei quella volta era sfuggita non solo alla sua immaginazione ma anche ai suoi sensi; era sfuggita alla sua vista e al suo udito. Quando nella cameretta della casa dello studente lui aveva acceso la luce, lei era già vestita, tutto in lei era nuovamente levigato, splendido, perfetto, e lui cercò invano un legame tra il suo viso illuminato e il viso che un istante prima intuiva nel buio. Quello stesso giorno, non si erano ancora separati che già lui la richiamava alla memoria; si sforzava di immaginare che aspetto avessero avuto il suo viso (invisibile) e il suo (invisibile) corpo un istante prima, mentre facevano l'amore. Ma senza successo; lei continuava a sottrarsi alla sua fantasia.

Si ripromise la prossima volta di fare l'amore in piena luce. Solo che non ci fu più nessuna prossima volta. Da allora lei lo aveva evitato con abilità e tatto, e lui era caduto preda dell'incertezza e della disperazione: certo, era stato bello fare l'amore, ma sapeva anche quanto lui fosse stato un disastro *prima* e se ne vergognava; ora, in quel suo evitarlo, sentiva una condanna e non osò più insistere per raggiungerla.

« Mi dica, perché da quella volta cominciò a evitarmi? ».

« La prego, » disse lei con voce tenerissima « è una cosa di tanto tempo fa, come posso saperlo... », e alle sue insistenze dichiarò: « Non dovrebbe tornare sempre sul passato. Basta già tutto il tempo che siamo costretti a dedicargli contro la nostra volontà ». L'aveva detto solo per respingere in qualche modo le sue insistenze (e forse l'ultima frase, detta con un leggero sospiro, si riferiva alla visita della mattina al cimitero), ma nella sua dichiarazione lui percepì qualcosa di diverso: come se quelle parole avessero dovuto bruscamente e intenzionalmente chiarire (il fatto evidente) che non c'erano due donne (quella di una volta e quella di oggi), ma una sola e unica donna, e che questa donna, che quindici anni prima gli era sfuggita, adesso era lì, era a portata di mano.

« Ha ragione, il presente è più importante » disse con un'intonazione significativa e fissandole il viso, dove la bocca socchiusa in un sorriso lasciava intravedere una bianca fila di denti; in quel momento gli balenò un ricordo: quella volta nella cameretta della casa dello studente lei si era messa in bocca le sue dita e gliele aveva morse fino a fargli male, e intanto lui le tastava tutto l'interno della bocca; e ancor oggi ricordava che da un lato, in fondo, le mancavano tutti i denti superiori; (la cosa allora non l'aveva infastidito, anzi, quella piccola imperfezione faceva parte di quella sua età che lo affascinava e lo eccitava). Adesso, però, guardando lo spiraglio che si apriva tra i denti e l'angolo della bocca, vide che i denti erano straordinariamente bianchi e non ne mancava nessuno, e ne fu scombussolato: ancora una volta le due immagini si staccavano l'una dall'altra, ma lui non voleva permetterlo, voleva con tutte le sue forze farle nuovamente coincidere, e perciò disse: « Davvero non ha voglia di un cognac? », e quando lei, con un sorriso pieno di fascino e sollevando leggermente le sopracciglia, scosse la testa, andò dietro la tenda, prese la bottiglia del cognac, l'avvicinò alle labbra e bevve velocemente. Poi pensò che lei avrebbe potuto riconoscere dall'alito il suo comportamento segreto, prese perciò due bicchierini, la bottiglia, e portò il tutto nella stanza. Di nuovo lei scosse la testa. « Almeno simbolicamente » disse lui riempiendo i due bicchieri. Poi brindò: « Perché io parli di lei solo al presente! ». Vuotò il bicchiere, lei si bagnò appena le labbra, lui le si sedette accanto sull'orlo della poltrona e le prese la mano.

10

Quand'era andata nel suo appartamentino, lei non immaginava che si sarebbe potuti giungere a *quel tipo* di contatto, e in un primo momento provò paura; come se quel contatto fosse arrivato prima che lei avesse avuto modo di prepararsi (aveva perso già da tempo quello *stato di preparazione permanente*, conosciuto dalla donna matura); (in questa paura potremmo forse trovare qualcosa della paura di un'adolescente che riceve il primo bacio, perché, se la fanciulla non è *ancora* pronta e lei non è *più* pronta, questo « più » e questo « ancora » sono segretamente legati insieme, così come sono legate le stranezze della vecchiaia e dell'infanzia). Poi lui la fece passare dalla poltrona al divano, la strinse a sé, le accarezzò tutto il corpo e lei nelle sue mani si sentì informe e molle (sì, molle: perché già da tempo il suo corpo era stato abbandonato da quella sovrana sensualità che dona prontamente alla muscolatura il ritmo delle contrazioni e dei rilassamenti e l'attività di cento movimenti delicati).

L'attimo di paura presto si dileguò nelle sue carezze e lei, ormai lontana dalla bella donna matura che era stata un tempo, ritornava ora ad essa con velocità vertiginosa, ritornava alla sua vanità, alla sua coscienza, e ritornava all'antica certezza della donna eroticamente esperta; e poiché era una certezza a lungo non provata, la sentì ora molto più intensamente di quanto non le fosse mai accaduto; il suo corpo, un istante prima ancora sorpreso, spaventato, passivo, molle, riprese vita, ora rispondeva all'ospite con le proprie carezze, e lei sentiva la precisione e la sapienza di quelle carezze e se ne beava; quelle carezze, il modo in cui appoggiò il viso sul corpo di lui, i movimenti delicati con i quali il suo busto rispondeva all'abbraccio, tutto ciò lei non lo ritrovava affatto come qualcosa di semplicemente appreso, qualcosa che lei sapeva e che ora eseguiva con fredda soddisfazione, ma come qualcosa di *connaturato* in cui lei si confondeva con ebbrezza e con passione, come se quella fosse stata una terra familiare, la terraferma (ah, la terraferma della bellezza!), da dove era stata bandita ma dove ora faceva il suo trionfale ritorno.

Suo figlio era adesso infinitamente lontano; certo, quando l'ospite l'aveva afferrata, lo aveva scorto, come un ammonimento, in un angolo della mente, ma poi era subito scomparso, e a perdita d'occhio non erano rimasti che lei e l'uomo che l'accarezzava e l'abbracciava. Ma quando lui posò la sua bocca su quella di lei e con la lingua cercò di aprirle le labbra, in quel momento tutto all'improvviso si capovolse: si ridestò. Strinse forte i denti (sentiva l'amara estraneità della dentiera, premuta contro il palato, e aveva la sensazione che le riempisse tutta la bocca), poi lo allontanò con dolcezza e gli disse: « No. Davvero, la prego, meglio di no ».

E poiché lui insisteva, lo afferrò per i polsi e ripeté il proprio rifiuto; poi gli disse (le era difficile parlare, ma sapeva di doverlo fare se voleva che lui le desse retta) che era tardi per fare l'amore; gli ricordò la propria età; se avessero fatto l'amore, lui avrebbe provato disgusto per lei e lei sarebbe stata disperata perché ciò che lui le aveva raccontato di loro due era per lei infinitamente bello e importante; il suo corpo era mortale e si sarebbe consumato, ma lei ora sapeva che di esso sarebbe rimasto qualcosa di immateriale, qualcosa di simile a un raggio che splende anche quando la stella è spenta; che importava invecchiare, se la sua giovinezza si era conservata intatta in un altro! « Lei ha costruito dentro di sé il mio monumento. Non dobbiamo permettere che venga distrutto. Cerchi di capirmi » si difese. « Non deve. No, non deve ».

11

Lui le assicurò che era ancora bella, che in realtà nulla era cambiato, che una persona rimane sempre la stessa, ma sapeva di ingannarla e che era lei ad aver ragione: conosceva bene la propria ipersensibilità alle cose fisiche, il proprio ribrezzo, sempre più forte di anno in anno, per i difetti esteriori del corpo femminile, che negli ultimi tempi lo aveva rivolto a donne sempre più giovani e quindi, come si rendeva conto amaramente, anche più vuote e più stupide; sì, non c'era alcun dubbio: se l'avesse costretta all'amore fisico, tutto sarebbe finito nel disgusto, e quel disgusto avrebbe poi schizzato di fango non solo l'istante presente, ma anche l'immagine della donna un tempo amata, l'immagine conservata nella memoria come un gioiello.

Lo sapeva bene, ma non erano che pensieri, e i pensieri non significano nulla di fronte al desiderio, che conosceva un'unica realtà: la donna la cui inaccessibilità e inimmaginabilità di allora lo aveva tormentato per quindici interi anni, quella donna era lì, finalmente poteva vederla in piena luce, finalmente nel suo corpo di oggi poteva leggere il suo corpo di allora, nel suo viso di oggi il suo viso di allora. Finalmente avrebbe potuto leggere la sua (inimmaginabile) mimica, il suo spasimo, nel momento dell'amore.

La prese tra le braccia e la guardò negli occhi: « Non cerchi di resistermi. È insensato cercare di resistere ».

12

Lei però scosse il capo, perché sapeva che non era insensato resistergli, perché conosceva bene gli uomini e il loro comportamento verso il corpo femminile, sapeva bene che in amore anche il più ardente idealismo non avrebbe privato la superficie del corpo del suo terribile potere; certo, lei aveva ancora una bella figura, che aveva conservato le sue proporzioni originali e, soprattutto vestita, mostrava un aspetto molto giovanile, ma sapeva che, nel momento in cui si sarebbe spogliata, avrebbe messo a nudo le rughe del collo e avrebbe svelato la lunga cicatrice di un'operazione allo stomaco subita dieci anni prima.

E a mano a mano che ritornava in lei la coscienza del proprio aspetto fisico attuale, dal quale un attimo prima era riuscita a fuggire, dalle profondità della strada salivano alla finestra della stanza (che fino ad allora le era sembrata a un'altezza sicura sopra la sua vita) le angosce della mattina, inondavano la stanza, si posavano sulle riproduzioni sottovetro, sulla poltrona, sul tavolo, sulla tazzina vuota del caffè, e sul loro corteo dominava il viso del figlio; quando lo vide, arrossì e si rifugiò in se stessa: che ingenua! era stata lì lì per fuggire dal percorso che lui le aveva fissato e lungo il quale lei aveva fino ad ora camminato col sorriso sulle labbra e con discorsi entusiasti, era stata (almeno per un istante) lì lì per fuggire, e adesso doveva docilmente ritornare e riconoscere che quello era l'unico percorso che le si addicesse. Il viso del figlio era così beffardo che lei, nella sua vergogna, si sentiva diventare sempre più piccola davanti a lui, fino a ridursi, umiliata, alla sola cicatrice che aveva sullo stomaco.

Il suo ospite la teneva per le spalle ripetendole: « È insensato cercare di resistermi », e lei scuoteva il capo, ma del tutto meccanicamente, perché davanti agli occhi non aveva l'ospite ma i propri tratti giovanili sul viso del figlio-nemico che lei tanto più odiava quanto più si sentiva piccola e umiliata. Lo udiva rimproverarle la scomparsa della tomba, e allora in lei, dal caos della memoria, spuntò illogica una frase che gli gettò rabbiosamente in faccia: *Ragazzo, i vecchi morti devono cedere il posto ai giovani morti!*

13

Lui non poteva dubitare minimamente del fatto che tutto sarebbe finito nel disgusto, se già adesso lo stesso sguardo che posava su di lei (uno sguardo penetrante e indagatore) non era privo di un certo disgusto, ma lo strano era che ciò non gli dava fastidio, anzi, lo infervorava e lo eccitava, come se lui quel disgusto lo cercasse; il desiderio di sesso si avvicinava in lui al desiderio di disgusto; il desiderio di leggere finalmente sul corpo di lei ciò che così a lungo non aveva potuto conoscere si univa al desiderio di svalutare immediatamente ciò che aveva letto.

Da cosa nasceva quel desiderio? Che se ne rendesse o no conto, gli veniva offerta un'occasione unica: la sua ospite rappresentava per lui tutto ciò che non aveva avuto, ciò che gli era sfuggito, ciò che lui aveva mancato, tutto ciò che con la propria assenza gli rendeva così insopportabile la sua età di oggi, con i capelli sempre più radi e quel bilancio disperatamente magro; e lui, che se ne rendesse conto o ne avesse soltanto un vago sentore, adesso poteva privare di significato e di colore tutte queste gioie che gli erano state negate (perché era proprio la loro terribile ricchezza di colori a rendere così tristemente incolore la sua vita), poteva smascherare la loro nullità, il loro essere mere apparenze destinate a scomparire, nient'altro che ingannevole polvere, poteva vendicarsi di loro, umiliarle, distruggerle.

« Non mi resista! » ripeteva cercando di stringerla a sé.

14

Lei continuava a vedere davanti agli occhi il viso beffardo del figlio, e quando il suo ospite la strinse a sé con forza, disse: « La prego, mi lasci un istante » e si divincolò da lui; non voleva infatti interrompere il corso dei propri pensieri: i vecchi morti devono cedere il posto ai giovani morti e i monumenti non servono a nulla, così come non serviva a nulla quel suo monumento che l'uomo che le stava accanto aveva venerato per quindici anni nella propria mente, e non serve a nulla nemmeno il monumento del marito, sì, ragazzo, tutti quei monumenti non servono a nulla, diceva tra sé al figlio e con la soddisfazione della vendetta guardava il suo viso contrarsi e urlare: « Mamma, non avevi mai parlato così! ». Certo, sapeva bene di non aver mai parlato così, ma quell'istante era pieno di una luce che rendeva diverse tutte le cose.

Non ha alcun motivo per dare la precedenza ai monumenti rispetto alla vita; il suo monumento ha per lei un unico significato: poterne abusare in quell'istante a vantaggio del proprio corpo ignorato; l'uomo che le siede accanto le piace, è giovane ed è probabilmente (anzi, quasi sicuramente) l'ultimo uomo che le piaccia o che lei possa avere; ed è questa l'unica cosa importante; e se poi lui proverà disgusto per lei e abbatterà il suo monumento dentro di sé, ciò è indifferente, perché quel monumento è fuori di lei, così come sono fuori di lei la mente e la memoria di quell'uomo, e tutto ciò che è fuori di lei è indifferente. « Mamma, non avevi mai parlato così! » sentì gridare il figlio, ma non vi prestò attenzione. Sorrideva.

« Ha ragione. Perché dovrei resistere? » disse piano e si alzò. Poi cominciò lentamente a sbottonarsi il vestito. La sera era ancora lontana. Questa volta la stanza era piena di luce.

IL DOTTOR HAVEL VENT'ANNI DOPO

1

Il giorno in cui il dottor Havel partì per le terme, la sua bella moglie aveva le lacrime agli occhi. Le aveva in parte per compassione (da un po' di tempo Havel aveva dolori alla cistifellea e lei non lo aveva mai visto soffrire prima), e in parte perché la prospettiva di tre settimane di separazione risvegliava in lei i tormenti della gelosia.

Cosa? Questa attrice, ammirata, bella, tanto più giovane, era gelosa di un signore in là con gli anni che, negli ultimi mesi, non usciva di casa senza prima infilarsi in tasca un flaconcino di pastiglie contro i perfidi attacchi del dolore?

E invece era così, e non si riusciva a capire il perché. Non se lo spiegava bene neppure il dottor Havel, perché anche a lui essa era apparsa esteriormente di un'invulnerabile superiorità; ancor più ne era stato affascinato quando, alcuni anni prima, aveva cominciato a frequentarla più intimamente e aveva scoperto la sua semplicità, la sua natura casalinga, la sua insicurezza; era strano: anche quando poi si erano sposati, l'attrice non aveva mai preso coscienza della superiorità che le veniva dalla sua giovinezza; era stregata dall'amore e dalla terribile reputazione erotica del marito, il quale perciò le appariva sempre sfuggente e inafferrabile, e benché lui con infinita pazienza (e in tutta sincerità) cercasse ogni giorno di convincerla che non c'era né ci sarebbe stata mai donna più importante, lei provava ugualmente una gelosia dolorosa e violenta; solo la sua naturale nobiltà riusciva a mantenere quel brutto sentimento sotto il coperchio, dove però esso ribolliva e smaniava ancora di più.

Havel ne era ben consapevole, talvolta ne provava tenerezza, talvolta si arrabbiava, ogni tanto ne era stanco, ma poiché amava la moglie, faceva di tutto per alleviare i suoi tormenti. Anche adesso cercava di aiutarla: esagerava al massimo i suoi dolori e la gravità delle sue condizioni, sapendo che il timore per la sua malattia era per lei tonificante e confortante, mentre il timore che le metteva addosso la sua buona salute (così piena di tradimenti e di intrighi misteriosi) la distruggeva; portò spesso il discorso sulla dottoressa Františka che si sarebbe presa cura di lui alle terme; l'attrice la conosceva e l'immagine del suo aspetto esteriore, del tutto bonario e assolutamente lontano da qualsiasi idea di lascivia, la tranquillizzava.

Quando il dottor Havel, ormai seduto in corriera, guardò gli occhi lacrimosi di quella bella donna in piedi sul marciapiede, provò, a dire la verità, una sensazione di sollievo, perché l'amore della moglie era sì dolce, ma anche pesante. Alle terme, però, non stette molto bene. Dopo aver cominciato a bere le acque minerali, con le quali doveva sciacquarsi le budella tre volte al giorno, avvertiva dei dolori, si sentiva stanco e, incontrando sotto i portici donne dall'aspetto piacevole, si era accorto con terrore di sentirsi vecchio e di non provare alcun desiderio. L'unica donna concessagli senza limiti era la buona Františka, che gli faceva le iniezioni, gli misurava la pressione, gli palpava l'addome e lo riforniva di informazioni su quanto avveniva alle terme e sui suoi due bambini, soprattutto sul maschio che, diceva, le assomigliava.

Era in un simile stato d'animo quando ricevette una lettera della moglie. Ahimè, questa volta la sua nobiltà aveva sorvegliato male il coperchio sotto il quale ribolliva la gelosia; era una lettera piena di lagnanze e di lamenti; non voleva rimproverargli nulla, diceva, ma la notte non riusciva a dormire; sapeva di essergli di peso col suo amore, diceva, e poteva ben immaginare la sua felicità adesso che era senza di lei e aveva finalmente un po' di respiro; sì, capiva di essere fastidiosa, e sapeva anche di essere troppo debole per riuscire a mutare il destino del marito, che sarebbe stato sempre attraversato da frotte di donne; sì, lo sapeva, non protestava, ma piangeva e non riusciva a dormire...

Quando il dottor Havel finì di leggere quel lungo elenco di singhiozzi, gli tornarono alla memoria i tre anni di assidui e inutili sforzi fatti per inculcare nella moglie la sua nuova immagine di libertino pentito e di marito innamorato; provò una stanchezza e una disperazione immense. In un impeto di rabbia, accartocciò la lettera e la gettò nel cestino.

2

Stranamente, il giorno dopo si sentì un po' meglio; i dolori erano scomparsi e provò un debole e tuttavia netto desiderio per alcune donne che vide passeggiare quel mattino sotto i portici. Quel piccolo beneficio fu però vanificato da una constatazione di gran lunga peggiore: quelle donne gli passavano accanto senza prestargli la minima attenzione; per loro lui si confondeva con i pallidi sorseggiatori d'acqua minerale, in un'unica folla malata.

« Vedi, c'è un miglioramento » disse la dottoressa Františka dopo averlo palpato la mattina. « Continua però a seguire scrupolosamente la dieta. Per fortuna, le pazienti che incontri sotto i portici sono sufficientemente vecchie e malate da non metterti in agitazione, e per te queste sono le condizioni migliori, perché tu hai soprattutto bisogno di tranquillità ».

Havel cominciò a infilarsi la camicia nei pantaloni; in piedi davanti al piccolo specchio appeso in un angolo sopra al lavandino osservava contrariato la propria faccia. Poi disse con grande tristezza: « Non è vero. Mi sono accorto bene che, tra quella maggioranza di vecchiette che passeggiano sotto i portici, c'è anche una minoranza di donne molto belle. Solo che non mi hanno degnato di uno sguardo ».

« A tutto potrei credere ma non a questo » gli disse sorridendo la dottoressa, e il dottor Havel, distogliendo lo sguardo dal triste spettacolo nello specchio, fissò gli occhi fiduciosi e leali della dottoressa; provò una grande riconoscenza, pur sapendo che in lei parlava solo la fede nella tradizione, la fede nella parte in cui, con leggera disapprovazione (ma sempre con affetto), era da molti anni abituata a vederlo.

Poi qualcuno bussò. Quando Františka socchiuse la porta, si affacciò la testa di un giovane che salutò rispettosamente. « Ah, è lei! Me n'ero completamente dimenticata! ». Invitò il ragazzo a entrare nello studio e spiegò a Havel: « Sono già due giorni che il redattore della nostra rivista ti sta cercando ».

Il giovane cominciò a diffondersi in scuse per aver disturbato il dottore in una situazione così delicata, e intanto cercava (purtroppo con uno sforzo che risultava alquanto spiacevole) di assumere un tono scherzoso: il dottore non si doveva arrabbiare con la dottoressa per averlo tradito, perché il redattore sarebbe riuscito ugualmente a trovarlo, magari anche nella vasca di acqua termale; e il dottore non doveva prendersela nemmeno con lui per la sua sfrontatezza, perché si trattava di una qualità fondamentale nella professione di giornalista, senza la quale lui non sarebbe riuscito a guadagnarsi da vivere. Si mise poi a parlare della rivista illustrata pubblicata mensilmente nella loro cittadina, e spiegò che ogni numero conteneva un'intervista con qualche paziente famoso lì in cura; fra i nomi che citò a titolo di esempio, uno apparteneva a un membro del governo, uno a una cantante e un terzo a un giocatore di hockey.

« Vedi, » disse Františka « le belle donne sotto i portici non mostrano alcun interesse per te, ma in compenso tu desti l'attenzione dei giornalisti ».

« Che spaventosa decadenza! » disse Havel; ma si accontentò con gioia anche di quell'attenzione, sorrise al redattore e rifiutò la sua offerta con una mancanza di sincerità così trasparente da commuovere: « Caro signore, io non sono né un membro del governo, né un giocatore di hockey, né tanto meno una cantante. Non voglio certo disprezzare le mie ricerche scientifiche, ma sono cose più per specialisti che per il vasto pubblico ».

« Ma l'intervista non voglio farla a lei; non mi era neanche passato per la mente » rispose il giovane con pronta sincerità. « Vorrei farla a sua moglie. Ho sentito dire che intende venire a trovarla qui alle terme ».

« Lei è più informato di me » disse Havel con una certa freddezza; poi si avvicinò di nuovo allo specchio e guardò quella sua faccia che non gli piaceva. Si abbottonò il collo della camicia, in silenzio, mentre il giovane redattore era sprofondato in un imbarazzo che gli aveva fatto perdere in fretta la tanto proclamata sfrontatezza da giornalista; si scusò con la dottoressa, si scusò col dottore e fu felice solo quando si ritrovò fuori.

3

Il redattore era più uno sconsiderato che uno sciocco. Non teneva in alcuna considerazione la rivista delle terme, ma, essendone l'unico redattore, volente o nolente, doveva far di tutto per riempire ogni mese le ventiquattro pagine con le foto e le parole necessarie. In estate poteva ancora andare: le terme brulicavano di ospiti famosi, le orchestrine si alternavano nei concerti all'aperto e non c'era certo penuria di piccoli avvenimenti. Ma con la brutta stagione, i portici si riempivano di contadine e di noia, e lui non poteva lasciarsi sfuggire nemmeno un'occasione. Quando, il giorno prima, aveva sentito in giro che in cura lì da loro c'era il marito di una nota attrice, proprio la protagonista del nuovo film poliziesco che in quelle settimane distraeva con successo gli annoiati ospiti delle terme, aveva fiutato il vento e si era subito messo alla sua ricerca.

Adesso però si vergognava.

Essendo un insicuro, viveva sempre in uno stato di dipendenza servile dalla gente che frequentava, e nei loro sguardi e nei loro giudizi cercava timorosamente di capire ciò che lui era e valeva. Adesso aveva deciso che era stato giudicato meschino, sciocco e importuno, ma ancora più difficile da accettare era che a giudicarlo in quel modo era stato un uomo che gli era parso simpatico a prima vista. Per cui, incalzato dall'inquietudine, quello stesso giorno telefonò alla dottoressa per chiederle chi fosse in realtà il marito dell'attrice, e venne a sapere che si trattava non solo di un noto luminare della medicina, ma anche di un uomo molto celebre; il redattore non ne aveva davvero mai sentito parlare?

Il redattore confessò di no, e la dottoressa disse, con bonaria indulgenza: « Certo, lei è ancora un bambino. Della disciplina in cui Havel si è distinto, lei per fortuna non se ne intende ».

Quando, interrogando altra gente, ebbe chiaro

che la disciplina in questione era l'esperienza erotica, nella quale a quanto pareva il dottor Havel non aveva eguali in tutto il paese, il giovane si vergognò di essere stato definito un inesperto, e di averlo del resto confermato lui stesso, confessando di non aver mai sentito parlare di Havel. E poiché aveva sempre sognato ardentemente di diventare, un giorno, un esperto pari a quell'uomo, gli dispiacque di essere apparso sciocco e antipatico proprio a lui, al suo maestro; ripensò alla propria parlantina, alle battute stupide, alla mancanza di tatto dimostrata, e riconobbe umilmente la legittimità della pena inflittagli dal maestro con quel suo silenzioso rifiuto e quel suo sguardo perso nello specchio.

La cittadina termale dove si svolge il racconto non è grande e, che piaccia o no, ci si vede più volte al giorno. Non fu perciò difficile per il giovane redattore incontrare di lì a poco l'uomo dei suoi pensieri. Era pomeriggio tardi e sotto i portici vagava lenta la folla dei malati di cistifellea. Il dottor Havel sorseggiava con una lieve smorfia l'acqua puzzolente dal suo recipientino di porcellana. Il giovane redattore gli si avvicinò e cominciò precipitosamente a scusarsi. Non aveva avuto la minima idea, disse, che il marito della nota attrice Havlová fosse proprio lui, il dottor Havel, e non qualche altro Havel; di Havel, disse, in Boemia ce n'erano parecchi, e purtroppo il redattore non aveva collegato nella sua testa il nome del marito dell'attrice con quello del celebre medico del quale, ovviamente, il redattore aveva sentito parlare da un pezzo, e non solo come luminare della medicina, ma – se poteva permettersi – anche come protagonista di un'infinità di leggende e di storielle.

Non c'è motivo di negare che al dottor Havel, nel suo umore contrariato, facessero piacere le parole del giovane, e soprattutto l'accenno alle leggende, le quali, come Havel sapeva bene, soggiacciono, al pari dell'uomo, alle leggi dell'invecchiamento e della scomparsa.

« Non deve scusarsi di nulla » disse al giovane e, vedendo il suo imbarazzo, lo prese dolcemente per il braccio e lo spinse a passeggiare con lui sotto i portici. « Non è neanche il caso di parlarne » lo consolò, ma intanto indugiava con compiacimento su quelle scuse e ripeté più volte: « E così lei ha sentito parlare di me? » e ogni volta rideva felice.

« Sì » annuì premuroso il redattore. « Ma non la immaginavo affatto così ».

« E come mi immaginava? » chiese il dottor Havel con sincero interesse, e quando il redattore, non sapendo che dire, prese a balbettare qualcosa, affermò malinconicamente: « Lo so. A differenza di noi, i personaggi dei racconti, delle leggende e delle barzellette sono fatti di una materia che non soggiace alla corruzione dell'età. No, non voglio dire con questo che le leggende e le barzellette siano immortali; certo, anch'esse invecchiano e insieme con loro invecchiano i loro personaggi, solo che invecchiano in maniera tale che il loro aspetto non muta e non si corrompe, ma impallidisce pian piano, si fa trasparente, fino a confondersi con la limpidezza dello spazio. Così, prima o poi, si volatilizzeranno non solo Pépé le Moko e Havel il Collezionista, ma anche Mosè e Pallade Atena o Francesco d'Assisi; pensi, però, che Francesco impallidirà lentamente insieme con gli uccellini posati sulle sue spalle, con il cerbiatto che gli si strofina contro la gamba, con il boschetto di ulivi che gli fa ombra, e quindi tutto il suo paesaggio diverrà trasparente con lui e a poco a poco si trasformerà insieme con lui in un azzurro consolatorio, mentre io, caro amico, così come sono, nudo, strappato alla leggenda, scomparirò sullo sfondo di un paesaggio beffardamente colorato e sotto gli occhi di una gioventù beffardamente viva ».

Il discorso di Havel confuse ma allo stesso tempo entusiasmò il giovane, e i due continuarono ancora a lungo a passeggiare nelle ombre del crepuscolo.

Quando si separarono, Havel dichiarò che ne aveva abbastanza della cucina dietetica e che il giorno seguente avrebbe fatto volentieri una cena come si deve; chiese al redattore se non volesse fargli compagnia.

Certo che il giovane voleva.

4

« Non lo dica alla dottoressa, » disse Havel, quando fu seduto a tavola di fronte al redattore ed ebbe preso in mano il menu « ma io ho un mio personale concetto di dieta: evito rigorosamente tutti i cibi che non mi piacciono ». Chiese poi al giovane che cosa volesse come aperitivo.

Il redattore non era abituato a bere un aperitivo prima di mangiare e, non venendogli in mente nient'altro, disse: « Una vodka ».

Il dottor Havel fece una smorfia scontenta: « La vodka puzza di anima russa ».

« È vero » disse il redattore, e da quel momento fu perduto. Era come un liceale davanti alla commissione d'esame. Non cercava di dire quello che pensava e di fare quello che voleva, cercava invece di far contenti gli esaminatori; cercava di indovinare i loro pensieri, i loro capricci, i loro gusti; desiderava essere degno di loro. Per nulla al mondo avrebbe ammesso di cenare male e in maniera primitiva, e che non aveva la minima idea di quale vino si dovesse accompagnare a una data carne. E il dottor Havel lo tormentava involontariamente chiedendogli in continuazione consiglio per la scelta dell'antipasto, del piatto principale, del vino e del formaggio.

Quando ebbe constatato che in gastronomia la commissione gli aveva tolto molti punti, il redattore volle ovviare a quella perdita accrescendo il suo zelo, e già nella pausa tra l'antipasto e il piatto principale cominciò a guardare con ostentazione le donne presenti nel ristorante; poi con alcune considerazioni cercò di mostrare il proprio interesse e il proprio sapere. Ma ci rimise anche qui. Quando disse che una signora dai capelli rossi, seduta due tavoli più in là, doveva essere certo un'ottima amante, Havel gli chiese senza malignità che cosa glielo facesse credere. Il redattore rispose in maniera vaga e, alle domande del dottore sulle sue esperienze con le rosse, si perse in una serie di bugie inverosimili e presto tacque.

Il dottor Havel, invece, si sentiva piacevolmente a suo agio sotto gli occhi ammirati del redattore. Con la carne ordinò una bottiglia di rosso, così il giovane, incitato dal vino, fece un altro tentativo per mostrarsi degno della benevolenza del maestro; si mise a parlare di una ragazza scoperta di recente e che da alcune settimane stava circuendo con grandi speranze di successo. Il suo resoconto non fu molto esauriente, e il sorriso innaturale che gli copriva il viso e che, nella sua voluta ambiguità, voleva dire il non detto, riusciva a esprimere solo una malcelata incertezza. Havel lo capì benissimo e, spinto dalla compassione, cominciò a interrogare il redattore sulle più diverse caratteristiche fisiche della ragazza in questione, per dargli la possibilità di trattenersi il più a lungo possibile su un tema caro e chiacchierare più liberamente. Ma anche questa volta il giovane fu una delusione incredibile: diede risposte particolarmente vaghe; risultava evidente che non era capace di descrivere con sufficiente precisione né l'architettura generale del corpo della ragazza, né i singoli dettagli, né tanto meno il suo carattere. E così, il dottor Havel finì per prendere in mano lui la conversazione e, inebriandosi della piacevolezza della serata e del vino, riversò sul redattore uno spiritoso monologo fatto di suoi ricordi, storielle e battute.

Il redattore sorseggiava il suo vino, ascoltava e

intanto provava sentimenti contraddittorii: innanzitutto era infelice: si sentiva insignificante e stupido, gli sembrava di essere un discutibile allievo davanti a un maestro indiscusso e si vergognava ad aprir bocca; ma allo stesso tempo era anche felice: lo lusingava che il maestro gli sedesse di fronte, che si intrattenesse con lui come con un amico, confidandogli ogni sorta di preziosissime osservazioni personali.

Quando il discorso di Havel cominciò ad andare per le lunghe, il giovane desiderò aprir bocca anche lui, aggiungere qualcosa di suo, intervenire, mostrare la sua capacità di essere di buona compagnia; riprese perciò a parlare della sua ragazza e chiese amichevolmente a Havel di darle un'occhiata il giorno dopo; per dirgli come la giudicava alla luce della sua esperienza; in altri termini, per (sì, in uno slancio usò questa parola) omologargliela.

Cosa gli era venuto in mente? Si trattava soltanto di un'idea spontanea nata dal vino e dal febbrile desiderio di dire qualcosa?

Per spontanea che fosse, con quella trovata il redattore cercava di ottenere almeno tre vantaggi:

la cospirazione della perizia comune e segreta (l'omologazione) avrebbe creato tra lui e il maestro un legame confidenziale, avrebbe rafforzato quell'amicizia, quella complicità, a cui il redattore ambiva;

se il maestro avesse espresso la propria approvazione (e il giovane lo sperava, essendo egli stesso notevolmente affascinato dalla ragazza in questione), si sarebbe trattato di un'approvazione per il giovane, per la sua capacità e il suo gusto, e questo lo avrebbe trasformato agli occhi del maestro in un novizio che ha ormai finito il suo apprendistato, e anche ai propri occhi gli avrebbe conferito un prestigio maggiore che non prima;

e infine: la ragazza stessa avrebbe avuto più prestigio agli occhi del giovane, e il piacere che gli procurava la sua presenza si sarebbe trasformato da piacere fittizio in piacere reale (perché il giovane si accorgeva, di tanto in tanto, che il mondo in cui viveva era per lui un labirinto di valori dei quali immaginava solo confusamente la portata e che da valori apparenti potevano diventare valori reali solo se *autenticati*).

5

Quando l'indomani il dottor Havel si svegliò, sentì che la cena della sera precedente gli aveva lasciato un leggero dolore alla cistifellea; quando guardò l'orologio, si accorse che di lì a mezz'ora cominciava la sua terapia e che doveva quindi affrettarsi, cosa che non aveva mai amato fare in vita sua; e quando si pettinò, vide nello specchio il viso che non gli piaceva. La giornata cominciava male.

Non trovò nemmeno il tempo per fare colazione (anche questo lo giudicò un brutto segno, perché ci teneva a un regime di vita regolare) e si affrettò verso l'edificio delle terme. Lì c'era un lungo corridoio con molte porte; bussò ad una di esse e si affacciò il viso di una bella bionda in camice bianco; con aria irritata, questa gli rimproverò il ritardo e lo invitò a entrare. Il dottor Havel cominciò a svestirsi dietro la tenda della cabina e dopo un po' sentì: « Si spicci! ». La voce della massaggiatrice diventava sempre più scortese e offendeva Havel, spingendolo alla vendetta (e ahimè, in tutti quegli anni il dottor Havel si era abituato a un solo e unico tipo di vendetta nei confronti delle donne!). Si tolse quindi le mutande, tirò in dentro la pancia, gonfiò il torace e si apprestò a uscire dalla cabina; ma poi, disgustato da quell'ignobile sforzo che negli altri considerava ridicolo, rilasciò comodamente la pancia e, con noncuranza, unica cosa che considerasse davvero dignitosa, si diresse verso la grande vasca e si immerse nell'acqua tiepida.

La massaggiatrice, del tutto indifferente al suo torace e alla sua pancia, aveva cominciato intanto a girare alcuni rubinetti sul grande quadro comandi, e quando il dottor Havel fu disteso sul fondo della vasca, gli afferrò la gamba destra e avvicinò sott'acqua alla pianta del piede la bocca di un tubo dal quale usciva un getto violento. Il dottor Havel, che soffriva il solletico, scosse la gamba, e la massaggiatrice dovette redarguirlo.

Non sarebbe stato certo particolarmente difficile, con qualche battuta, qualche storiella, una domanda scherzosa, smuovere la bionda da quella sua fredda scortesia, ma Havel era troppo irritato e offeso. Si disse che la bionda era degna di punizione e non si meritava che lui le facilitasse le cose. Quando lei gli passò il tubo sull'inguine e lui si riparò con le mani il sesso dal getto violento, le domandò che impegni aveva quella sera. Senza nemmeno guardarlo, la bionda gli chiese perché volesse saperlo. Lui le spiegò che era solo e aveva una camera singola e voleva che lei venisse a trovarlo in serata. « Penso che mi stia confondendo con un'altra » disse la bionda e lo invitò a girarsi sulla pancia.

E così il dottor Havel si trovava ora disteso a pancia in giù sul fondo della vasca, col mento sollevato per poter respirare. Sentiva il getto violento massaggiargli i polpacci, ed era soddisfatto della giusta maniera in cui si era rivolto alla massaggiatrice. Perché da sempre il dottor Havel le donne ribelli, sfrontate o viziate le puniva portandole a letto freddamente, senza alcuna tenerezza, quasi in silenzio, per poi lasciarle andar via con lo stesso gelo. Solo dopo un po' gli venne in mente che si era sì rivolto alla massaggiatrice con la debita freddezza e senza la benché minima tenerezza, ma a letto non l'aveva portata né ci sarebbe mai riuscito. Capì di essere stato respinto e che si trattava di un'ulteriore offesa. Fu quindi contento di ritrovarsi nella cabina a strofinarsi con l'asciugamano.

Poi uscì veloce dall'edificio e a passo svelto si diresse verso la bacheca del cinema Tempo dov'erano esposte tre foto pubblicitarie, su una delle quali c'era sua moglie, terrorizzata, in ginocchio davanti a un cadavere. Il dottor Havel guardò quel tenero viso, deformato dallo spavento, e provò un amore immenso e un'immensa nostalgia. A lungo non riuscì a staccare gli occhi dalla bacheca. Poi decise di fare un salto da Františka.

6

« Per favore, fammi passare le interurbane, devo parlare con mia moglie » le disse dopo che la dottoressa ebbe congedato un paziente e l'ebbe fatto entrare nello studio.

« È successo qualcosa? ».

« Sì, » disse Havel « ho nostalgia di lei ».

Františka lo guardò con diffidenza, chiamò il centralino delle interurbane e diede il numero che Havel le aveva indicato. Mise poi giù la cornetta e disse: « Nostalgia tu? ».

« E perché non dovrei avere nostalgia? » si arrabbiò Havel. « Sei uguale a mia moglie. Continuate a vedere in me un uomo che io non sono più da molto tempo. Sono umile, sono abbandonato, sono triste. E ti assicuro che non è affatto piacevole ».

« Dovresti avere dei figli » gli rispose la dottoressa. « Non penseresti tanto a te stesso. Anch'io sono incalzata dagli anni ma non ci penso. Quando guardo mio figlio, che si sta trasformando da bambino in ragazzo, non vedo l'ora di vedermelo uomo, e non mi lamento del tempo che passa. Pensa un po' cosa mi ha detto ieri: che ci stanno a fare i medici al mondo, se poi la gente muore lo stesso? Che ne dici? Cosa gli avresti detto? ».

Per fortuna il dottor Havel non fu costretto a rispondere perché squillò il telefono. Sollevò la cornetta e, appena udì all'altro capo la voce della moglie, incominciò a dirle che era triste, che non aveva nessuno con cui parlare, nessuno da guardare, che lì da solo non ci resisteva.

Nella cornetta si udiva una voce sottile, all'inizio diffidente, sorpresa, quasi balbettante, che soltanto sotto la spinta delle parole del marito cominciò un poco a sciogliersi.

« Ti prego, vieni qui da me, vieni da me appena puoi! » diceva Havel nella cornetta e sentiva la moglie rispondere che lo avrebbe fatto volentieri, ma che aveva uno spettacolo quasi ogni giorno.

« Quasi ogni giorno non è ogni giorno » disse Havel e si sentì rispondere che il giorno successivo lei sarebbe stata libera ma non sapeva se per un giorno solo ne sarebbe valsa la pena.

« Come puoi parlare così? Non sai forse che ricchezza sia un giorno in questa breve vita? ».

« E tu davvero non sei arrabbiato con me? » chiese la voce sottile nella cornetta.

« Perché dovrei esserlo? » si arrabbiò Havel.

« Per via della lettera. Tu hai i dolori e io ti rompo le scatole con quella stupida lettera gelosa ».

Il dottor Havel inondò di tenerezza la cornetta, e la moglie dichiarò (con voce ormai dolcissima) che sarebbe arrivata l'indomani.

« Eppure ti invidio » disse Františka quando Havel riattaccò. « Hai tutto. Ragazze a ogni angolo e, in più, un matrimonio felice ».

Havel guardò l'amica che parlava di invidia ma che con tutta la sua bontà era probabilmente incapace di provare invidia per chicchessia, e gli dispiacque per lei perché sapeva che la gioia data dai figli non può compensare le altre gioie, per non dire poi che una gioia gravata dall'obbligo di supplire ad altre gioie diventa presto una gioia troppo stanca.

Andò poi a pranzo, dopo pranzo dormì e, al risveglio, si ricordò che il giovane redattore lo aspettava al caffè per presentargli la sua ragazza. Si vestì, dunque, e uscì. Scendendo le scale della casa di cura, nel vestibolo accanto al guardaroba vide una donna alta che sembrava un bel cavallo da sella. Ah, ci mancava solo questo! proprio il tipo di donna che a Havel era sempre maledettamente piaciuto. La guardarobiera le stava dando il soprabito e il dottor Havel si precipitò ad aiutarla a indossarlo. La donna che sembrava un cavallo ringraziò con indifferenza e Havel disse: « Posso fare ancora qualcosa per lei? ». Le sorrise, ma lei senza sorridere gli rispose di no e uscì velocemente.

Il dottor Havel si sentì come schiaffeggiato e, in preda a un rinnovato senso di abbandono, si incamminò verso il caffè.

7

Il redattore era già da un pezzo seduto accanto alla sua ragazza in un séparé (aveva scelto un posto dal quale era possibile tener d'occhio l'entrata), e non riusciva in alcun modo a concentrarsi sulla conversazione che le altre volte frusciava invece tra loro allegra e instancabile. Il pensiero dell'arrivo di Havel gli faceva venire la tremarella. Quel giorno per la prima volta tentò di guardare la ragazza con occhio più critico e, mentre lei raccontava qualcosa (e davvero lei non la smetteva mai di raccontare qualcosa, cosicché l'inquietudine interiore del giovane passava inosservata), scoprì alcuni piccoli difetti nella sua bellezza; se ne preoccupò alquanto, e subito dopo si accorse che quei piccoli difetti rendevano più interessante la sua bellezza e che anzi proprio loro davano a tutto il suo essere un'ancor più tenera familiarità.

Perché il giovane voleva bene alla ragazza.

Ma se le voleva bene, perché aveva acconsentito all'idea, per lei così umiliante, di omologarla insieme con quel medico dissoluto? E se anche l'assolviamo, ammettendo che si trattava solo di un gioco puerile, com'è possibile che un semplice gioco gli facesse venire tanta tremarella e tanta inquietudine?

Non si trattava di un gioco. Il giovane non sapeva davvero com'era la sua ragazza, non era capace di giudicare la misura della sua bellezza e del suo fascino.

Ma era forse così ingenuo e così totalmente inesperto da non saper riconoscere una donna bella da una non bella?

Niente affatto, il giovane non era così totalmente inesperto, aveva già conosciuto un certo numero di donne e aveva avuto con loro varie avventure, ma si era sempre concentrato più su se stesso che su di loro. Osservate, ad esempio, questo particolare interessante: il giovane ricorda con precisione ciò che indossava in occasione di un dato incontro con una data donna, sa che quella tale volta portava pantaloni troppo larghi e soffriva al pensiero della loro goffaggine, sa che un'altra volta portava un maglione bianco che gli donava un'eleganza sportiva, ma non ha il minimo ricordo di come fossero vestite le sue amiche nelle varie occasioni.

Sì, è davvero interessante: nel corso delle sue brevi relazioni, si era dedicato davanti allo specchio a lunghi e accurati studi della propria persona, mentre delle sue partner aveva avuto solamente una percezione globale, superficiale; per lui era molto più importante la propria immagine agli occhi della partner, che non l'immagine che gli offriva lei. Con ciò non si vuol dire che non gli importasse se la ragazza con cui stava fosse o non fosse bella. Al contrario. Perché non si trattava soltanto di come lui era visto dagli occhi della partner, ma anche di come entrambi erano visti e giudicati dagli occhi degli altri (dagli occhi del mondo), e lui ci teneva molto a che il mondo fosse soddisfatto della sua ragazza, perché sapeva che in lei erano giudicati la sua scelta, il suo gusto, il suo livello, e quindi lui stesso. Ma proprio perché si trattava del giudizio degli altri, non faceva troppo affidamento sui propri occhi e fino ad allora si era accontentato di ascoltare la voce dell'opinione generale e di identificarsi con essa.

Ma che cos'era la voce dell'opinione generale rispetto alla voce di un maestro e di un esperto? Il redattore guardava con impazienza l'entrata e, quando alla fine vide la figura di Havel comparire nella porta a vetri, fece la faccia sorpresa e disse alla ragazza che per puro caso stava entrando un uomo famoso al quale, uno dei prossimi giorni, voleva fare un'intervista per la sua rivista. Andò incontro a Havel e lo condusse al tavolo. La giovinetta, disturbata per un attimo dalle presentazioni, ritrovò in breve il filo di una parlantina inesauribile e riprese a chiacchierare.

Il dottor Havel, rifiutato dieci minuti prima dalla donna che sembrava un cavallo da sella, guardò lungamente la ragazzina cinguettante, e sprofondò ancor più nella sua tetraggine. La ragazzina non era una bellezza, ma era piuttosto graziosa e non c'era da dubitare che il dottor Havel (del quale si diceva che era come la morte e prendeva tutto) l'avrebbe presa in qualsiasi momento, e anche con molto piacere. Mostrava alcuni tratti notevoli per la loro particolare ambiguità estetica: alla radice del naso aveva una pioggerella sparsa di lentiggini d'oro, cosa che poteva essere vista come un difetto nel biancore della pelle, ma anche, al contrario, come un suo gioiello naturale; era molto gracile, cosa che poteva essere intesa come un mancato raggiungimento delle proporzioni femminili ideali, ma anche, al contrario, come l'eccitante fragilità della bambina ancora presente nella donna; era infinitamente chiacchierona, cosa che poteva essere intesa come fastidiosa loquacità, ma anche, al contrario, come una qualità utile che permetteva al partner di approfittare in qualsiasi momento del riparo delle sue parole per abbandonarsi, inosservato, ai propri pensieri, senza il rischio di essere scoperto.

Il redattore sbirciava con ansia il viso del dottore, e quando gli sembrò pericolosamente (e, rispetto alle sue speranze, sfavorevolmente) sovrappensiero, chiamò il cameriere e ordinò tre cognac. La ragazza protestò che non avrebbe bevuto, ma poi si lasciò lungamente convincere che poteva e doveva bere, e il dottor Havel capì con tristezza che, se avesse cercato di circuire la ragazza, quell'essere esteticamente ambiguo che nella piena delle sue parole mostrava tutta la semplicità del proprio animo sarebbe stato con tutta probabilità il suo terzo insuccesso della giornata, perché lui, il dottor Havel, un tempo potente come la morte, non era più quello di prima.

Il cameriere portò poi i cognac, tutti e tre sollevarono i bicchieri, e il dottor Havel fissò gli occhi azzurri della ragazza come fossero stati gli occhi ostili di qualcuno che non gli sarebbe mai appartenuto. E quando ebbe visto quegli occhi in tutto il loro significato come ostili, li ricambiò con la stessa ostilità e, all'improvviso, vide davanti a sé un essere esteticamente del tutto univoco: una ragazzina malaticcia, con il viso inzaccherato dalla sporcizia delle lentiggini, insopportabilmente chiacchierona.

E anche se a Havel quel cambiamento faceva piacere, come gli facevano piacere gli occhi del giovane fissi su di lui con un ansioso sguardo interrogativo, erano però gioie troppo piccole in confronto alla profonda amarezza che si spalancava in lui. Pensò che non c'era motivo di prolungare quell'incontro che non gli procurava alcuna gioia; prese quindi rapidamente la parola, offrì al giovane e alla ragazza alcune graziose battute, si disse lieto di aver potuto passare piacevolmente con loro quei pochi istanti, dichiarò di avere un impegno e si congedò.

Quando Havel fu vicino alla porta a vetri, il giovane si batté la mano sulla fronte e disse alla ragazza che si era completamente dimenticato di accordarsi col dottore per l'intervista. Saltò fuori dal séparé e raggiunse Havel quando questi era già in strada. « E allora, che ne dice? » gli chiese.

Havel fissò a lungo gli occhi del ragazzo la cui devota impazienza gli dava calore.

Al redattore, invece, il silenzio di Havel faceva venire i brividi, tanto che senza aspettare cominciò a battere in ritirata: « Lo so, non è una bellezza... ».

Havel disse: « No, non è una bellezza ».

Il redattore chinò il capo: « Parla un po' troppo. Ma per il resto è tanto cara! ».

« Sì, proprio una cara ragazza, » disse Havel « ma anche un cane può essere caro, o un canarino o un'anatra che cammina dondolando in un'aia. Amico mio, nella vita non si tratta di conquistare il maggior numero possibile di donne, perché sarebbe un successo solo apparente. Si tratta, invece, soprattutto di coltivare un proprio gusto molto esigente, perché è in esso che si rispecchia l'autentico valore dell'individuo. Si ricordi, mio caro amico, che il vero pescatore ributta in acqua i pesciolini piccoli ».

Il giovane cominciò a scusarsi, sostenendo di avere avuto lui stesso seri dubbi sulla ragazza, come testimoniava del resto il fatto che aveva chiesto a Havel un giudizio.

« Ma non è nulla, » disse Havel « non ci pensi nemmeno ».

Il giovane però continuava con le sue scuse e con le sue giustificazioni, accennando al fatto che in autunno nella loro cittadina c'era penuria di belle donne e bisognava quindi accontentarsi di quel che si trovava.

« Su questo punto non sono d'accordo con lei »

replicò Havel. « Ho visto qui diverse donne straordinariamente attraenti. Ma le voglio dire una cosa. Esiste una certa piacevolezza esteriore della donna che il gusto provinciale considera a torto come bellezza. E poi esiste la vera bellezza erotica della donna. E riconoscere questa bellezza a un semplice sguardo non è certo una cosa da poco. È un'arte ». Poi strinse la mano al giovane e si allontanò.

8

Il redattore piombò nella disperazione: capì di essere uno sciocco incorreggibile, perduto nel deserto immenso (sì, gli sembrava immenso e infinito) della propria giovinezza; si rese conto di essere stato bocciato dal dottor Havel; e gli fu chiaro, al di là di ogni dubbio, che la sua ragazza era priva di interesse, insignificante e non bella. Quando le si sedette nuovamente accanto nel séparé, gli sembrò che tutti i clienti del caffè, compresi i due camerieri che andavano avanti e indietro, lo sapessero e lo compatissero con malignità. Chiese il conto e spiegò alla ragazza che aveva un lavoro urgente da sbrigare e che doveva già andar via. La ragazza si rattristò e il giovane si sentì spezzare il cuore dal dolore: pur sapendo che la stava ributtando in acqua come avrebbe fatto un vero pescatore, nel fondo dell'anima le voleva ugualmente (segretamente e vergognosamente) ancora bene.

Nemmeno la mattina successiva portò un po' di luce nel suo cupo stato d'animo e quando, sulla piazza delle terme, vide il dottor Havel venirgli incontro in compagnia di una donna molto elegante, sentì dentro di sé un'invidia simile quasi al rancore: quella signora era di una bellezza persino sfacciata e l'umore del dottor Havel, che gli fece subito un allegro cenno del capo, era anch'esso di una gioia persino sfacciata, sicché il giovane, davanti allo splendore della donna, sentì ancor di più la propria miseria.

« Ti presento il redattore del giornale locale; ha fatto la mia conoscenza solo per poterti incontrare » disse Havel alla sua bella compagna.

Quando il giovane capì di avere davanti la donna che aveva visto sugli schermi cinematografici, la sua insicurezza crebbe ancora di più; Havel lo costrinse a continuare la passeggiata insieme con loro, e il redattore, non sapendo cosa dire, cominciò a spiegare la sua vecchia idea dell'intervista, completandola adesso con una nuova trovata: avrebbe fatto un'intervista ai due coniugi assieme.

« Caro amico, » gli fece notare Havel « le nostre conversazioni sono state piacevoli e, grazie a lei, anche interessanti, ma mi dica, perché dovremmo pubblicarle su una rivista destinata a malati di cistifellea e a possessori di ulcere duodenali? ».

« Posso immaginarmele le vostre conversazioni » sorrise la signora Havlová.

« Abbiamo parlato di donne » disse il dottor Havel. « Su questo tema ho trovato nel redattore un partner e un interlocutore splendido, un luminoso amico delle mie cupe giornate ».

La signora Havlová si rivolse al giovane: « Non l'ha annoiata? ».

Il redattore era felice che il dottore l'avesse definito un suo luminoso amico, e alla sua invidia cominciò di nuovo a mescolarsi una riconoscente devozione; dichiarò che, caso mai, era stato lui ad annoiare il dottore; era infatti fin troppo consapevole della propria inesperienza e della propria insignificanza, se non addirittura – aggiunse – della propria nullità.

« Ah, mio caro, » rise l'attrice « ti devi essere dato delle arie terribili! ».

« Non è vero » disse il redattore prendendo le difese di Havel. « Perché lei, cara signora, non sa cosa sia una piccola città, cosa sia questo buco sperduto dove vivo ».

« Ma qui è bello! » protestò l'attrice.

« Sì, per lei che c'è venuta per poco tempo. Ma io qui ci vivo e ci vivrò. Sempre lo stesso giro di persone che conosco ormai a memoria. Sempre le stesse persone che pensano tutte allo stesso modo, e quello che pensano non sono che superficialità e sciocchezze. Volente o nolente, devo essere in buoni rapporti con loro, a poco a poco, senza quasi rendermene conto, mi sto uniformando a loro. Ah, l'orrore di poter diventare uno di loro! L'orrore di vedere il mondo con i loro occhi miopi! ».

Il redattore parlava con foga crescente e all'attrice sembrò di sentire in quelle parole il soffio dell'eterna protesta dei giovani; ne fu affascinata, ne fu entusiasta e disse: « Non deve uniformarsi! Non deve! ».

« Non devo » assentì il giovane. « Ieri il dottore mi ha aperto gli occhi. Devo a ogni costo uscire dal circolo vizioso di questo ambiente. Dal circolo vizioso di questa piccineria, di questa mediocrità. Uscirne, » ripeté il giovane « uscirne ».

« Abbiamo parlato » spiegò Havel alla moglie « di come il gusto banale della provincia costruisca un falso ideale di bellezza, nella sua sostanza non erotico, se non addirittura antierotico, mentre il vero ed esplosivo fascino erotico sfugge a questo gusto. Accanto a noi passano donne capaci di condurre un uomo alle più vertiginose avventure dei sensi, e qui nessuno le vede ».

« Sì, è così » confermò il giovane.

« Nessuno le vede » continuò il dottore « perché non corrispondono alle norme dei sarti di qui; il fascino erotico si esprime infatti più nella deformazione che nella regolarità, più nell'espressività che nella proporzione, più nell'originalità che nella bellezza fatta in serie ».

« Sì » concordò il giovane.

« Tu conosci Františka » disse Havel alla moglie.

« La conosco » disse l'attrice.

« E sai bene quanti dei miei amici darebbero tutti i loro averi per passare una notte con lei. Mi ci giocherei la testa che in questa città neppure si accorgono di lei. Mi dica, lei che conosce la dottoressa, si è mai accorto di che donna straordinaria sia? ».

« No, davvero no! » disse il giovane. « Non mi è mai venuto in mente di guardarla come donna! ».

« S'intende » disse Havel. « Le sembrava troppo magra. Le mancavano le lentiggini e la loquacità ».

« Sì, » disse il giovane con aria infelice « ha visto ieri che stupido sono ».

« Ma si è mai accorto del suo modo di camminare? » continuò Havel. « Si è mai accorto di come le sue gambe parlino, camminando? Caro signore, se lei potesse udire ciò che quelle gambe raccontano, si farebbe rosso da capo a piedi, anche se so che per il resto lei è un libertino di tre cotte ».

9

« Prendi in giro degli innocenti » disse l'attrice al marito dopo che ebbero salutato il redattore.

« Sai bene che in me questo è segno di buon umore. E ti giuro che, dal momento in cui sono arrivato, è la prima volta che mi capita ».

In questo caso il dottor Havel non mentiva; quando, poco prima di mezzogiorno, aveva visto la corriera arrivare alla stazione, quando aveva riconosciuto la moglie seduta dietro il vetro e poi l'aveva vista sorridente sul predellino, era stato felice e, poiché i giorni precedenti avevano lasciato intatte in lui le riserve di allegria, per tutta la giornata aveva manifestato una gioia quasi folle. Avevano passeggiato insieme sotto i portici, avevano affondato i denti nei dolci wafer tondi, avevano fatto un salto da Františka per ascoltare informazioni fresche sulle nuove uscite del figlio, avevano compiuto insieme con il redattore la passeggiata descritta nel capitolo precedente e si erano divertiti alle spalle dei pazienti che facevano i loro quattro passi igienici. In quell'occasione il dottor Havel si era accorto che alcuni passanti gettavano lunghi sguardi sull'attrice; voltandosi, aveva appurato che si fermavano a guardarli.

« Sei stata scoperta » disse Havel. « La gente qui non ha nulla da fare e va al cinema con autentica passione ».

« Ti dà fastidio? » chiese l'attrice che nella pubblicità della sua professione vedeva una sorta di colpa perché, come tutti i veri innamorati, bramava un amore silenzioso e nascosto.

« Al contrario » disse Havel ridendo. Si divertì poi a lungo col gioco infantile di indovinare quale dei passanti avrebbe riconosciuto l'attrice e quale no, scommettendo con lei su quanta gente l'avrebbe riconosciuta nella strada successiva. E si voltavano campagnoli, contadinotte, bambini, ma anche le poche donne piacenti che soggiornavano alle terme in quella stagione.

Havel, che aveva vissuto gli ultimi giorni in un'umiliante invisibilità, si beava felice dell'attenzione dei passanti e desiderava che i raggi di quell'interesse cadessero quanto più possibile anche su di lui; abbracciava perciò l'attrice alla vita, si chinava verso di lei, le sussurrava all'orecchio ogni sorta di dolcezze e di oscenità, e lei rispondeva stringendosi a lui e alzando sul suo viso gli occhi contenti. E Havel, sotto tutti quegli sguardi, sentì che stava riacquistando la visibilità perduta, sentì i propri lineamenti incerti ritornare chiari e marcati, sentì nuovamente la gioia orgogliosa che gli dava il proprio corpo, i propri passi, il proprio essere.

Mentre così girovagavano lungo le vetrine del

corso, abbracciati come due innamorati, in un negozio di articoli per la caccia Havel vide la bionda massaggiatrice che il giorno prima l'aveva trattato con tanta scortesia; chiacchierava con la commessa nel negozio vuoto. « Vieni, » disse alla moglie stupita « sei la persona migliore del mondo; voglio farti un regalo », e presala per mano entrò nel negozio.

Le due donne interruppero le loro chiacchiere; la massaggiatrice guardò a lungo l'attrice, poi brevemente Havel, poi di nuovo l'attrice e di nuovo Havel; Havel registrò soddisfatto ogni cosa, ma senza degnarla di un solo sguardo passò velocemente in rassegna gli articoli esposti; vedeva corna di cervo, carnieri, carabine, binocoli, bastoni, museruole per cani.

« Desidera? » gli chiese la commessa.

« Un attimo » disse Havel; alla fine, sotto il vetro del banco vide dei fischietti neri; ne indicò uno. La commessa glielo diede, Havel lo avvicinò alle labbra, fischiò, lo esaminò da ogni lato e fischiò un'altra volta più piano. « Eccellente » disse soddisfatto alla commessa, mettendole davanti le cinque corone dovute. Porse il fischietto alla moglie.

L'attrice vide in quel regalo l'adorato infantilismo del marito, una ragazzata, il suo gusto dell'assurdità, e lo ringraziò con un bello sguardo innamorato. Ma a Havel parve poco; le sussurrò: « E questo è tutto il tuo ringraziamento per un regalo tanto bello? ». Così l'attrice gli diede un bacio. Le due donne non riuscivano a staccar loro lo sguardo di dosso, anche quando furono usciti dal negozio.

E così si rimisero a girovagare per le strade e nel parco, mangiarono wafer, soffiarono nel fischietto, si sedettero su una panchina e scommisero sul numero di passanti che si sarebbero voltati a guardare. La sera, entrando nel ristorante, per poco non si scontrarono con la donna che sembrava un cavallo da sella. Questa li osservò stupita, guardò a lungo l'attrice, poi brevemente Havel, poi di nuovo l'attrice, e quando guardò nuovamente Havel, gli fece un automatico cenno di saluto. Anche Havel fece un leggero cenno del capo e, abbassandosi poi verso l'orecchio della moglie, le chiese sottovoce se gli voleva bene. L'attrice lo guardò con occhi innamorati e gli fece una carezza sul viso.

Si sedettero poi al tavolo, ordinarono qualcosa di leggero (perché l'attrice stava scrupolosamente attenta alla dieta del marito), bevvero del vino rosso (perché era l'unico che Havel potesse bere) e la signora Havlová fu presa da un attimo di commozione. Si chinò verso il marito, gli prese la mano e gli disse che quello era uno dei giorni più belli della sua vita; gli confessò quant'era stata triste il giorno che lui era partito per le terme; gli chiese nuovamente scusa per la follia di quella lettera gelosa e lo ringraziò per averle telefonato invitandola a raggiungerlo; gli disse che ne sarebbe valsa la pena, fosse stato anche per vederlo un solo minuto; poi cominciò a dirgli che la sua vita con lui era per lei una vita di agitazione e di incertezza continue, come se Havel dovesse sempre eternamente sfuggirle, ma che, proprio per questo motivo, ogni giorno era per lei una nuova avventura, un nuovo innamoramento, un nuovo regalo.

Poi andarono insieme nella camera di Havel e la gioia dell'attrice raggiunse presto il culmine.

10

Due giorni dopo, il dottor Havel andò di nuovo all'idromassaggio e di nuovo arrivò un po' in ritardo perché, a dire il vero, lui non arrivava mai in orario da nessuna parte. E lì c'era di nuovo la massaggiatrice bionda, la quale però questa volta non lo accolse con aria accigliata, anzi, gli sorrise e lo chiamò *dotto-*

re, dal che Havel capì che era andata in ufficio a leggere la sua scheda, o aveva preso informazioni in giro. Il dottor Havel registrò con soddisfazione quell'interessamento e cominciò a spogliarsi dietro la tenda della cabina. Quando la massaggiatrice lo chiamò perché la vasca era piena, si avviò con la pancia orgogliosamente in fuori e si distese con soddisfazione nell'acqua.

La massaggiatrice girò un rubinetto sul quadro comandi e gli chiese se la sua signora era ancora alle terme. Havel disse di no, e la massaggiatrice domandò se la signora avrebbe recitato ancora in qualche bel film. Havel disse di sì, e la massaggiatrice gli sollevò la gamba destra. Quando il getto d'acqua cominciò a fargli il solletico sotto il piede, la massaggiatrice disse ridendo che, a quanto pareva, il dottore aveva proprio un corpo molto sensibile. Continuarono poi a parlare, e Havel accennò alla vita davvero noiosa delle terme. La massaggiatrice ebbe un sorriso eloquente e disse che il dottore sapeva certo come organizzarsi la vita per non annoiarsi. E quando poi si piegò su di lui per passargli sul petto la bocca del tubo, e Havel elogiò i suoi seni di cui, grazie alla posizione della ragazza, poteva vedere bene la metà superiore, la massaggiatrice rispose che sicuramente il dottore ne aveva già visti di più belli.

Da tutto ciò a Havel risultò evidente che la breve presenza della moglie lo aveva totalmente trasformato agli occhi di quella cara e muscolosa ragazza, che all'improvviso il suo fascino e la sua attrattiva erano aumentati, ma soprattutto: che indubbiamente il suo corpo dava alla ragazza l'occasione di entrare in segreta intimità con una nota attrice, di diventare pari a quella donna famosa che tutti si voltavano a guardare; Havel capì che all'improvviso tutto gli era permesso, tutto gli era tacitamente promesso già in anticipo.

Solo che in genere l'uomo, quando è soddisfatto,

preferisce rifiutare con superiorità le occasioni che gli si offrono, per confermarsi così in una beata sazietà. A Havel era bastato che la bionda muscolosa avesse perso la sua scortese inaccessibilità, che la sua voce fosse dolce e lo sguardo umile, e che gli si fosse offerta in quella maniera indiretta... e già non la desiderava più.

Poi dovette voltarsi sulla pancia, tenere il mento sollevato dall'acqua e lasciare che il getto violento lo massaggiasse nuovamente dai piedi al collo. Quella posizione gli sembrava la posizione religiosa dell'umiltà e del ringraziamento: pensò alla moglie, al fatto che era bella, che lui l'amava e lei amava lui, e che lei era la sua buona stella che gli guadagnava il favore del caso e delle ragazze muscolose.

E quando, alla fine del massaggio, si drizzò nella vasca per uscire, la massaggiatrice molle di sudore gli sembrò così sanamente e appetitosamente bella e i suoi occhi così docilmente devoti che ebbe il desiderio di inclinare nella direzione in cui, in lontananza, intuiva la moglie. Gli sembrava che il corpo della massaggiatrice stesse sulla grande mano dell'attrice e che quella mano glielo porgesse come un messaggio amoroso, come un dono d'amore. E gli parve all'improvviso una villania nei confronti della moglie rifiutare quel dono, rifiutare quel tenero presente. Sorrise perciò alla ragazza sudata e le disse che aveva tenuto libera la serata per lei e che l'avrebbe aspettata alle sette all'ingresso della Fonte. La ragazza accettò e il dottor Havel si avvolse nel lenzuolo da bagno.

Quando si fu vestito e pettinato, si rese conto di essere di uno straordinario buon umore. Aveva voglia di fare quattro chiacchiere e si fermò perciò da Františka alla quale la visita capitava a proposito, essendo anche lei di ottimo umore. Saltava da un argomento all'altro, ma tornava continuamente al tema che avevano toccato nel loro ultimo incontro: parlava della propria età, con frasi non chiare cercava di far capire che non bisogna capitolare davanti al numero degli anni, che il numero degli anni non è necessariamente uno svantaggio e che è invece una sensazione bellissima scoprire di potersi misurare tranquillamente con i giovani. « E neanche i figli sono tutto, » disse all'improvviso, di punto in bianco « certo, amo i miei figli, » precisò « sai quanto li ami, ma al mondo ci sono anche altre cose... ».

Le riflessioni di Františka non deviarono per un solo istante da una vaga astrattezza, e a un novellino sarebbero certamente apparse come semplici farneticamenti. Ma Havel non era un novellino e non tardò a scoprire il senso che si nascondeva dietro quei farneticamenti. Decise che la propria fortuna non era che l'anello di una lunga catena della fortuna e, poiché aveva un cuore generoso, il suo ottimo umore raddoppiò.

11

Sì, il dottor Havel aveva indovinato: il redattore era andato a cercare la dottoressa lo stesso giorno in cui il maestro gliene aveva tessuto gli elogi. Già dopo poche frasi aveva scoperto dentro di sé un'audacia sorprendente e le aveva detto che lei gli piaceva e che voleva vederla. La dottoressa gli aveva balbettato, timorosa, che era più vecchia di lui e che aveva dei figli. A quel punto il redattore si era sentito più sicuro di sé e le parole avevano cominciato a fluire libere: aveva dichiarato che la dottoressa possedeva una bellezza segreta, molto più importante della banale leggiadria esteriore; aveva elogiato il suo modo di camminare e le aveva detto che, quando camminava, era come se le sue gambe parlassero.

E due giorni dopo, quella stessa sera in cui il dottor Havel arrivava soddisfatto alla Fonte dove, già da lontano, poteva scorgere la bionda muscolosa che lo attendeva, il redattore andava su e giù, impaziente, nella propria angusta mansarda; era quasi certo del successo, ma proprio per questo aveva paura che qualche errore o qualche contrattempo potesse sottrarglielo; apriva continuamente la porta per guardare giù nelle scale; alla fine la vide.

La cura con la quale la signora Františka era vestita e truccata la allontanava alquanto dall'immagine quotidiana della donna in camice e pantaloni bianchi; al giovane, agitato, parve che il suo fascino erotico, fino ad allora solo intuito, gli stesse ora davanti quasi impudicamente denudato, sicché fu preso da una rispettosa timidezza; per superarla, abbracciò la dottoressa con la porta ancora aperta e cominciò a baciarla furiosamente. Spaventata da quell'irruenza, lei lo pregò di farla sedere. Lui la lasciò, ma subito si sedette ai suoi piedi e cominciò a baciarle le calze all'altezza delle ginocchia. Lei gli posò una mano sui capelli e cercò di allontanarlo con dolcezza.

Fate attenzione a ciò che gli disse. Per prima cosa ripeté varie volte: « deve fare il bravo, deve fare il bravo, mi prometta che farà il bravo ». Quando il giovane le disse: « sì, sì, farò il bravo », avanzando intanto con la bocca sul ruvido tessuto, lei gli disse: « no, no, questo no, questo no », e quando lui si spinse ancora più in alto, cominciò di colpo a dargli del tu, dicendogli: « sei terribile, oh, sei terribile! ».

Con quella dichiarazione tutto fu deciso. Il giovane non incontrò più nessuna resistenza. Era estasiato: estasiato da se stesso, estasiato dalla rapidità del proprio successo, estasiato dal dottor Havel il cui genio era lì insieme con lui e penetrava in lui, estasiato dalla nudità della donna distesa sotto di lui nell'amplesso amoroso. Desiderò essere un maestro, desiderò essere un virtuoso, desiderò dimostrare sensualità e irruenza. Si sollevò un poco sulla dottoressa, osservò con sguardo avido il suo corpo disteso e mugolò: « Sei bella, sei stupenda, sei stupenda... ».

La dottoressa si coprì il ventre con entrambe le mani e disse: « Non devi prendermi in giro... ».

« Che sciocchezze dici? Io non ti prendo in giro, sei stupenda! ».

« Non mi guardare » disse lei, stringendolo a sé perché non la vedesse. « Ho già avuto due figli, sai? ».

« Due figli? » disse il giovane senza comprendere.

« Lo si vede, non devi guardarmi ».

Questo frenò alquanto l'entusiasmo iniziale del giovane che dovette far fatica per ritornare all'eccitazione richiesta; per riuscirci meglio, cercò di rinvigorire con le parole l'ebbrezza sfuggente della realtà e sussurrò all'orecchio della dottoressa che era bello che lei fosse lì con lui nuda, tutta nuda.

« Sei caro, sei tanto caro » gli disse la dottoressa.

Il giovane continuò a parlare della sua nudità e le chiese se anche per lei era così eccitante essere lì nuda, con lui.

« Sei un bambino, » disse la dottoressa « sì, è eccitante », ma dopo un breve silenzio aggiunse che già tanti medici l'avevano vista nuda che ormai non ci faceva più caso. « Più medici che amanti » disse ridendo e si mise a raccontare dei suoi parti difficili. « Ma ne valeva la pena » disse alla fine. « Ho due bei bambini. Proprio belli ».

L'eccitazione faticosamente ritrovata aveva di nuovo abbandonato il redattore, che all'improvviso ebbe addirittura la sensazione di esser seduto al caffè e di chiacchierare con la dottoressa davanti a una tazza di tè; la cosa lo indispettì; ricominciò a fare l'amore con movimenti violenti, cercando ancora una volta di attirarla verso immagini più sensuali: « Quando sono stato da te l'ultima volta, sapevi che avremmo fatto l'amore? ».

« E tu? ».

« Lo *volevo,* » disse il redattore « lo *volevo* terribilmente! » e mise nella parola « volevo » un'enorme passione.

« Sei come mio figlio, » gli disse la dottoressa all'orecchio ridendo « anche lui vorrebbe far tutto. Io gli chiedo sempre: e non vorresti anche la luna? ».

Fecero l'amore così; la signora Františka chiacchierava che era un piacere.

Quando poi furono seduti sul letto uno accanto all'altra, nudi e stanchi, la dottoressa gli accarezzò i capelli e disse: « Hai il ciuffo come lui ».

« Lui chi? ».

« Mio figlio ».

« Non pensi ad altro che a tuo figlio » disse il redattore con timida riprovazione.

« Sai, » rispose lei con orgoglio « è il preferito della mamma, il preferito della mamma ».

Poi si alzò e si rivestì. E all'improvviso, in quella cameretta da ragazzo, fu assalita dalla sensazione di essere giovane, di essere una ragazza giovanissima, e ne provò un piacere folle. Al momento di uscire abbracciò il redattore e aveva gli occhi umidi di riconoscenza.

12

Dopo una bella notte cominciò per Havel una bella giornata. A colazione scambiò alcune eloquenti parole con la donna che sembrava un cavallo da sella e alle dieci, quando ritornò dalle solite pratiche quotidiane, ad attenderlo nella stanza c'era un'affettuosa lettera della moglie. Poi andò a fare una passeggiata sotto i portici tra la folla dei pazienti; teneva il bicchierino di porcellana contro le labbra e sprizzava benessere. Le donne che un tempo lo superavano senza prestargli attenzione, ora lo fissavano con sguardi insistenti ai quali lui rispondeva con leggeri inchini di saluto. Quando scorse il redattore, gli fece un allegro cenno del capo: « Stamattina ho fatto visita alla dottoressa e, da taluni segnali che non possono sfuggire a un bravo psicologo, mi sembra che lei abbia avuto successo! ».

Il giovane non desiderava altro che confidarsi con il suo maestro, ma il particolare andamento della serata precedente lo aveva lasciato alquanto perplesso: non era sicuro se la serata fosse stata davvero incantevole come avrebbe dovuto, e non sapeva perciò se un rapporto preciso e veritiero lo avrebbe elevato o abbassato agli occhi di Havel; esitava su ciò che doveva o non doveva confidare.

Ma nel vedere ora il viso di Havel che sprizzava allegria e sfrontatezza, non poté far altro che rispondergli sullo stesso tono, allegro e sfrontato, e con parole entusiastiche elogiò la donna che Havel gli aveva raccomandato. Raccontò come lei avesse cominciato a piacergli nel momento in cui l'aveva guardata per la prima volta con occhi non più da provinciale, raccontò di come lei aveva acconsentito in fretta a venire a casa sua, e della notevole rapidità con la quale l'aveva posseduta.

Quando il dottor Havel cominciò a fargli domande e mezze domande per analizzare la questione in tutte le sue sfumature, il giovane con le sue risposte dovette, volente o nolente, avvicinarsi sempre più alla realtà, e alla fine osservò che era sì molto soddisfatto di tutto, ma che le parole della dottoressa mentre facevano l'amore l'avevano messo un po' in imbarazzo.

Il dottor Havel si mostrò molto interessato e, dopo aver spinto il redattore a ripetergli il dialogo fin nei minimi particolari, inframmezzò il racconto con esclamazioni entusiastiche: « Magnifico! Splendido! », « Ah, l'eterna mamma! » e « Amico, io la invidio! ».

In quel momento, si fermò davanti a loro la donna che sembrava un cavallo da sella. Il dottor Havel fece un leggero inchino e la donna gli diede la mano: « Non si arrabbi, » si scusò « sono arrivata un po' in ritardo ».

« Nulla di grave, » disse Havel « sto intrattenendomi piacevolmente con il mio amico. Mi perdoni, il tempo di finire e sono da lei ».

E senza lasciare la mano della donna alta, si rivolse al redattore: « Caro amico, ciò che lei mi racconta supera ogni mia previsione. Deve infatti capire che il divertimento del corpo lasciato al suo mutismo è sempre spiacevolmente identico, una donna viene assimilata a un'altra e tutte vengono dimenticate in un'unica massa indistinta. E invece noi ci gettiamo nei piaceri dell'amore proprio per ricordarle! Perché i loro punti luminosi colleghino con una striscia splendente la nostra giovinezza e la nostra vecchiaia! Perché mantengano la nostra memoria in una fiamma eterna! E mi creda, amico, un'unica parola pronunciata nella più banale di queste scene è capace di illuminarla al punto da renderla indimenticabile. Dicono di me che sono un collezionista di donne. In realtà sono molto più un collezionista di parole. Mi creda, la serata di ieri non la dimenticherà mai, e perciò sia contento! ».

Fece poi un cenno di saluto al giovane e, tenendo per mano la donna alta che sembrava un cavallo da sella, si allontanò lentamente con lei sotto i portici delle terme.

EDUARD E DIO

1

La storia di Eduard possiamo farla utilmente iniziare nella casa di campagna del fratello maggiore. Il fratello, disteso sul divano, diceva a Eduard: « Rivolgiti tranquillamente alla tardona. È una carogna, ma io credo che anche in creature del genere esista una coscienza. Proprio perché un giorno mi ha fatto una canagliata, forse adesso sarà contenta che tu le dia la possibilità di riparare alla vecchia colpa ».

Il fratello di Eduard era sempre lo stesso: un buon diavolo e un pigro. Sicuramente se ne stava disteso allo stesso modo sul divano della sua mansarda di universitario quando, molti anni prima (Eduard era ancora un ragazzino), aveva passato tutto il giorno della morte di Stalin in panciolle e a ronfare; l'indomani era andato in facoltà senza immaginare nulla e aveva visto una sua compagna di corso, la Čecháčková, che con ostentata rigidità troneggiava nell'atrio come la statua stessa del dolore; le aveva girato attorno tre volte e poi era scoppiato a ridere come un matto. La ragazza, offesa, aveva qualificato la risata del compagno come provocazione politica e il fratello di Eduard aveva dovuto lasciare l'università per andare a lavorare in un villaggio dove da allora si era trovato una casa, un cane, una moglie, due bambini e perfino una casetta per le gite in campagna.

Era proprio in quella sua casa al villaggio che il fratello, disteso sul divano, conversava con Eduard: « La chiamavamo il flagello della classe operaia. Ma sono cose che non ti interessano. Oggi è una donna che ha i suoi anni, e ha sempre avuto un debole per i ragazzini, quindi vedrai che ti verrà incontro ».

A quel tempo Eduard era molto giovane. Aveva appena terminato gli studi alla facoltà di pedagogia (quella che il fratello non aveva completato) ed era alla ricerca di un posto. Ubbidiente al consiglio del fratello, l'indomani bussò alla porta della direzione. Si vide comparire davanti una donna lunga e ossuta con i capelli neri e grassi come quelli delle zingare, occhi neri e una nera peluria sotto il naso. La sua bruttezza lo liberò dalla tremarella che, nella sua giovinezza, ancora gli metteva addosso la bellezza femminile e riuscì a parlarle in tono rilassato, con tutta l'amabilità possibile, se non addirittura con galanteria. La direttrice accolse questo tono con evidente compiacimento, e affermò più volte, con un'esaltazione chiaramente percepibile: « Da noi c'è bisogno di giovani ». Gli promise che l'avrebbe aiutato.

2

E così Eduard era diventato insegnante in una cittadina boema. Il fatto non gli procurava né gioia né dispiacere. Cercava sempre di distinguere tra cose serie e non serie, e la sua carriera di insegnante veniva da lui inserita nella categoria del *non serio*. Non che l'insegnamento non fosse una cosa seria di per sé (e comunque lui ci teneva, sapendo di non avere altro di cui vivere), ma lo considerava non serio in relazione a se stesso. Non era stato lui a sceglierlo. L'avevano scelto per lui la domanda sociale, i giudizi della sezione quadri, i risultati della scuola media superiore, gli esami di ammissione all'università. L'azione combinata di tutte queste forze l'aveva infine rovesciato (come una gru rovescia un sacco su un camion) dal liceo alla facoltà di pedagogia. C'era andato di malavoglia (su di essa c'era il marchio superstizioso dell'insuccesso di suo fratello), ma alla fine si era rassegnato. Aveva però capito che il lavoro avrebbe fatto parte delle cose casuali della sua vita. Che gli sarebbe stato incollato addosso come una barba finta che suscita ilarità.

Se però l'*obbligo* è qualcosa di non serio (che suscita ilarità), forse sarà invece serio ciò che è *facoltativo*: nella sua nuova sede di lavoro Eduard trovò subito una ragazza che gli parve bella, e cominciò a dedicarsi a lei con una serietà quasi sincera. Si chiamava Alice e, come aveva potuto constatare con rammarico fin dai loro primi incontri, era estremamente riservata e virtuosa.

Più volte, durante le loro passeggiate serali, aveva cercato di passarle un braccio intorno alla schiena in modo da poterle sfiorare da dietro l'orlo del seno destro, e tutte le volte lei gli aveva preso la mano e gliel'aveva tolta. Un giorno che lui aveva ripetuto nuovamente il suo tentativo e lei gli aveva (nuovamente) tolto la mano, Alice si fermò e disse: « Tu credi in Dio? ».

Con le sue orecchie sensibili Eduard sentì in quella domanda un'energia nascosta e dimenticò immediatamente il seno.

« Ci credi? » ripeté Alice, ed Eduard non osava rispondere. Non vogliamogliene per questo non coraggio di dire la verità; nel nuovo posto di lavoro si sentiva abbandonato e Alice gli piaceva troppo per voler rischiare di perderla a causa di una sola risposta.

« E tu? » le chiese per guadagnar tempo.

« Io sì » disse Alice, e di nuovo insisté perché lui rispondesse.

Fino ad allora non gli era mai venuto in mente di credere in Dio. Capiva però di non doverlo confessare, anzi, adesso doveva approfittare della situazione, e fare della fede in Dio un bel cavallo di legno dentro le cui viscere, secondo il modello classico, sarebbe potuto scivolare inosservato nell'intimo della ragazza. Solo che Eduard non era capace di dire ad Alice semplicemente *sì, credo in Dio*; non era affatto un cinico e si vergognava a mentire; la volgare linearità della menzogna gli ripugnava; se la menzogna era proprio necessaria, lui voleva tenersi quanto più vicino possibile alla verità. Rispose perciò con voce estremamente pensierosa:

« Alice, non so neanch'io cosa dirti. Certo, credo in Dio. Ma... » fece una pausa e Alice lo guardò con stupore. « Ma voglio parlare con te in tutta sincerità. Posso parlarti con sincerità? ».

« Devi farlo » disse Alice. « Altrimenti non avrebbe senso stare insieme ».

« Davvero? ».

« Davvero » disse Alice.

« Talvolta vengo assalito dai dubbi » disse Eduard a voce bassa. « Talvolta dubito della sua esistenza ».

« Ma come puoi dubitarne! » disse Alice quasi gridando.

Eduard tacque e, dopo una pausa di riflessione, gli venne in mente il ben noto pensiero: « Quando vedo tutto il male intorno a me, spesso mi domando com'è possibile che Dio permetta tutto ciò ».

C'era così tanta tristezza nella sua voce, che Alice gli prese una mano: « Sì, di male al mondo ce n'è davvero tanto. Lo so fin troppo bene. Ma proprio per questo devi credere in Dio. Senza di lui tutta questa sofferenza sarebbe inutile. Nulla avrebbe senso. E io non riuscirei proprio a vivere ».

« Forse hai ragione » disse Eduard sovrappensiero, e la domenica andò con lei in chiesa. Intinse le dita nell'acquasantiera e si fece il segno della croce. Poi ci fu la messa e si cantò, e lui cantò insieme con gli altri un canto religioso di cui conosceva la melodia ma non il testo. Invece delle parole prescritte, prendeva delle vocali a caso e attaccava a cantare sempre una frazione di secondo dopo gli altri, perché anche la melodia la conosceva vagamente. In compenso, non appena era sicuro che la tonalità era giusta, lasciava che la voce si effondesse a piena gola, rendendosi conto per la prima volta in vita sua di avere una bella voce di basso. Poi tutti si misero a recitare il Padre Nostro e alcune vecchie signore si inginocchiarono. Non riuscì a resistere alla tentazione e si inginocchiò anche lui sul pavimento di pietra. Con ampi movimenti del braccio si faceva il segno della croce, provando la fantastica sensazione di poter fare qualcosa che non aveva mai fatto in vita sua, qualcosa che non poteva fare né in classe, né in strada, da nessuna parte. Si sentì meravigliosamente libero.

Quando tutto finì, Alice lo guardò con occhi raggianti: « Puoi ancora dire che dubiti di lui? ».

« No » disse Eduard.

E Alice disse: « Vorrei insegnarti ad amarlo come l'amo io ».

Erano fermi sull'ampia scalinata della chiesa ed Eduard rideva dentro di sé. Sfortunatamente, proprio in quell'istante passò lì accanto la direttrice e li vide.

3

Brutto affare. Dobbiamo infatti ricordare (per coloro ai quali forse sfugge lo sfondo storico del racconto) che a quel tempo le chiese non erano precisamente vietate alla gente, ma che frequentarle comportava pur sempre qualche rischio.

La cosa non è tanto difficile da capire. Coloro che hanno lottato per ciò che essi chiamano rivoluzione coltivano il grande orgoglio che ha nome: *stare dalla parte giusta del fronte*. Quando sono passati ormai dieci, dodici anni dalla rivoluzione (come nel caso del nostro racconto), la linea del fronte comincia a sfumare e, insieme con essa, anche la sua parte giusta. Non meraviglia che i vecchi partigiani della rivoluzione si sentissero ingannati e si affrettassero perciò a cercare dei fronti *sostitutivi*; grazie alla religione, essi (in quanto atei opposti ai credenti) potevano stare nuovamente dalla parte giusta in tutta la loro gloria, serbando in tal modo l'abituale e prezioso pathos della loro superiorità.

Ma, ad esser sinceri, quel fronte sostitutivo risultava molto utile anche agli altri, e non sarà forse prematuro svelare che Alice apparteneva proprio a questa seconda categoria. Così come la direttrice voleva stare dalla parte *giusta*, Alice voleva stare dalla parte *opposta*. Nei giorni della rivoluzione, infatti, il negozio del padre di Alice era stato nazionalizzato e Alice odiava i responsabili di un simile atto. Ma come poteva mostrare il proprio odio? Poteva forse prendere un coltello e vendicare il padre? In Boemia non si fa così. Alice aveva una possibilità migliore per manifestare la propria opposizione: cominciò a credere in Dio.

In questo mondo, il Signore Iddio veniva in aiuto a entrambe le parti (che altrimenti avrebbero quasi perso la ragione vitale della loro divisione) e, grazie a lui, Eduard si venne a trovare tra due fuochi.

Quando, il lunedì mattina, nella sala dei professori Eduard fu avvicinato dalla direttrice, si sentì molto a disagio. Non poteva, infatti, in alcun modo appellarsi all'atmosfera amichevole della loro prima conversazione, perché da allora (per sua ingenuità o per sua negligenza) non aveva mai più intrattenuto conversazioni galanti con lei. Per questo la direttrice ebbe tutto il diritto di rivolgergli la parola con un sorriso ostentatamente freddo:

« Ieri ci siamo visti, eh? ».

« Ci siamo visti, sì » disse Eduard.

La direttrice continuò: « Non capisco come un giovane possa andare in chiesa ». Eduard alzò imbarazzato le spalle e la direttrice scosse la testa: « Un giovane ».

« Ero lì per guardare l'interno barocco della chiesa » disse Eduard per giustificarsi.

« Ah, è così » disse ironicamente la direttrice. « Non sapevo di questi suoi interessi artistici ».

La conversazione non piacque affatto a Eduard. Si ricordò di come il fratello avesse girato tre volte attorno alla sua compagna di corso, scoppiando poi a ridere come un matto. Gli sembrò che le storie di famiglia si ripetessero ed ebbe paura. Il sabato si scusò telefonicamente con Alice di non poter andare in chiesa perché era raffreddato.

« Sei un po' delicatino » lo rimproverò Alice quando si incontrarono la settimana dopo, e ad Eduard sembrò di sentire dell'insensibilità nelle sue parole. Cominciò perciò a parlarle (in maniera vaga e misteriosa, vergognandosi di ammettere la propria paura e le sue vere cause) delle varie ingiustizie di cui era vittima a scuola, e della tremenda direttrice che lo perseguitava senza motivo. Voleva suscitare in lei compassione, partecipazione affettuosa, ma Alice disse:

« Invece il mio capo è una donna proprio come si deve », e si mise a raccontare ridacchiando alcune storielle sul suo lavoro. Eduard ascoltava la sua voce allegra e diventava sempre più cupo.

4

Signore e signori, furono settimane di tormenti! Eduard aveva un desiderio infernale di Alice. Il suo corpo lo eccitava, e proprio quel corpo gli era assolutamente inaccessibile. Anche lo scenario dei loro incontri era tormentoso; o girovagavano insieme una o due ore per le strade buie, o andavano al cinema; la monotonia e le insignificanti possibilità erotiche delle due varianti (altre non ne esistevano) suggerirono a Eduard l'idea che forse con Alice avrebbe raggiunto risultati più consistenti se avesse potuto incontrarla in un ambiente diverso. Un giorno le propose con aria innocente di andare a passare il sabato e la domenica in campagna dal fratello che aveva una casetta accanto al fiume in una valle boscosa. Le descrisse con entusiasmo le innocenti bellezze della natura, ma Alice (ingenua e fiduciosa in tutte le altre cose) capì in fretta dove egli volesse andare a parare e rifiutò risolutamente. Non era infatti soltanto Alice a rifiutare. Era, in persona (eternamente vigile e attento), il Dio di Alice.

Quel Dio era fatto di un'unica idea (non aveva altri desideri o altri pensieri): proibiva i rapporti extraconiugali. Era quindi un Dio abbastanza buffo, ma non dobbiamo per questo ridere di Alice. Dei dieci comandamenti trasmessi da Mosè all'umanità, ce n'erano ben nove che nella sua anima non correvano alcun pericolo, perché Alice non aveva nessuna voglia né di ammazzare, né di disonorare il padre, né di desiderare la donna d'altri; un solo comandamento era da lei sentito come *non ovvio*, e quindi come qualcosa di veramente difficile e impegnativo: si trattava del famoso sesto comandamento *non fornicare*. Se lei voleva in qualche modo concretizzare, mostrare e dimostrare la propria fede religiosa, doveva concentrarsi appunto su quest'unico comandamento e trasformare in tal modo quel Dio vago, indefinito e astratto in un Dio perfettamente definito, comprensibile e concreto: il *Dio della continenza*.

Ma, scusate, dov'è che inizia realmente la fornicazione? Ogni donna ne stabilisce i confini con criteri del tutto misteriosi. Alice permetteva abbastanza di buon grado a Eduard di baciarla, e dopo innumerevoli tentativi aveva anche acconsentito a farsi carezzare il seno, ma a metà del proprio corpo, diciamo all'altezza dell'ombelico, aveva tracciato una linea rigorosa e intransigente, al di sotto della quale si stendeva la terra dei sacri divieti, la terra delle proibizioni di Mosè e dell'ira del Signore.

Eduard cominciò a leggere la Bibbia e a studiare i testi teologici fondamentali; aveva deciso di affrontare Alice con le sue stesse armi.

« Alice cara, » le disse poi « se amiamo Dio, non esistono per noi proibizioni. Se noi desideriamo qualcosa, ciò avviene perché lui lo permette. Cristo voleva un'unica cosa: che noi ci lasciassimo guidare dall'amore ».

« Sì, » disse Alice « ma da un amore diverso da quello a cui pensi tu ».

« C'è un solo amore » disse Eduard.

« Ti farebbe comodo! » disse Alice. « Solo che Dio ha stabilito dei precisi comandamenti, e noi dobbiamo osservarli ».

« Sì, il Dio dell'Antico Testamento, » disse Eduard « non certo il Dio dei cristiani ».

« Come sarebbe? Esiste un solo Dio » ribatté Alice.

« Sì, » disse Eduard « solo che gli ebrei dell'Antico Testamento lo concepivano in un modo, e noi in un altro. Prima della venuta di Cristo, l'uomo doveva innanzitutto osservare un certo sistema di leggi e comandamenti divini. Ciò che avveniva dentro l'individuo non era così importante. Invece Cristo considerava tutti questi divieti e questi precetti come qualcosa di esteriore. Per lui la cosa più importante era ciò che avveniva dentro l'individuo. Se l'uomo si lascerà guidare dal fervore del suo animo di credente, tutto ciò che farà sarà buono e piacerà a Dio. È per questo che san Paolo disse: tutto è puro per i puri ».

« Bisogna vedere se tu sei uno di quei puri » disse Alice.

« E sant'Agostino » continuò Eduard « disse: Ama Dio e fa' ciò che vuoi! Capisci, Alice? Ama Dio e fa' ciò che vuoi! ».

« Ma ciò che vuoi tu non lo vorrò mai io » rispose Alice, ed Eduard capì che questa volta la sua offensiva teologica era totalmente fallita; disse perciò:

« Tu non mi ami ».

« Ma sì che ti amo » disse Alice con una tremenda genericità. « E proprio per questo non voglio che facciamo qualcosa che non dobbiamo fare ».

Come abbiamo già detto, furono settimane di tormenti. Un tormento reso ancora più acuto dal fatto che il desiderio che Eduard provava per Alice non era affatto solo il desiderio che un corpo prova per un altro corpo; anzi, quanto più veniva respinto dal corpo di Alice, tanto più Eduard diventava triste e nostalgico, e tanto più desiderava anche il suo cuore; ma né il corpo né il cuore di Alice volevano saperne nulla, entrambi ugualmente freddi, ugualmente chiusi in se stessi e soddisfatti della loro autarchia.

Quello che più irritava Eduard in Alice era proprio l'imperturbabile misuratezza del suo comportamento. Pur essendo in generale un giovane abbastanza posato, Eduard cominciò a desiderare qualche gesto estremo che riuscisse a scuotere Alice dalla sua imperturbabilità. E poiché era troppo rischioso provocarla con eccessi blasfemi o cinici (verso i quali era spinto dalla sua natura), fu costretto a scegliere eccessi che ne erano l'esatto contrario (e di conseguenza molto più faticosi), che derivassero dall'atteggiamento stesso di Alice, portandolo però a un grado tale da farle provare vergogna. Detto in maniera più comprensibile: Eduard cominciò a esagerare la propria religiosità. Non saltava neanche una visita in chiesa (il desiderio di Alice era più forte della paura dei fastidi) e lì si comportava con eccentrica umiltà: non perdeva un'occasione per inginocchiarsi, mentre Alice accanto a lui pregava e si faceva il segno della croce in piedi per paura di rompersi le calze.

Un giorno Eduard le rimproverò la tiepidezza della sua fede. Le ricordò le parole di Gesù: « Non chiunque mi dice: Signore, Signore, entrerà nel regno dei cieli ». Le rimproverò la sua fede formale, esteriore, superficiale. Le rimproverò la sua vita comoda. Le rimproverò di essere troppo soddisfatta di sé. Le rimproverò di non badare a nessuno all'infuori di se stessa.

E mentre le parlava in quel modo (Alice non era preparata al suo attacco e si difendeva debolmente), vide davanti a sé una croce; una vecchia croce di metallo, abbandonata, con un Cristo di latta arrugginito, all'angolo della strada. Con gesto teatrale tolse il braccio da sotto il braccio di Alice, si fermò e (come protesta contro il suo cuore indifferente e come annuncio della nuova offensiva) si fece il segno della croce con caparbia ostentazione. Ma non ebbe nemmeno il tempo di rendersi conto dell'effetto ottenuto su Alice, perché in quell'istante, sul lato opposto della strada, scorse la bidella. Lo stava guardando. Eduard capì di essere perduto.

5

Il suo sospetto fu confermato quando, due giorni dopo, la bidella lo fermò in corridoio e gli annunciò a voce ben alta che l'indomani alle dodici doveva presentarsi in direzione: « Abbiamo bisogno di parlarti, compagno ».

Eduard fu preso dall'angoscia. La sera si incontrò con Alice per passare, come sempre, una o due ore a girovagare per le strade, ma ormai aveva rinunciato al suo fervore religioso. Era abbattuto e desiderava confidare ad Alice ciò che gli era capitato; ma non ne aveva il coraggio, perché sapeva che, la mattina dopo, per salvare quel lavoro non amato (ma necessario), era disposto a tradire il Signore Iddio senza la minima esitazione. Preferì perciò non far parola dell'infausta convocazione, e così non ricevette nessun conforto. L'indomani entrò nell'ufficio della direttrice con la sensazione di essere totalmente solo.

Nella stanza c'erano ad attenderlo quattro giudici: la direttrice, la bidella, un collega di Eduard (piccolo e occhialuto) e un signore sconosciuto (con i capelli grigi) che gli altri chiamavano compagno ispettore. La direttrice invitò Eduard a sedersi e gli disse che era stato chiamato lì per una conversazione del tutto amichevole e confidenziale perché, diceva, erano tutti preoccupati del modo in cui Eduard si comportava fuori della scuola. Dicendo queste parole, guardò l'ispettore, e questi fece un cenno di assenso con il capo; la direttrice spostò poi lo sguardo sull'insegnante occhialuto, che l'aveva guardata con attenzione tutto il tempo e che ora, cogliendone l'occhiata, si ricollegò al suo discorso e parlò di come noi vogliamo educare una gioventù sana e senza pregiudizi, di come tutta la responsabilità di questa gioventù sia nostra, perché siamo noi (noi insegnanti) a servir loro da esempio; proprio per questo, disse, non possiamo tollerare tra le nostre mura i baciapile; sviluppò a lungo questa idea e alla fine dichiarò che il comportamento di Eduard era una vergogna per l'intero istituto.

Solo pochi minuti prima, Eduard era ancora convinto che avrebbe rinnegato quel suo Dio acquistato da poco, e avrebbe confessato che la visita in chiesa e il segno della croce in pubblico non erano che buffonate. Adesso, però, faccia a faccia all'improvviso con la situazione reale, sentì di non poterlo fare; di non poter dire a quelle quattro persone, così serie e appassionate, che stavano appassionandosi a un malinteso, a una sciocchezza; capiva che in tal modo si sarebbe preso involontariamente gioco di loro; e si rendeva anche conto che in quel momento tutti si aspettavano da lui solo scuse e giustificazioni, ed erano già pronti a rifiutarle; capì (di colpo, perché non c'era tempo per lunghe riflessioni) che in quel momento la cosa più importante era rimanere vicini alla verità, o meglio, vicini all'idea che essi se n'erano fatta; se voleva riuscire in qualche misura a correggere quell'idea, doveva in qualche misura andar loro incontro. Disse perciò:

« Compagni, posso essere sincero? ».

« Naturalmente » disse la direttrice. « È qui per questo ».

« E non vi arrabbierete? ».

« Su, parli! » disse la direttrice.

« Bene, allora ve lo confesso » disse Eduard. « Io credo davvero in Dio ».

Guardò i suoi giudici e gli sembrò che avessero tirato tutti un respiro di sollievo; solo la bidella lo assalì dicendo: « Compagno, nella nostra epoca? Nella nostra epoca? ».

Eduard continuò: « Lo sapevo che vi sareste arrabbiati se vi dicevo la verità. Ma io non so mentire. Non chiedetemi di ingannarvi ».

La direttrice disse (con dolcezza): « Nessuno vuole che lei menta. Fa bene a dire la verità. Mi dica soltanto, per cortesia, come può credere in Dio lei, un giovane! ».

« Oggi che andiamo sulla luna! » si arrabbiò l'insegnante.

« Non posso farci nulla » disse Eduard. « Io non voglio credere in Dio. Davvero. Non voglio ».

« Come sarebbe a dire che non vuole crederci, se invece ci crede? » si intromise (con un tono straordinariamente amabile) il signore dai capelli grigi.

« Non voglio credere, e credo » confessò di nuovo Eduard a bassa voce.

L'insegnante si mise a ridere: « Ma c'è una contraddizione! ».

« Compagni, è come dico io » disse Eduard. « So bene che la fede in Dio ci allontana dalla realtà. Dove andrebbe a finire il socialismo se tutti credessero che il mondo è nelle mani di Dio? Nessuno farebbe più nulla e tutti si rimetterebbero a Dio ».

« Proprio così » confermò la direttrice.

« Ancora nessuno ha mai dimostrato l'esistenza di Dio » dichiarò l'insegnante occhialuto.

Eduard continuò: « La storia dell'umanità si differenzia dalla sua preistoria per il fatto che gli uomini hanno preso essi stessi in mano il loro destino e non hanno bisogno di Dio ».

« La fede in Dio porta al fatalismo » disse la direttrice.

« La fede in Dio appartiene al Medioevo » disse Eduard, e poi la direttrice aggiunse ancora qualcosa, qualcosa la disse l'insegnante, ancora qualcosa Eduard e qualcos'altro l'ispettore, completandosi tutti in un'armonica concordia, fino a che l'insegnante occhialuto non sbottò, interrompendo Eduard:

« Ma allora perché ti fai il segno della croce in strada, se tutte queste cose le sai? ».

Eduard lo fissò con uno sguardo immensamente triste e disse: « Perché credo in Dio ».

« Ma c'è una contraddizione! » ripeté l'insegnante con gioia.

« Sì, » ammise Eduard « c'è. È la contraddizione tra la conoscenza e la fede. Io riconosco che la fede in Dio ci porta all'oscurantismo. Io riconosco che sarebbe meglio se non ci fosse. Ma se io qui dentro... » e col dito indicava il cuore « sento che c'è! Vi prego, compagni, vi sto dicendo le cose come stanno, è meglio che ve lo confessi, perché non voglio essere un ipocrita, io voglio che voi mi conosciate come sono realmente », e abbassò la testa.

L'insegnante non vedeva al di là del proprio naso; non sapeva che anche il più severo rivoluzionario considera la violenza solo come un male necessario, mentre il vero *bene* della rivoluzione è costituito per lui dalla rieducazione. Lui stesso, che si era convertito al credo rivoluzionario nel giro di una notte, non godeva di troppa stima da parte della direttrice, e non immaginava che in quel momento Eduard, che si era messo a disposizione dei propri giudici come oggetto di rieducazione difficile ma malleabile, valeva mille volte più di lui. E non immaginandoselo, assalì brutalmente Eduard affermando che le persone come lui, che non sanno separarsi dalla fede medioevale, appartengono al Medioevo e devono abbandonare la scuola di oggi.

La direttrice lo lasciò finire e poi pronunciò il proprio ammonimento: « Non mi piace che si taglino le teste. Il compagno è stato sincero e ci ha detto le cose come stanno. Dobbiamo saperlo apprezzare ». Si rivolse poi a Eduard: « Naturalmente, i compagni hanno ragione quando affermano che i baciapile non possono educare la nostra gioventù. Dica allora lei stesso cosa propone ».

« Non lo so, compagni » disse Eduard con aria infelice.

« Io la penso così » disse l'ispettore. « La lotta tra il vecchio e il nuovo non ha luogo solo tra le classi, ma anche dentro ogni singolo individuo. A una lotta simile assistiamo anche nel compagno qui davanti. Egli con la ragione sa, ma il sentimento lo trascina indietro. In questa lotta, è vostro compito cercare di aiutarlo affinché la sua ragione vinca ».

La direttrice annuì. E aggiunse: « Me ne occuperò io stessa ».

6

Eduard aveva quindi evitato il pericolo più immediato; il destino della sua esistenza di insegnante si trovava esclusivamente nelle mani della direttrice, cosa di cui prese atto con una certa soddisfazione: si ricordò infatti della vecchia osservazione del fratello che la direttrice aveva sempre avuto un debole per i ragazzini e, con tutta l'instabilità della sua sicurezza giovanile (ora avvilita, ora esagerata), decise di vincere l'incontro insinuandosi nelle grazie della sua dominatrice proprio come uomo.

Quando, come convenuto, qualche giorno dopo andò a farle visita in direzione, cercò di assumere un tono leggero e approfittò di ogni occasione per infilare nelle sue parole osservazioni più familiari, leggere adulazioni, o per sottolineare con discreta ambiguità la propria situazione di uomo in mano a una donna. Ma non gli fu concesso di stabilirc il tono della conversazione. La direttrice gli parlava con gentilezza, ma in modo molto riservato; gli chiese quali fossero le sue letture, elencò i titoli di alcuni libri e gli consigliò di leggerli, volendo evidentemente inaugurare un lavoro a lungo termine sulla sua mente. Il loro breve incontro terminò con un invito ad andare a trovarla a casa.

Grazie alla riservatezza della direttrice, la sicurezza di Eduard si sgonfiò nuovamente, per cui egli entrò nell'appartamentino di lei con umiltà e senza alcun intento di imporsi ricorrendo al suo fascino maschile. Lei lo fece sedere in poltrona e assunse un tono molto amichevole; gli chiese cosa potesse offrirgli: un caffè? Lui disse di no. Allora qualcosa di alcolico? Fu quasi in imbarazzo: « Se ha un cognac... » disse, subito temendo di averla sparata grossa. Ma la direttrice disse gentilmente: « No, di cognac non ne ho, ho solo un po' di vino », e portò una bottiglia semivuota che servì appena a riempire due bicchieri.

Poi disse che Eduard non doveva guardarla come un'inquisitrice; perché ognuno ha tutto il diritto di professare nella propria vita la fede che reputa giusta. Certo (aggiunse immediatamente) tutt'altra cosa è se poi costui sia o non sia adatto a fare l'insegnante; per questo, diceva, avevano dovuto (benché a malincuore) convocare Eduard per scambiare quattro chiacchiere con lui, ed erano stati (almeno lei e l'ispettore) molto soddisfatti di come Eduard aveva parlato loro apertamente e senza negare nulla. Disse poi che aveva parlato ancora molto a lungo di Eduard con l'ispettore, e che avevano deciso che dopo sei mesi l'avrebbero nuovamente chiamato per una conversazione; fino ad allora la direttrice con la sua influenza avrebbe dovuto essergli d'aiuto nella sua evoluzione. E aveva nuovamente sottolineato il fatto che lei voleva solo *aiutarlo amichevolmente*, che lei non era né un inquisitore né un poliziotto. Ricordò poi l'insegnante che aveva assalito Eduard così aspramente, e disse: « Anche lui è nei pasticci, e sarebbe prontissimo a mandare la gente al rogo. E poi la bidella continua a dire in giro che lei è un insolente e che insiste a fare ostinatamente di testa sua. Non si riesce a dissuaderla dall'idea che lei dovrebbe essere cacciato dalla scuola. Io, naturalmente, non sono d'accordo con la bidella, ma non si può nemmeno meravigliarsi troppo di lei. Neanch'io sarei contenta se l'insegnante dei miei figli fosse uno che si fa il segno della croce per strada ».

In questo modo la direttrice aveva presentato a Eduard, in un unico fiotto di frasi, le seducenti possibilità della sua misericordia, ma anche le minacciose possibilità del suo rigore, e per dimostrare che il loro incontro era davvero amichevole passò poi ad altri temi: parlò dei libri, condusse Eduard davanti alla libreria, si sciolse tutta parlando dell'*Anima incantata* di Rolland, e si arrabbiò con lui perché non l'aveva letto. Gli chiese poi come si trovasse realmente lì a scuola e, dopo la sua risposta di cortesia, si mise a parlare a lungo: disse che era grata al destino per il suo lavoro, che lavorare nella scuola le piaceva perché, educando i bambini, era in continuo e concreto contatto col futuro; e che soltanto il futuro alla fine avrebbe potuto giustificare tutta la sofferenza che, diceva (« sì, dobbiamo riconoscerlo »), vediamo dappertutto. « Se non sapessi di vivere per qualcosa che supera la mia semplice vita, penso che non potrei vivere ».

All'improvviso, quelle parole suonarono molto sincere e non era chiaro se la direttrice volesse confessarsi o dare l'avvio all'attesa polemica ideologica sul senso della vita; Eduard decise che era meglio intenderle nel loro carattere intimo e chiese perciò, con voce bassa e discreta:

« E la sua vita, in sé? ».

« La mia vita? » ripeté lei.

« Sì, la sua vita. Non potrebbe darle soddisfazioni? ».

Sul viso della direttrice apparve un sorriso amaro e in quell'istante a Eduard quasi dispiacque per lei. Era di un'orripilanza commovente: i capelli neri le ombreggiavano il lungo viso ossuto, e i neri peli sotto al naso acquistavano l'espressività di un paio di baffetti. Eduard si immaginò di colpo tutto il dolore della sua vita; notò i suoi tratti zingareschi che ne tradivano la passionalità, e la sua bruttezza che tradiva invece l'impossibilità di vivere quella passionalità; se la immaginò appassionatamente trasformata nella statua vivente del dolore per la morte di Stalin, se la immaginò appassionatamente seduta in centinaia di migliaia di riunioni, appassionatamente in lotta contro il povero Gesù, e capì che quelli non erano che i tristi canali sostitutivi del suo desiderio che non poteva scorrere là dove voleva. Eduard era giovane e la sua pietà non era ancora logora. Guardò la direttrice con comprensione. Lei, invece, come se si vergognasse per quell'istante di involontario silenzio, donò alla sua voce un tono disinvolto e continuò:

« Non è qui la questione, Eduard. L'uomo non vive solo per se stesso. C'è sempre qualcosa per cui vivere ». Lo guardò ancora più profondamente negli occhi: « E il problema è proprio questo qualcosa. Per qualcosa di reale o per qualcosa di immaginario? Dio rappresenta una bella invenzione. Mentre l'avvenire della gente, Eduard, rappresenta la realtà. Per questa causa io ho vissuto, a questa causa ho sacrificato tutto ».

Anche queste frasi le aveva dette con una tale partecipazione che Eduard non cessò di provare per lei quell'improvvisa comprensione umana risvegliatasi in lui un istante prima; gli parve sciocco mentire apertamente al suo prossimo, e gli sembrò che l'intimità raggiunta dal loro dialogo gli offrisse l'occasione di abbandonare finalmente quell'ignobile (e del resto anche faticoso) gioco al credente:

« Ma io sono completamente d'accordo con lei, » la rassicurò in fretta « anch'io do la precedenza alla realtà. Non prenda tanto sul serio questa mia fede religiosa ».

Si rese subito conto che non bisogna mai lasciarsi andare a questi avventati attacchi di sentimentalismo. La direttrice lo guardò stupita e disse con tono molto freddo: « Non finga. La sua sincerità mi è piaciuta. Non si trasformi, adesso, nella persona che non è ».

No, a Eduard non era permesso spogliarsi del costume da religioso che un giorno aveva indossato; vi si rassegnò velocemente e cercò di rimediare alla cattiva impressione data: « Ma no, io non volevo rinunciare alle mie responsabilità. Certo, io credo in Dio, non potrei mai negarlo. Io volevo solo dire che credo ugualmente nell'avvenire dell'umanità, nel progresso e in tutte queste cose. Perché, se non ci credessi, che scopo avrebbe tutta la mia attività di insegnante, che scopo avrebbe che vengano al mondo i bambini, che scopo avrebbe tutta la nostra vita? Io pensavo appunto che anche Dio vuole che la società progredisca e migliori. Pensavo appunto che l'uomo può credere sia in Dio sia nel comunismo, che è possibile unire le due cose ».

« No, » rise la direttrice con materno autoritarismo « sono due cose che non si possono unire ».

« Lo so » disse Eduard con tristezza. « Non se la prenda con me ».

« Non me la prendo. Lei è ancora giovane e difende con caparbietà quello in cui crede. Nessuno la può capire quanto me. Perché anch'io sono stata giovane allo stesso modo. Io so che cos'è la giovinezza. E mi piace la giovinezza che è in lei. Lei mi è simpatico ».

Si era arrivati finalmente al punto. Non un attimo prima e non un attimo dopo, ma proprio adesso, precisamente al momento giusto. (Non era stato lui a stabilire il momento, verrebbe più da dire che quel momento aveva semplicemente approfittato di lui per realizzarsi). Quando la direttrice disse che Eduard le era simpatico, questi rispose, senza calcare troppo le parole:

« Anche lei mi è simpatica ».

« Davvero? ».

« Davvero ».

« La prego. Io, una donna vecchia... » obiettò la direttrice.

« Non è vero » fu costretto a dire Eduard.

« Ma sì » disse la direttrice.

« Lei non è affatto vecchia, è un'assurdità » fu costretto a dire lui con estrema risolutezza.

« Crede? ».

« Si dà il caso che lei mi piaccia molto ».

« Non dica bugie. Lo sa che non deve dire bugie ».

« Non dico bugie. Lei è bella ».

« Bella? » disse la direttrice con aria incredula.

« Sì, bella » disse Eduard, e avendo paura della palese inattendibilità della propria affermazione, si affrettò a cercare argomenti a sostegno: « Le brune come lei mi piacciono da impazzire! ».

« Le piacciono le brune? » chiese la direttrice.

« Da impazzire » disse Eduard.

« E perché, da quando è a scuola, non si è mai fatto vedere da me? Avevo l'impressione che cercasse di evitarmi ».

« Mi vergognavo » disse Eduard. « Tutti avrebbero detto che facevo il leccapiedi. Nessuno avrebbe creduto che venivo a trovarla solo perché lei mi piace ».

« Adesso però non deve vergognarsi » disse la direttrice. « Adesso è stato *stabilito* che lei deve incontrarmi di tanto in tanto ».

Lo guardava negli occhi con le sue grandi iridi brune (dobbiamo riconoscere che, prese in sé, erano belle) e, al momento dei saluti, gli fece una leggera carezza sulla mano, per cui quel folle se ne andò via con un'esaltante sensazione di vittoria.

7

Eduard era convinto che quella spiacevole faccenda fosse ormai decisa a suo vantaggio, e la domenica successiva accompagnò Alice in chiesa con sfrontata disinvoltura; non solo, ma vi andò di nuovo pienamente sicuro di sé, perché (sebbene ciò desti in noi un sorriso di compassione) nei suoi ricordi tutta la visita alla direttrice era sentita come una prova lampante del suo fascino maschile.

Del resto, proprio quella domenica in chiesa si accorse che Alice era un po' diversa: appena si erano visti, lo aveva preso subito a braccetto ed era rimasta così anche in chiesa; mentre le altre volte si comportava con modestia e discrezione, adesso invece continuava a guardarsi intorno e salutò con un sorridente cenno del capo almeno una decina di conoscenti.

Era strano ed Eduard non ci si raccapezzava.

Due giorni dopo, mentre passeggiavano insieme per le strade buie, Eduard constatò sbalordito che i suoi baci, un tempo così spiacevolmente banali, si erano fatti umidi, caldi, appassionati. In un attimo di sosta sotto un lampione, si accorse che lo fissavano due occhi innamorati.

« Tanto perché tu lo sappia, ti amo » gli disse Alice di punto in bianco, coprendogli immediatamente la bocca con la mano. « No, no, non dire nulla, mi vergogno, non voglio sentir nulla ».

E proseguirono ancora per un pezzetto, e si rifermarono, e Alice disse: « Adesso capisco tutto. Adesso capisco perché mi rimproveravi di essere troppo comoda nella mia fede ».

Eduard invece non capiva nulla, e di conseguenza non apriva bocca; dopo che ebbero proseguito ancora per un pezzetto, Alice disse: « E tu non mi hai detto nulla! Perché non mi hai detto nulla? ».

« E cosa avrei dovuto dirti? » chiese Eduard.

« Sì, tu sei fatto così » disse Alice con tranquillo entusiasmo. « Gli altri si sarebbero dati delle arie, e tu invece taci. Ma è proprio per questo che ti amo ».

Eduard cominciò a intuire a cosa si stesse riferendo, ma domandò ugualmente: « Di che parli? ».

« Di quello che ti è successo ».

« E da chi l'hai saputo? ».

« Ma scusa! Lo sanno tutti. Ti hanno convocato, ti hanno minacciato e tu ti sei preso apertamente gioco di loro. Non hai negato nulla. Ti ammirano tutti ».

« Ma io non avevo detto niente a nessuno ».

« Non essere ingenuo! Una cosa del genere gira. Non è certo una sciocchezza. Dove lo trovi, oggi, uno con un po' di coraggio? ».

Eduard sapeva che in una piccola città ogni avvenimento si trasforma in leggenda, ma non immaginava che anche le sue storie insignificanti, di cui non aveva mai sopravvalutato l'importanza, possedessero tale capacità di mutarsi in leggenda; non si era reso sufficientemente conto di quanto la sua storia tornasse utile ai suoi connazionali i quali, com'è noto, hanno un debole non tanto per gli eroi *drammatici* (quelli che lottano e vincono), quanto invece proprio per i *martiri,* perché questi li confermano con tranquillità nella loro dolce inerzia, rassicurandoli del fatto che la vita offre solo due alternative: o la rovina finale o l'ubbidienza. Nessuno dubitava del fatto che per Eduard si prospettasse la rovina, e tutti avevano trasmesso la notizia con ammirazione e con un certo piacere, fino al momento in cui Eduard, grazie ad Alice, non si era trovato davanti alla splendida immagine della propria crocifissione. Prese la cosa con sangue freddo e disse:

« Ma è naturale che non abbia negato nulla. Chiunque avrebbe agito allo stesso modo ».

« Chiunque? » sbottò Alice. « Guarda intorno a te il comportamento di tutti! Come sono vigliacchi! Rinnegherebbero la propria madre! ».

Eduard taceva e taceva anche Alice. Camminavano tenendosi per mano. Poi Alice disse sottovoce: « Per te farei tutto ».

Non aveva mai detto a Eduard una frase simile; una frase simile rappresentava un regalo inatteso. Certo, Eduard sapeva bene che si trattava di un regalo immeritato, ma si disse che, se il destino gli rifiutava i regali meritati, lui aveva tutto il diritto di tenersi quelli immeritati, per cui disse:

« Nessuno può più far nulla per me ».

« In che senso? » disse Alice piano.

« Mi sbatteranno fuori dalla scuola e quelli che oggi parlano di me come di un eroe non muoveranno un dito per aiutarmi. Ho un'unica certezza. Che rimarrò totalmente solo ».

« Non resterai solo » fece Alice scuotendo il capo.

« E invece sì » disse Eduard.

« Non resterai solo! » gridò quasi Alice.

« Tutti mi abbandoneranno ».

« Io non ti abbandonerò mai » disse Alice.

« Mi abbandonerai » disse Eduard con tristezza.

« Non ti abbandonerò » disse Alice.

« No, Alice, » disse Eduard « tu non mi ami. Tu non mi hai mai amato ».

« Non è vero » disse Alice sottovoce, ed Eduard si accorse con soddisfazione che aveva gli occhi umidi.

« È così, Alice, queste cose si sentono. Tu sei sempre stata molto fredda con me. Non è questo il modo in cui si comporta una donna innamorata. Io lo so bene. E adesso hai pietà di me, perché sai che mi vogliono distruggere. Ma non mi ami, e io non voglio che tu cerchi di convincerti del contrario ».

Continuarono a camminare in silenzio e tenendosi per mano. Alice piangeva sommessamente, ma all'improvviso si fermò e disse singhiozzando: « No, non è vero, non puoi crederlo, non è vero ».

« E invece sì » disse Eduard, e dato che Alice non smetteva di piangere, le propose di andare insieme in campagna il sabato successivo. Nella bella vallata accanto al fiume c'era la casetta del fratello dove avrebbero potuto star soli.

Alice, col viso bagnato dalle lacrime, annuì in silenzio.

8

Questo accadeva il martedì, e quando giovedì Eduard fu nuovamente invitato nell'appartamento della direttrice, vi entrò con allegra sicurezza, non dubitando affatto che, col proprio fascino, avrebbe definitivamente trasformato la questione della chiesa in una semplice nuvoletta di fumo, in un semplice nulla. Ma vanno così le cose della vita: uno pensa di recitare la sua parte in uno spettacolo, e nemmeno si immagina che sul palcoscenico nel frattempo, di soppiatto, hanno cambiato lo scenario, e senza saperlo si ritrova nel bel mezzo di uno spettacolo completamente diverso.

Era di nuovo seduto in poltrona di fronte alla direttrice; tra loro c'era un tavolino sul quale era posata una bottiglia di cognac con accanto, di qua e di là, due bicchierini. E proprio quella bottiglia di cognac era il nuovo elemento scenico dal quale un uomo perspicace e d'animo tranquillo avrebbe dovuto intuire che ormai non era più in questione la faccenda della chiesa.

Ma l'innocente Eduard era a tal punto pieno di sé che all'inizio non si accorse di nulla. Partecipò molto allegramente alla conversazione preliminare (dal contenuto vago e generico), bevve il bicchierino offertogli e si annoiò molto candidamente. Dopo mezz'ora o un'ora, la direttrice passò con discrezione ad argomenti più personali; si mise a parlare di sé, e dalle sue parole doveva sorgere davanti a Eduard la donna che lei voleva apparire: una giudiziosa signora di mezza età, non troppo felice, ma dignitosamente soddisfatta del suo destino, una donna che non rimpiange nulla e che si fa addirittura un vanto di non essere sposata, perché solo in questo modo può pienamente assaporare il gusto maturo della propria indipendenza e la gioia dell'intimità offertale dal suo bell'appartamento dove si sente a suo agio e dove forse anche Eduard non si trova male.

« No, è bello qui » disse Eduard, e lo disse con sgomento perché proprio nello stesso istante quel posto aveva smesso di apparirgli bello. La bottiglia di cognac (che aveva chiesto avventatamente durante il loro ultimo incontro e che adesso era accorsa sul tavolo con così minacciosa compiacenza), le quattro pareti dell'appartamentino (tutt'intorno a uno spazio che pareva diventare sempre più stretto, sempre più chiuso), il monologo della direttrice (che si restringeva ad argomenti sempre più personali), lo sguardo di lei (pericolosamente fisso), tutto ciò fece sì che il *cambiamento di spettacolo* cominciasse alla fine a divenirgli chiaro; capì di essersi messo in una situazione dallo sviluppo irrevocabilmente prestabilito; si rese conto che ciò che minacciava la sua esistenza a scuola non era l'avversione della direttrice nei suoi confronti, ma il suo esatto contrario: la propria avversione fisica verso quella donna magra dalla leggera peluria sotto il naso e che lo incoraggiava a bere. L'angoscia gli strinse la gola.

Obbedì alla direttrice e bevve, ma la sua angoscia era adesso così forte che l'alcol non aveva alcun effetto su di lui. In compenso, dopo un paio di bicchierini la direttrice aveva del tutto oltrepassato l'abituale sobrietà, e le sue parole assumevano un'esaltazione quasi minacciosa. « Un'unica cosa le invidio » diceva. « Il fatto che lei è giovane. Lei non può ancora sapere cosa sia la disillusione, il disinganno. Lei vede ancora il mondo pieno di speranza e di bellezza ».

Si sporse sul tavolino verso Eduard e in un silenzio malinconico (con un sorriso spasmodicamente rigido) gli piantò addosso i suoi occhi terribilmente grandi, mentre lui si ripeteva che se non fosse riuscito a diventare un po' brillo, la serata sarebbe finita per lui con grande vergogna; si versò perciò un altro bicchierino di cognac e lo trangugiò rapidamente.

Intanto la direttrice continuava: « Ma io voglio vederlo così! Così come lo vede lei! ». Si alzò dalla poltrona, gonfiò il torace e disse: « Non sono mica una donna noiosa! Vero? » e, aggirato il tavolino, prese la mano di Eduard: « Vero? ».

« Sì » disse Eduard.

« Venga, balliamo » disse, gli lasciò la mano e si lanciò verso la manopola della radio, ruotandola fino a che non trovò un ballabile. Poi si piantò sorridendo davanti a Eduard.

Eduard si alzò, prese la direttrice e cominciò a condurla per la stanza al ritmo della musica. Di tanto in tanto la direttrice gli posava teneramente la testa sulla spalla, poi la sollevava bruscamente per guardarlo negli occhi, e dopo un po' si mise a canticchiare a mezza voce la melodia della radio.

Eduard si sentiva così a disagio che più volte smise di ballare per bere qualcosa. Non c'era nulla che desiderasse quanto porre fine alla pena di quell'interminabile strascinamento di suole, ma al tempo stesso non c'era nulla che temesse di più, perché la tortura di ciò che ne sarebbe seguito gli pareva ancor più insopportabile. Continuò perciò a guidare per la stretta stanza la signora che non la smetteva di canticchiare, e intanto seguiva costantemente (e con angoscia) il desiderato effetto dell'alcol su di sé. Quando alla fine gli sembrò di avere la mente abbastanza ottenebrata dall'alcol, con la mano destra strinse la direttrice al proprio corpo e le posò la mano sinistra sul seno.

Sì, aveva fatto proprio ciò di cui aveva avuto terrore per l'intera serata; avrebbe dato non so cosa per non doverlo fare, e se quindi l'aveva fatto, credetemi, era stato solo perché davvero *aveva dovuto* farlo: la situazione in cui si era messo fin dall'inizio della serata era infatti così autoritaria che, se era ancora possibile rallentare il corso degli eventi, non era affatto possibile fermarlo, e se Eduard aveva posato la mano sul seno della direttrice, non aveva fatto altro che ubbidire all'ordine di una necessità ineluttabile.

Le conseguenze del suo gesto superarono però ogni aspettativa. Come per effetto di una formula magica, la direttrice cominciò a contorcerglisi tra le braccia e incollò immediatamente sulla bocca di Eduard il suo peloso labbro superiore. Poi lo gettò sul divano e tra ansiti e contorsioni selvagge gli morse le labbra e la punta della lingua, il che procurò a Eduard un forte dolore. Poi gli si divincolò dalle braccia, disse « Aspetta! » e corse in bagno.

Eduard si toccò la lingua con un dito e si accorse che sanguinava leggermente. Quel morso gli aveva fatto così male che l'ubriachezza faticosamente raggiunta svanì e l'angoscia gli serrò nuovamente la gola al pensiero di ciò che l'attendeva. Dal bagno si udiva il forte gorgogliare e scorrer via dell'acqua. Prese in mano la bottiglia del cognac, l'avvicinò alla bocca e bevve a lungo.

Ma la direttrice era già comparsa sulla porta con indosso una camicia da notte di nylon trasparente (con un fitto ricamo sul seno) e si dirigeva lentamente verso Eduard. Lo abbracciò. Si allontanò poi di un passo e disse, con tono di rimprovero: « Perché sei vestito? ».

Eduard si tolse la giacca e, guardando la direttrice (che teneva fissi su di lui i suoi grandi occhi), riusciva a pensare solo al fatto che, molto probabilmente, il suo corpo avrebbe sabotato gli sforzi della sua volontà. Volendo quindi in qualche modo risvegliare il proprio corpo, disse con voce incerta: « Si spogli completamente ».

Con un brusco movimento, appassionatamente docile, la direttrice si tolse la camicia da notte, mettendo a nudo una bianca figura sottile al cui centro un ciuffo nero spiccava in malinconico abbandono. Gli si avvicinò lentamente ed Eduard si convinse con terrore di un fatto del resto già noto: il suo corpo era completamente bloccato dall'angoscia.

Signori, so bene che nel corso degli anni vi siete abituati alla saltuaria disubbidienza del vostro corpo e ciò non vi turba più. Cercate però di capire, Eduard a quel tempo era giovane! Il sabotaggio del suo corpo lo gettava ogni volta in un incredibile panico e lui lo viveva come un'irrimediabile vergogna, sia che avesse per testimone un bel viso o un viso così orripilante e comico come quello della direttrice. Ma la direttrice era ormai a un passo ed Eduard, spaventato e non sapendo che fare, disse all'improvviso, senza nemmeno sapere come (era più frutto dell'ispirazione che di qualche subdolo ragionamento): « No, no, Dio santo, no! No, è peccato, sarebbe peccato! », e fece un salto da una parte.

La direttrice gli si avvicinò ancora di più, borbottando a voce bassa: « Ma quale peccato! Non c'è nessun peccato! ».

Eduard si ritrasse dietro il tavolino tondo dove sedevano un attimo prima: « No, non posso farlo, non posso! ».

La direttrice spostò la poltrona che le ostruiva il cammino e proseguì verso Eduard, senza distogliere da lui i suoi grandi occhi neri: « Non c'è nessun peccato! Non c'è nessun peccato! ».

Eduard girò attorno al tavolino, e dietro non c'era ormai che il divano; la direttrice era a un solo passo da lui. Ora non aveva davvero più scampo, e fu forse proprio la disperazione, in quell'istante senza via d'uscita, a suggerirgli all'improvviso di ordinarle: « Inginocchiati! ».

Lei lo guardò senza capire, ma quando lui ripeté nuovamente, con voce ferma (benché disperata): « Inginocchiati! », lei cadde appassionatamente in ginocchio davanti a lui e gli abbracciò le gambe.

« Via quelle mani! » la sgridò. « Congiungile! ».

Lei lo guardò di nuovo senza capire.

« Congiungile! Non hai sentito? ».

Lei congiunse le mani.

« Prega! » le ordinò.

Aveva le mani giunte e lo guardava devotamente.

« Prega Dio perché ci perdoni! » le sibilò.

Aveva le mani giunte e lo fissava con i suoi grandi occhi, ed Eduard non solo era riuscito a procurarsi un vantaggioso rinvio ma, guardandola dall'alto, cominciava a perdere l'angosciosa sensazione di essere una semplice preda e a riacquistare sicurezza. Si allontanò di un passo per poterla guardare tutta, e le ordinò nuovamente: « Prega! ».

E poiché lei continuava a tacere, gridò: « E a voce alta! ».

E davvero quella signora nuda, magra, inginocchiata, cominciò a recitare: « Padre nostro che sei nei cieli, sia santificato il tuo nome, venga il tuo regno... ».

Pronunciando le parole della preghiera levava gli occhi su Eduard come se Eduard fosse stato Dio. Lui la osservava con godimento sempre maggiore: gli stava davanti la direttrice in ginocchio, umiliata da un subalterno; gli stava davanti una rivoluzionaria nuda, umiliata dalla preghiera; gli stava davanti una signora che pregava, umiliata dalla nudità.

Quella triplice immagine di umiliazione lo inebriò e all'improvviso avvenne qualcosa di inaspettato: il suo corpo rinunciò alla propria resistenza passiva; Eduard era eccitato!

Nell'istante in cui la direttrice diceva « e non indurci in tentazione », Eduard si tolse velocemente tutti i vestiti. Alla parola « Amen », la sollevò impetuosamente da terra e la trascinò sul divano.

9

Ciò avvenne il giovedì, e il sabato Eduard andò con Alice in campagna dal fratello. Questi li accolse con affetto e prestò loro la chiave della non lontana casetta.

I due innamorati partirono e passarono l'intero pomeriggio a vagabondare per boschi e prati. Si baciarono ed Eduard poté constatare, con soddisfazione delle sue mani, che la linea immaginaria tracciata all'altezza dell'ombelico per dividere la sfera dell'innocenza da quella della fornicazione aveva cessato di valere. In un primo momento voleva sottolineare con le parole quell'avvenimento tanto lungamente atteso, ma poi ebbe paura e capì che era meglio tacere.

A quel che sembra, aveva giudicato bene; l'improvviso mutamento di Alice era infatti avvenuto senza alcun rapporto con la sua plurisettimanale opera di convincimento, senza rapporto con tutte le sue argomentazioni, senza rapporto con alcuna considerazione *logica*; al contrario, esso si basava esclusivamente sulla notizia del martirio di Eduard, quindi su un *errore*, ed era derivato da quell'errore in maniera anch'essa del tutto *illogica*; infatti, consideriamo bene le cose: perché mai la fedeltà da martire che Eduard dimostrava nei confronti della fede avrebbe dovuto avere adesso come conseguenza l'infedeltà di Alice alla legge divina? Dal momento che Eduard non aveva tradito Dio davanti alla commissione d'inchiesta, perché mai lei adesso avrebbe dovuto tradirlo davanti a Eduard?

In una situazione simile, ogni considerazione espressa ad alta voce avrebbe potuto smascherare senza volerlo l'illogicità dell'atteggiamento di Alice. Per questo Eduard accortamente tacque, cosa che del resto non fu neanche notata, dal momento che Alice già parlava a sufficienza, era allegra e nulla indicava che il cambiamento avvenuto nella sua anima fosse stato drammatico o doloroso.

Quando cominciò a imbrunire, andarono nella casetta del fratello, accesero la luce, prepararono il letto, si baciarono, dopo di che Alice chiese a Eduard di spegnere. Attraverso la finestra penetrava però ancora il chiarore delle stelle, per cui Alice pregò Eduard di chiudere anche gli scuri. Nel buio più completo, Alice si spogliò e gli si concesse.

Da molte settimane Eduard sognava questi momenti, e stranamente, adesso che erano giunti, non aveva affatto la sensazione che fossero tanto importanti quanto faceva pensare la durata dell'attesa; gli sembravano così facili e naturali che, durante l'atto sessuale, era quasi distratto e cercava inutilmente di allontanare i pensieri che gli attraversavano la testa: gli tornarono alla mente le lunghe e inutili settimane in cui Alice lo aveva tormentato con la sua freddezza, gli tornarono alla mente tutte le tribolazioni che lei gli aveva procurato a scuola, sicché al posto della riconoscenza perché lei gli si concedeva, cominciò a provare del rancore e una sorta di desiderio di vendetta. Era indispettito dalla leggerezza e dalla mancanza di tormenti con cui adesso Alice tradiva quel suo Dio della continenza che un tempo aveva adorato con tanto fanatismo; era indispettito dall'idea che nulla riuscisse a strapparla da quel suo equilibrio: nessun desiderio, nessun avvenimento, nessun cambiamento; era indispettito da quel suo modo di vivere ogni cosa senza lacerazioni, fiduciosa in se stessa, con facilità. E dominato ormai totalmente dal dispetto, cercò di fare l'amore con violenza e rabbia, per strapparle un grido, un gemito, una parola, un lamento, ma non vi riuscì. La ragazza era silenziosa e, nonostante tutti i suoi tentativi, il loro rapporto finì in silenzio e senza nulla di drammatico.

Lei poi gli si rannicchiò contro il petto e si addormentò velocemente, Eduard invece restò a lungo sveglio e si accorse di non provare nessunissima gioia. Cercò di immaginarsi Alice (non il suo aspetto fisico ma, se possibile, il suo essere nella sua totalità) e all'improvviso gli venne da pensare che la vedeva *sbiadita*.

Soffermiamoci su questa parola: così come Eduard l'aveva vista fino ad allora, Alice, pur con tutta la sua ingenuità, era un essere saldo e chiaro: la bella semplicità del suo aspetto esteriore sembrava corrispondere alla candida semplicità della sua fede, e la semplicità del suo destino sembrava essere la motivazione del suo atteggiamento. Fino ad allora Eduard l'aveva vista monolitica e compatta; aveva potuto ridere di lei, aveva potuto maledirla, aveva potuto circuirla con le sue astuzie, ma aveva dovuto (suo malgrado) rispettarla.

Adesso, però, la trappola non premeditata della falsa notizia aveva sconvolto la compattezza del suo essere e ad Eduard sembrò che le idee di Alice non fossero in realtà che qualcosa di *incollato* al suo destino, e che il suo destino non fosse che qualcosa di incollato al suo corpo, la vide come la mescolanza fortuita di un corpo, di idee e di una biografia, una mescolanza inorganica, arbitraria e labile. Cercò di immaginarsi Alice (lei respirava profondamente sulla sua spalla) e vedeva il suo corpo da una parte e le sue idee dall'altra: quel corpo gli piaceva, quelle idee gli sembravano ridicole, e a metterli insieme non ne veniva fuori alcun essere; la vedeva come una linea tracciata sulla carta assorbente: senza contorni, senza forma.

Quel corpo gli piaceva davvero. Quando al mattino Alice si alzò, la obbligò a restare nuda, e lei, sebbene ancora la sera prima avesse insistito testardamente per chiudere gli scuri, perché le dava fastidio anche il pallido chiarore delle stelle, adesso aveva del tutto dimenticato il suo pudore. Eduard la osservava (lei saltellava allegra cercando il sacchetto del tè e i biscotti per la colazione) e Alice, quando si voltò un istante a guardarlo, lo trovò pensieroso. Gli chiese cosa avesse. Eduard le rispose che dopo la colazione doveva fare un salto dal fratello.

Il fratello gli domandò come si trovava a scuola. Eduard disse che nell'insieme andava bene, e il fratello disse: « La Čecháčková è una carogna, ma io l'ho perdonata già da tempo. L'ho perdonata perché non sapeva quello che faceva. Voleva farmi del male, e invece mi ha aiutato a costruirmi una vita bella. Come contadino guadagno di più e il rapporto con la natura mi difende dallo scetticismo cui sono soggetti gli abitanti della città ».

« Anche a me, in effetti, quella tardona ha portato fortuna » disse Eduard sovrappensiero, e raccontò al fratello di come si era innamorato di Alice, di come aveva finto di credere in Dio, del processo che gli avevano fatto, di come la Čecháčková avesse voluto rieducarlo e di Alice che alla fine gli si era concessa come a un martire. Tralasciò di parlare solo di come aveva costretto la direttrice a recitare il Padre Nostro, perché aveva scorto negli occhi del fratello una certa disapprovazione. Tacque, e il fratello disse:

« Io ho forse tutti i difetti possibili, tranne uno. Non ho mai simulato e ho sempre detto in faccia a tutti quello che pensavo ».

Eduard voleva bene al fratello e quella sua disapprovazione lo ferì; cercò di giustificarsi e iniziarono a discutere. Alla fine Eduard disse:

« Caro fratello, lo so che sei una persona schietta e te ne fai un vanto. Poniti però una domanda: *Perché*, in fondo, dire la verità? Cosa ci obbliga a farlo? E perché mai consideriamo la sincerità come una virtù? Immagina di incontrare un pazzo che pensa di essere un pesce e che noi tutti siamo dei pesci. Ti metterai a discutere con lui? Ti spoglierai davanti a lui per mostrargli che non hai squame? Gli dirai in faccia quello che pensi? Su, dimmi! ».

Il fratello taceva ed Eduard continuò: « Se tu non gli dicessi niente di più della pura verità, solo ciò che davvero pensi di lui, accetteresti una conversazione seria con un pazzo e diverresti tu stesso un pazzo. E la stessa cosa avviene col mondo che ci circonda. Se io mi ostinassi a dirgli in faccia la verità, significherebbe che lo prendo sul serio. E prendere sul serio una cosa così poco seria significa diventare io stesso poco serio. Fratello caro, io *devo* mentire se non voglio prendere sul serio i pazzi e diventare pazzo io stesso ».

10

Era il pomeriggio di domenica e i due innamorati partirono per far ritorno in città; erano soli nello scompartimento (la ragazza chiacchierava di nuovo allegramente) ed Eduard si ricordò di come poco tempo prima aveva sognato di trovare nella figura *facoltativa* di Alice la serietà della vita, dal momento che i suoi obblighi non gliel'avrebbero mai concessa, e si rese conto con tristezza (il treno batteva idilliacamente contro le giunture delle rotaie) che la storia d'amore vissuta con Alice era futile, fatta di casi fortuiti ed errori, senza alcuna serietà e senza alcun senso; sentiva le parole di Alice, vedeva i suoi gesti (gli teneva stretta la mano) e pensò che si trattava di segni privi di significato, monete senza copertura, pesi di carta, e che lui non avrebbe potuto dar loro più importanza di quanta ne poteva dare Dio alla preghiera della direttrice nuda; e gli sembrò all'improvviso che in fondo tutte le persone che vedeva nel suo nuovo posto di lavoro non fossero che linee tracciate su una carta assorbente, esseri dall'atteggiamento interscambiabile, esseri privi di una solida sostanza; quello che però era peggio, molto peggio (gli venne poi da pensare), è che lui stesso non era che un'ombra di tutti quegli uomini ombra, dal momento che esauriva tutta la sua intelligenza solo nello sforzo di adattarsi a loro e di imitarli, e anche se li imitava ridendo dentro di sé, senza alcuna serietà, anche se in tal modo cercava segretamente di deriderli (e giustificare così il suo tentativo di adattamento), ciò non cambiava nulla, perché un'imitazione, anche se fatta con malignità, rimane pur sempre un'imitazione, e un'ombra che deride qualcuno rimane pur sempre un'ombra, subalterna e derivata, misera e semplice.

Era umiliante, era terribilmente umiliante. Il treno batteva idilliacamente contro le giunture delle rotaie (la ragazza chiacchierava) ed Eduard disse:

« Alice, sei contenta? ».
« Certo » disse Alice.
« Io sono disperato » disse Eduard.
« Sei pazzo? » disse Alice.
« Non avremmo dovuto farlo. Non doveva accadere ».
« Che ti salta in mente? Se eri proprio tu a volerlo! ».
« Sì, lo volevo » disse Eduard. « Ma è stata quella la mia colpa maggiore, e Dio non me la perdonerà mai. Era un peccato, Alice ».
« Scusa, ma che ti è successo? » disse la ragazza con voce tranquilla. « Se eri proprio tu a dire in continuazione che Dio vuole soprattutto amore! ».
Al sentire come Alice si stava tranquillamente appropriando a posteriori del sofisma teologico col quale tempo addietro egli aveva dato avvio, senza successo, alla sua lotta, Eduard si infuriò: « Lo dicevo per metterti alla prova. Adesso la capisco la tua fedeltà a Dio! Ma chi sa tradire Dio, sa tradire gli uomini con una facilità cento volte maggiore! ».
Alice trovava con prontezza sempre nuove risposte, ma sarebbe stato meglio che non le avesse trovate, perché non facevano che aizzare la rabbia vendicativa di Eduard. Eduard continuava a parlare e continuò (usò addirittura le parole *ribrezzo* e *disgusto fisico*) fino a che non riuscì a strappare a quel volto tenero e tranquillo un singhiozzo, delle lacrime, un lamento.
« Addio » le disse alla stazione e la lasciò piangente. Soltanto una volta a casa, alcune ore più tardi, quando quella strana rabbia l'ebbe lasciato, riuscì a capire la piena portata di ciò che aveva fatto; ripensò al corpo di lei che quella mattina gli saltellava davanti nudo, e quando si rese conto che quel bel corpo si stava allontanando da lui perché lui stesso l'aveva cacciato via di sua spontanea volontà, si diede dell'imbecille e gli venne voglia di prendersi a schiaffi.

Ma ciò che è stato è stato e non era più possibile porre rimedio a nulla.

Del resto, per amore di verità, dobbiamo dire che, anche se l'immagine di quel bel corpo che si allontanava gli procurava una certa amarezza, Eduard si abituò a quella perdita abbastanza in fretta. Se ancora poco tempo prima la penuria di amore fisico lo faceva soffrire spingendolo a lamentarsi, si trattava della penuria provvisoria del nuovo venuto. Questa penuria non lo faceva più soffrire. Una volta alla settimana faceva visita alla direttrice (l'abitudine aveva sbarazzato il corpo di Eduard delle angosce iniziali) e aveva deciso di andare a trovarla fino a che la sua posizione a scuola non si fosse totalmente chiarita. Inoltre, cercava con successo crescente di conquistare ogni altra donna o ragazza possibile. In conseguenza di questi due fatti, cominciò ad apprezzare molto di più gli istanti di solitudine, e prese ad amare le passeggiate solitarie che talvolta univa (vi prego, dedicate alla cosa ancora un ultimo briciolo di attenzione) a una visita in chiesa.

No, non temete! Eduard non ha iniziato a credere in Dio. Non voglio coronare il mio racconto con l'effetto di un paradosso così palese. Ma Eduard, benché sia quasi sicuro che Dio non esiste, ama ugualmente accarezzare con nostalgia la sua immagine.

Dio è l'essenza stessa, mentre Eduard (e dalla storia con la direttrice e con Alice sono già passati diversi anni) non ha mai trovato nulla di essenziale né nei suoi amori, né nella sua professione di insegnante, né nei suoi pensieri. È troppo acuto per ammettere di vedere l'essenziale nell'inessenziale, ma è troppo debole per non desiderare segretamente l'essenziale.

Ah, signore e signori, triste è la vita dell'uomo che non riesce a prendere sul serio nulla e nessuno!

Per questo Eduard sente il desiderio di Dio, perché solo Dio è dispensato dall'obbligo dispersivo di *apparire* e può semplicemente *essere*; perché solo lui costituisce (lui solo, unico e inesistente) l'essenziale controparte di questo mondo inessenziale (eppure proprio per questo tanto più esistente).

E così Eduard di quando in quando siede in chiesa e fissa pensieroso la cupola. Congediamoci da lui proprio in un momento del genere: è pomeriggio, la chiesa è silenziosa e vuota. Eduard siede in un banco di legno e soffre malinconicamente all'idea che Dio non esiste. Ma in questo preciso istante, la malinconia è così grande che all'improvviso dalle sue profondità emerge, reale e *vivente*, il volto divino. Guardate! Ma sì! Eduard sorride! Sorride, e il suo sorriso è felice...

Vi prego, serbatelo nella memoria con questo sorriso.

Scritto in Boemia
tra il 1959 e il 1968

FINITO DI STAMPARE NEL MARZO 1993 IN AZZATE
DAL CONSORZIO ARTIGIANO « L.V.G. »

Printed in Italy

FABULA

VOLUMI PUBBLICATI:

1. Milan Kundera, *L'insostenibile leggerezza dell'essere* (20ª ediz.)
2. Ingeborg Bachmann, *Il trentesimo anno* (7ª ediz.)
3. Guido Morselli, *Dissipatio H.G.* (8ª ediz.)
4. Thomas Bernhard, *Il soccombente* (6ª ediz.)
5. Bruce Chatwin, *Sulla collina nera* (4ª ediz.)
6. Milan Kundera, *Lo scherzo* (11ª ediz.)
7. Aldo Busi, *Seminario sulla gioventù* (4ª ediz.)
8. Ingeborg Bachmann, *Tre sentieri per il lago* (6ª ediz.)
9. Anna Maria Ortese, *L'Iguana* (4ª ediz.)
10. Danilo Kiš, *Giardino, cenere*
11. Guido Morselli, *Roma senza papa* (6ª ediz.)
12. Leonardo Sciascia, *1912 + 1* (5ª ediz.)
13. Ingeborg Bachmann, *Malina* (5ª ediz.)
14. Milan Kundera, *La vita è altrove* (7ª ediz.)
15. Guido Morselli, *Contro-passato prossimo* (3ª ediz.)
16. Clarice Lispector, *Vicino al cuore selvaggio* (2ª ediz.)
17. Vasilij Grossman, *Tutto scorre...*
18. Leonardo Sciascia, *Porte aperte* (7ª ediz.)
19. Anna Maria Ortese, *In sonno e in veglia*
20. Giampaolo Rugarli, *La troga* (2ª ediz.)
21. Thomas Bernhard, *Perturbamento* (3ª ediz.)
22. Danilo Kiš, *Enciclopedia dei morti*
23. Robert M. Pirsig, *Lo Zen e l'arte della manutenzione della motocicletta* (12ª ediz.)
24. Leonardo Sciascia, *A ciascuno il suo* (8ª ediz.)
25. Milan Kundera, *Amori ridicoli* (5ª ediz.)
26. Ingeborg Bachmann, *Il caso Franza*
27. Andrzej Szczypiorski, *La bella signora Seidenman*
28. Leonardo Sciascia, *Il cavaliere e la morte* (2ª ediz.)
29. Thomas Bernhard, *Il respiro* (2ª ediz.)
30. Milan Kundera, *Il valzer degli addii* (4ª ediz.)
31. Ruve Masada, *Il principio della piramide*
32. Leonardo Sciascia, *Il Consiglio d'Egitto* (3ª ediz.)
33. Fleur Jaeggy, *I beati anni del castigo* (9ª ediz.)
34. J. Rodolfo Wilcock, *Lo stereoscopio dei solitari* (2ª ediz.)
35. Bruce Chatwin, *Utz* (5ª ediz.)
36. Guido Morselli, *Divertimento 1889* (5ª ediz.)

37. Thomas Bernhard, *Il nipote di Wittgenstein*
38. Giuseppe Pontiggia, *L'arte della fuga* (2ª ediz.)
39. Leonardo Sciascia, *Candido* ovvero *Un sogno fatto in Sicilia* (3ª ediz.)
40. Milan Kundera, *L'immortalità*
41. Giorgio Manganelli, *Encomio del tiranno*
42. Enzo Muzii, *Punto di non ritorno*
43. Danilo Kiš, *Clessidra*
44. J. Rodolfo Wilcock, *La sinagoga degli iconoclasti* (2ª ediz.)
45. Thomas Bernhard, *A colpi d'ascia*
46. Bruce Chatwin, *Il viceré di Ouidah* (3ª ediz.)
47. David Garnett, *Aspetti dell'amore*
48. Franz Werfel, *Una scrittura femminile azzurro pallido* (7ª ediz.)
49. Giorgio Manganelli, *La palude definitiva*
50. David Vogel, *Vita coniugale*
51. Milan Kundera, *Il libro del riso e dell'oblio*
52. Leonardo Sciascia, *Le parrocchie di Regalpetra* (2ª ediz.)
53. Juan Benet, *Nella penombra*
54. Guido Morselli, *Il comunista* (4ª ediz.)
55. Thomas Bernhard, *Il freddo*
56. Muriel Spark, *Simposio*
57. Álvaro Mutis, *L'ultimo scalo del Tramp Steamer* (2ª ediz.)
58. Roy Lewis, *Il più grande uomo scimmia del Pleistocene* (11ª ediz.)
59. Roberto Vigevani, *Dalla pancia di un orso bianco* (2ª ediz.)
60. Leonardo Sciascia, *Gli zii di Sicilia* (2ª ediz.)
61. Thomas Bernhard, *L'origine* (2ª ediz.)
62. André Malraux, *La Via dei Re*
63. Guido Morselli, *Un dramma borghese* (2ª ediz.)
64. Robert M. Pirsig, *Lila*
65. Thomas Bernhard, *Antichi Maestri* (2ª ediz.)
66. Leonardo Sciascia, *Il giorno della civetta*
67. Josef Škvorecký, *Il sax basso*